译文经典

怪谈·奇谭

小泉八雲集

KOZUMI YAKUMO

〔日〕小泉八云 著

匡匡 译

上海译文出版社

《平知盛海上出現図》（1891）

《往生要集会》（1843）

《雪女》（作者、年代不详）

百物语《牡丹灯笼图》（作者不详 1890）

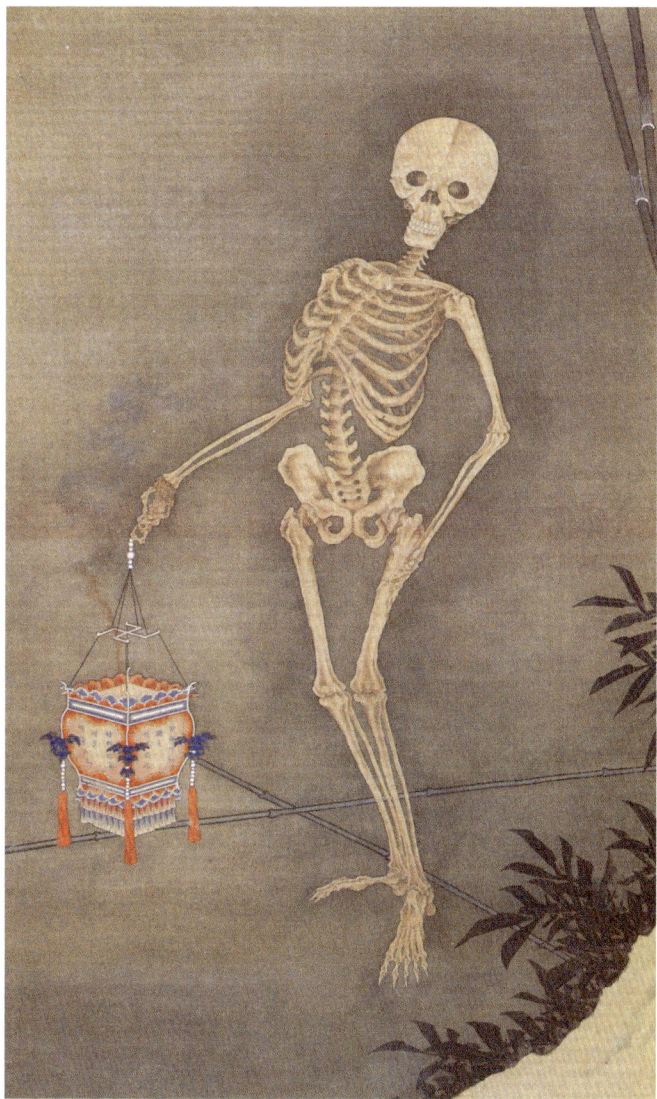

葛饰北斋《骸骨图：牡丹灯笼之剪灯新话》

歌川国芳《疾平家骄奢跋扈之恶，鞍马山僧正坊暨诸山八天狗图》

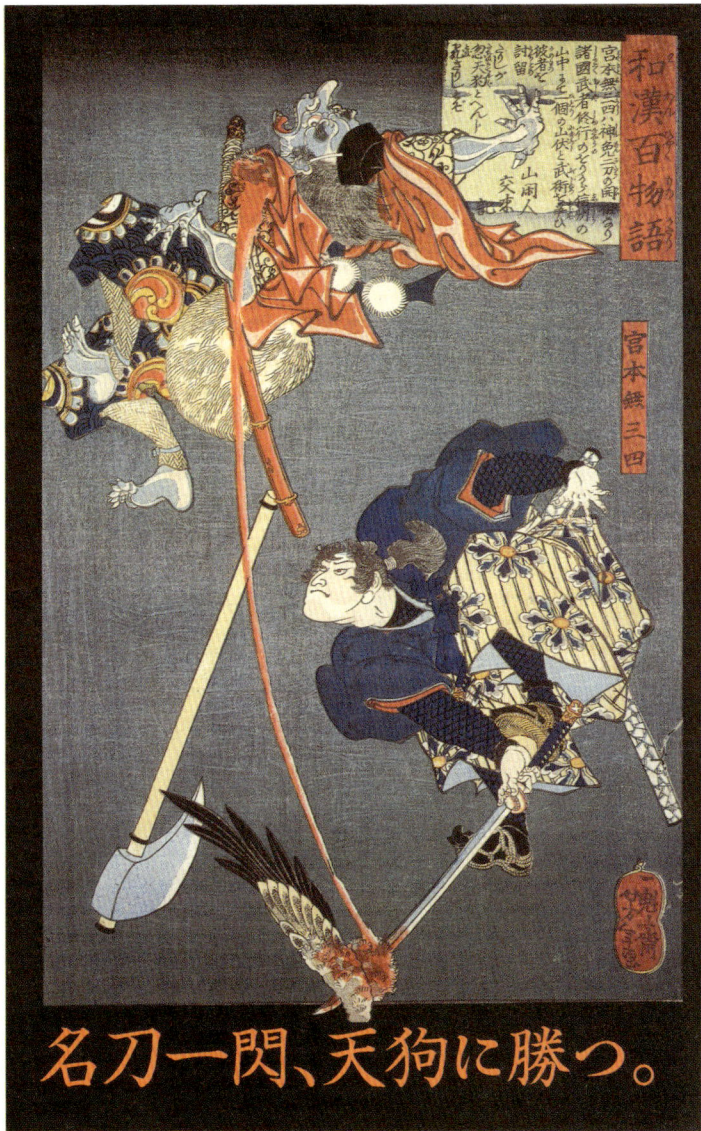

名刀一閃、天狗に勝つ。

和汉百物语《大战天狗》（1865）

河鍋暁斎《閻王図》

狩野元信《四季花鸟屏风》（约1550）

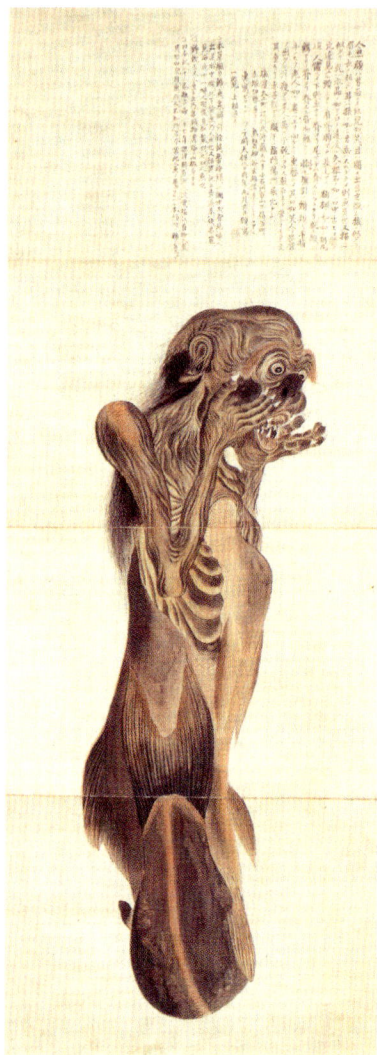

毛利梅园 《梅园鱼谱》（1837）

鳍崎英朋《蚊帐前的幽灵》（1906）

《牡丹灯笼图》（作者、年代不详）

《柳下幽灵图》（作者、年代不详）

《幽灵图》（作者、年代不详）

《近江八景 瀬田夕照》

菱川师宣《美人回望图》

怪童丸

一勇斎
國芳画

小田切直《土蜘蛛草纸绘卷》（1837）

小泉八云

（ KOZUMI YAKUMO 1850-1904 ）

目 录

怪谈·奇谭

X Yoku fukaki
Umi no soko naru
    Heikegani
Tsume nagaku seshi
Hito no hate kamo. ...

Y   Make ikusa
Munen to mune ni
    Hasami ken
Kao mo makka ni
Naru Heikegani.

小泉八云 遗稿手迹《平家蟹》

无耳芳一

　　去今七百余年的往昔，源氏与平家两族间连年争霸，终于在下关海峡的壇之浦展开了最后的决战①。平家势力于此一役悉数覆灭，满门妇孺，包括当年在位的幼帝，亦即史书记载当中的安德天皇，也于决战之中丧生。其后七百余年间，壇浦海域及其沿海一带，便时时可见鬼魂逡巡出没……我在此前其他著述当中曾有谈及一种叫做"平家蟹"的、壇浦湾所特产的奇异蟹类。这种蟹的甲壳上生着状似人脸的纹路，据说便是由平家武士的亡魂变身而成。不过除此之外，那一带的海边更有不少奇谭异事广为流传。月黑之夜，数以千计的流火在海岸上空飘荡流窜，驭着浪涛起伏舞动，令人毛骨悚然，渔夫们都称这青白火焰为"鬼火"。每当风起，海面上传来阵阵喧嚣喑呜，犹如决战沙场的人啸马嘶。

　　话说早年间，平家亡魂之神出鬼没尤胜今日，性情相比如今也更为凶残凄厉。每逢船只航经这一海域，厉鬼们便会攀上船舷，将船扯翻。不然便专门窥伺在此游泳的人，将其拖入水底溺死。赤间关②的阿弥陀寺便是为了祭悼这些死者的亡灵而建。寺院附近，靠近海滩的一侧还辟有墓地，同时寺院境内更修造了多座祭塔，以投水而亡的天皇为首，塔身上刻载着平家一族中所有主要人物的名号，并定期举行法会，为亡魂们祈祷冥福。寺院落成，墓地竣工，平家的亡灵们自此不再如往日那般扰人。然而尽管如此，依然会时时生出些匪夷所思的怪事。似乎并非所有鬼魂皆已投胎转世，彻底平息了怨念。

　　大约几百年前的赤间关，住着位名叫芳一的盲人，以其精湛的琵琶弹词技艺而闻名远近。据传他自幼起便开始习练琴艺，尚年轻时，造诣已远超几位师尊之上。芳一作为琵琶说书艺人立身扬名，尤其以讲述《源平物语》的一段书最为拿手。人道是：吟唱起《壇浦会战》一节时，芳一的弹奏简直已臻于"鬼神共泣"的化境。

　　当初立意要成为一名弹词艺人时，芳一曾饱尝贫寒之苦。然而，幸得良人接济，蒙受了不少恩惠。阿弥陀寺的和

---

① 壇之浦：今日本山口县下关市周边海域。壇浦之战，为平安时代末期（1185年4月25日）源氏与平家两族相争时（史称治承·寿永之乱）的最后一场决战。

② 赤间关：日本山口县下关市的中心地，下关港周边一带的古称，亦写作"赤马关"。

尚素喜诗曲管弦，时常将芳一邀进寺里，请他奏起琵琶，唱一阕《平家物语》。和尚深为这位年轻后生的卓绝技艺所折服、赞叹，不久便力劝芳一搬入寺中同住。芳一心怀感激地接纳了这份邀请，于寺院内得一间小屋栖身，三餐起居皆有了照应。作为酬答，则在未有冗务烦扰时，通常是黄昏时分，抚起琵琶，为和尚敬献一曲，聊以开怀。

某个夏日之夜，和尚受邀前去某位往生的施主家中执法事，也带了寺里的小僧同行，只余下芳一独自留守寺中。沤热的夜晚，盲眼的芳一来到卧房前的檐廊下纳凉。檐廊面朝阿弥陀寺背面的一座小小庭院，芳一在那儿等候着和尚们归来，同时挑琴弄弦，聊以排遣寂寥。谁知直至午夜已过，依旧不见和尚回转，而待在卧房中又嫌过于闷热，芳一便留在了屋外。终于，后门上有脚步声由远及近传来。有人横穿过庭院，冲着檐廊笔直走近前来，在芳一面前停住——却不是和尚。忽然，来者既无寒暄，亦无客气，操着武士呼喝下人的口吻，以一把低沉浑厚的嗓音，直唤盲眼琴师的名字道："芳一。"

直把芳一骇了一跳，一时间不知如何作答才好。如此一来，那声音则以更为严厉的命令语气再次喝道："芳一！"

"是。"盲眼的芳一畏怵于对方口气中的威胁意味，战战兢兢应道，"在下眼盲瞧不见，请问是何人唤我？"

"不必担心。"陌生的来者换了副稍微平和的语调，"我就落宿在附近的寺院，此番受我家主公差遣，来此传话于你。我所侍奉的家主，乃是家世身份无比高贵显赫之人，此刻正与多位嘉宾一同逗留于赤间关，因想要参观壇浦会战的古战场，今日特意走访了那里。家主听闻你是弹唱《壇浦会战》的名手，起兴定要请你前去唱上一曲。此刻大人并随众们已齐聚于下榻的宅邸等候多时，如此，你即刻拿上琴随我走一趟去。"

那个年代，对于武士的命令，是决不可轻忽怠慢的。芳一赶忙换上木屐，取了琵琶，随同那位武士动了身。武士在前方熟练地为芳一带路，芳一则勉力加快步伐紧跟其后。牵着他的那只手冷硬如铁，武士大步流星，每迈步便发出金属碰击的铿锵之声，一听便知身上披挂着甲胄——肯定是哪个贵族官宦人家的守护警卫。芳一最初的疑惧逐渐消散，内心甚至暗自窃喜，以为这次不知要交什么好运。他心忖：既然武士曾说"家主乃是身份无比高贵显赫之人"，那么期待听自己弹唱的这位大人，官阶至少该在一品的大名①之上。不出多时，武士停下了脚步，芳一察觉自己置身于一座大门之前。除阿弥陀寺的山门外，很难想象下关町内还有如此巨大

---

① 大名：日本封建时代对大地域领主的称呼，由"大名主"一词转变而来。顾名思义，原是指在地方上拥有较大势力和较高声名威望的人，通常是庄园或土地的领主。及至室町与战国时代，则指称拥有武装与佣兵，且统辖大片地域的高阶武士，有时其管辖势力可涵盖一个或数个令制国。江户时代，则指从幕府接受一万石以上俸禄，且拥有领地的武家。

的宅门存在。芳一正兀自诧惑，却听武士叫了声："开门！"

话音方落，便响起了门闸抽动时吱吱嘎嘎的动静。二人进得大门，穿过广阔的庭院，又在另一处入口前站了下来。只听武士扬声唤道："来人啊！我已将琴师芳一带到！"

门内传来急促的脚步声，接着是拉动隔幛、纸门的声音，绞起木板雨窗的声音，女人们交头接耳、窃窃私语的声音……据她们的言谈措辞，芳一判断：这必是一群在高官府邸中侍奉司职的女侍。尽管如此，对于自己究竟置身何处，却是完全摸不着头脑。也未容他细想，便给人牵着手连登了几级台阶。来到最后一级时，被吩咐脱去木屐，又给人引领着，脚踩经宫女之手擦洗打磨后滑不留足的木板地，走过一段漫长似无尽头的长廊。也记不清到底绕了几个柱廊转角，横穿过几间敞阔到令人心下暗惊的榻榻米厅堂，终于来到一座极其宽广的大殿之上。芳一心下知晓：此时这殿宇内，已是达官云集，貂蝉满座。只闻衣履窸窣，如林中万叶飒飒飘落；耳边四下，一众人皆压低嗓音轻言慎语，所用的也尽是文雅郑重的官话。

有侍官嘱他落座，一只蒲团早已为他设好。芳一坐下来，方将乐器调弦校音，一位听口气像是平时统领和监管女侍的老妇向他传令道："请将那《平家物语》弹唱起来罢！"

芳一心说：要把整首《平家物语》统统唱完，须得好几个晚上。索性便斗胆问道："全曲少时片刻恐难唱完，恭问当为在座大人们敬献哪一节为是？"

老妇答："听说那《壇浦会战》一节最是悲思断肠，就将这段书唱与诸位听听罢。"

芳一领命便放开喉，挑动琴弦，由最激越的那段海战唱了起来。一时间，琴声嘈嘈切切错杂弹，铮钹湍急鸣动霄汉，如万千樯橹竞相摆荡；如百舸争流，千舰齐发的倾轧与突进；如箭矢嗖嗖，疾厉穿梭，擦破长空；如武士奋起厮杀的撕心怒吼；如铁鞋踏击船板的跫音；如钢刀刺破兜鍪的溃裂；更犹如刀剑劈杀下阵亡将士们身躯轰然坠海的绝响……喘息的间歇，芳一只闻身边左右纷纷赞叹：

"这琴艺，端的是炉火纯青，出神入化！"

"在我家乡可从来听不到如此好曲！"

"岂止！这般天籁，人间又哪得几回闻！纵是打着灯笼找遍天下，怕也无出芳一琴师之右者！"

闻言，芳一更是浑身解数如花锦，比以往落力万二分地唱奏起来。赞叹之声渐次寥落，周遭复又归于静默。然而，待他唱到平家那些与世无争的弱质女子、如花美眷，无奈却红颜薄命——不仅众嫔妃宫娥尽皆赴死，且连武将平清盛的继室，被封为二位尼的平时子姬亦怀抱着幼帝投海自尽——情状之惨烈，使得座中诸客齐齐发出怆然长叹，且悲痛如狂地大声号泣起来。置身此情此景之中，就连盲琴师芳一本人，亦不禁被自己琴声带来的这份凄厉哀绝震慑到颤栗不已。众人呜咽着，啜泣着，久久不能歇止。

终于，悲叹之声逐渐消散，继而在一片沉默当中，又听方才那老妇的声音再度响起："早已闻悉弹唱《平家物语》的琴师当中，你是首屈一指的名手。不想今晚的演奏，更教人叹为观止。我家主人交待要重重赏你。不过大人希望自今晚起，连续六日，每晚一次聆赏你的弹奏，之后便将起驾回程。因此，明晚你须与今晚同一时刻前来。方才去接你的武士，届时仍会上门叨扰……此外，另有一事不得不预先叮嘱与你：我家大人此刻逗留赤间关，以及你今夜来访之事，万不可向他人提及。大人此番巡游甚为机密，与此有关的闲言碎语一概可免则免……好了，你且回寺去罢。"

芳一毕恭毕敬告退之后，便被侍女牵着手带往官邸玄关前。方才迎接自己的武士已在那里等候，将芳一领到阿弥陀寺背后的门廊上，遂告辞而去。

芳一回到寺内已是天光熹微。离去一夜，却也无人察觉。和尚深夜方归，以为芳一早已睡下。白天芳一则稍事休息，关于这件匪夷所思的奇事，并未向任何人言及。翌日子夜一至，那武士便又来迎接，再次将他带往那处显贵云集的府邸。于是，芳一也再次博得了与前夜相同的喝彩。谁知，清早返寺时，却被和尚唤了去。和尚口气柔和地嗔问道："芳一，这两日贫僧我为你甚是担心。你双眼不能视物，却深夜独自外出，着实凶险。为何不与人知会一声便出门去呢？若打个招呼，贫僧也好派名仆从跟随左右。你究竟是往何处去了？"

芳一支吾其词："还望大师见谅，鄙人因有些私事，其他时候皆不方便办，这才深夜外出。"

见他讳莫如深，闭口不愿多谈，和尚与其说伤心，不如说更为诧惑，感到芳一态度中流露出一种不甚自然的隐瞒，恐是出了什么不好的事，心道："这个盲眼年轻人，莫非是遭什么恶灵附了身，把魂给收了去？"却也未再追问，只私下吩咐寺内当差的仆役们，暗中留意芳一的举动，命他们一旦发现他又在深夜悄悄出寺，便尾随其后探个究竟。

果不其然，是夜芳一正欲偷溜出寺，就给仆役们瞧见了。几个当差的即刻提起灯笼，不声不响随他出了门。谁知当晚下雨，四下漆黑，待仆役们来到街上时，早已不见了芳一踪影，显然是步履如飞，走得极快。但考虑到他一个瞎子，再加月黑路滑，这事怎么琢磨都不免诡异。仆役们焦急地在街上四处寻找，将芳一可能去往的人家挨门挨户问了个遍，却无一人知晓他的下落。终于兜了个大圈，从海边又转回寺院，却听自阿弥陀寺墓园的方向，隐隐传来阵阵激越的琴声。这一带每逢暗夜，总有鬼火四下飞窜，除去那点微弱的光亮，则漆黑不见五指。仆役们不由心惊，急忙提着灯笼奔向墓地，却见雨中芳一正孤身一人端坐在安德天皇的御陵之前，手拨琵琶，大声弹唱着那曲《壇浦会战》。并且身后左右，甚至层层墓碑之上，不计其数的鬼火团团簇簇，如蜡似炬。估计世上尚不曾有人目睹过如此骇人的景象。

"芳一！芳一！"众人唤道，"你让鬼迷了心窍了……芳一！"

然而盲眼的芳一却犹似充耳不闻，依旧痴迷地拨弄着琴弦，将一曲《壇浦会战》唱得益发如癫似狂。仆役们上前抓住芳一身子，朝他耳边大喊："芳一！芳一！速速同我们回寺去罢！"

他却以叱责口吻厉声道："如此高贵郑重的场合，尔等竟胆敢打扰诸位宾客的雅兴，会被治罪的！"

此言一出，饶是当时情状诡异，仆役们仍是憋不住，扑哧笑出了声。可见芳一果真是鬼魂缠身，确定无疑。众人不由分说，赶忙合力连拖带拽将他弄回了寺去。一到寺里，和尚吩咐芳一速速褪去雨水淋湿的衣物，待更衣完毕，又强喂他用过热茶餐饭，便命他从头至尾，细细禀来：方才究竟发生了什么，为何如此一副失魂落魄的模样。

芳一踟蹰再三，迟迟不愿开口。然而觉悟到自己所作所为，确实让好心的和尚担惊受怕，甚至惹得他心头不悦，实在无法再继续隐瞒，便从武士初次造访时起，一五一十将所遇之事悉数做了禀告。

听罢，和尚开口道："芳一，罪过啊罪过，你此刻处境十分凶险。没有早些告知贫僧实在太过糊涂。皆因你有天赋之才，方才招致如此意外的祸端。事到如今，想必你本人也很明白，你不是去什么贵人府邸说书，而是每晚到平家墓地去'对碑弹琴'直到天亮。今晚寺里的仆役们找到你时，你正淋着大雨，呆坐在安德天皇的坟前。暂不提你信以为真那些事，其实是死去的鬼魂在招你迷你。所有发生过的一切，统统不过是幻觉。最凶险还是，一旦你听从了鬼魂的差遣，就已落入他们掌控之中。下次若再任由其指示，则必会遭八裂之刑，身首异处。总之无论如何，或早或晚，都会有杀身之祸……今晚贫僧还有不得不出席主持的法事，无法留下来陪你。不过出门之前，贫僧会把一段经文写在你身上，它可辟邪，免你遭害。"

赶在日头西下之前，和尚与小僧将芳一脱得一丝不挂，提起毛笔在他胸前、后背、脸、头、手、足，以及足底，浑身上下每一处都写满了《般若波罗蜜多心经》。

事毕之后，和尚叮嘱道："今晚贫僧出门以后，你且去后门廊下，安安静静坐那儿等着。不管是何人唤你，或发生何事，都不要开口应答，也千万不许动弹，什么都别讲，就一副沉思默想的样子一动不动坐在那儿。若是动了，或是发出一丝声响，身子就会被撕得四分五裂。你绝不可惊慌失措，喊人救命。就是喊了，任谁也救不了你。但你只要能谨遵贫僧吩咐去做，便不会发生任何危险，并且这事也便到此为止，今后再也毋需担惊受怕。"

太阳落山，和尚与小僧出了门。芳一遵照和尚所言，在檐廊边坐下，将琵琶放在身侧地板上，取了个打坐禅定的姿势，静静不动，留心着不敢咳嗽，或是喘气声过于粗重，就这样直坐了几个时辰。

而后，便听到有脚步声沿着甬路向这边走来，进了寺门，穿过庭院，来到廊下，在芳一面前停住。

"芳一。"来者低声唤道。

芳一屏住呼吸，纹丝不动，大气不敢出地端坐着。

"芳一。"那人又唤，声音中透着几分不悦，接着，再一次愠怒暴躁地大叫道，"芳一！"

芳一依旧不语，沉默犹如冥石。便听那声音兀自嘟囔道："不应声！？这便麻烦了……非得把这小子找出来不可！"

沉重的足音踏上了檐廊，缓缓向芳一趋近，在他身畔站定，接着，是一段漫长如死的寂静。芳一浑身上下都随着一颗心的剧烈鼓动而惶惶战栗。

忽而，却听那嗓音在芳一耳边粗声粗气嘀咕道："琵琶明明在这儿放着，怎么就只看见琴师的俩耳朵呢……我说呢，怪不得不做声，就是想答腔也没有嘴啊，芳一这人现在就剩俩耳朵了……也罢，就当是我已奉命行事的证据，将这两只耳朵带回去给主公交差罢了。"

话音方落，芳一左右两耳便被铁手攥住，感到一阵撕裂的剧痛。尽管痛得他是死去活来，却依旧一言不敢发，只听着那沉重的足音沿檐廊离去，下到院中，走至寺外的大路，再也听不见为止。盲眼芳一只觉两行浓稠的温热，顺着脸颊流淌下来，却连抬手拂拭的气力也没有了……

天未亮时，和尚回到寺中，急忙上后院找芳一，却在廊下踩了一脚黏糊糊的东西，滑倒在地，待明白过来手里的灯笼上面粘的原来是人血，不由吓得大叫起来。同时，却见芳一仍在原地，保持着僵硬不动的坐姿，血自伤口处不断滴落。

"啊，芳一！罪过罪过……"和尚颤声道，"究竟怎么一回事？你，受伤了么？"

听到和尚的声音，芳一心知总算得了救，"哇"的一声不由嚎啕起来，边哭边说，向和尚倾诉了昨夜的经过。

"芳一，真是劫数啊……"和尚叹道，"实在对不住你，都怪贫僧，是贫僧不察……本打算将你浑身上下无一遗漏全部写满经文，谁知偏偏漏掉了耳朵。原是交待给了小僧的，便未曾仔细查看，一切全是贫僧的过错……事已至此，回天无力，唯有尽早疗伤要紧……你且打起精神，从今往后再不会身陷如此险境了，再不会有鬼魂前来纠缠与你了。"

经良医悉心疗治，芳一的伤情迅速好转。而这场奇诡的遭遇，立刻传遍了四面八方。芳一的名字，也变得无人不知、无人不晓。名流显贵们甚至特意跑来赤间关听他说书，价值不菲的厚礼源源不绝送上门来，芳一成了富有之人……只是自此之后，"无耳琴师"便成了他的名号而为世所知，并广为流传起来。

鸳　鸯

　　从前，陆奥国①田村乡有位豢鹰的猎师名叫尊允。某日，他照常带鹰出门狩猎，却一无所获，空手而返。打道回府的途中，渡船过赤沼川时，见河面上有对鸳鸯，正相偎偕游。传说中，杀鸳鸯是件十分不祥的事，但这日适逢尊允腹饥难忍，便拉起弓弩，瞄准鸳鸯放了一箭。利箭正中雄鸟，而雌鸟则向对岸菰草丛荫下躲去，不见了踪影。尊允提起猎物回家，烹成桌上佳肴，一顿饱餐。

　　是夜，尊允做了个凄清哀绝的梦。梦中一位貌美女子入得屋来，立在他枕畔嘤嘤哭泣，其声哀痛悲切，听得尊允只觉肝肠欲断。

　　那女子厉声质问道："究竟为何？为何你要杀害我夫君？他身有何罪，要落得这番下场？我二人本在赤沼川双宿双飞，恩恩爱爱，孰料你却狠心一箭夺他性命。他究竟何处触犯与你？你知不知自己所造的罪孽？知不知自己如何残酷无情？你这一箭，同时也索了我的命，如今夫君既去，小女子断无独自苟活之理……今夜来此，便是想告知你此事罢了。"

言毕女子放声而泣，声声凄绝。尊允闻之则心如刀绞。

女子又垂泪唱道："如影随形，你侬我侬兮，悠游赤沼。今已日暮兮，惘不见君。蒹葭苍苍兮，我独愁眠。孤影伶仃兮，最难将息。"

一曲悲歌唱毕，女子又厉声道："平日太阳落山，我便会与夫君缱绻依偎，相伴回巢。此刻，却落得形单影只，独宿独栖于茫茫菰草之中……此中悲痛，这凄楚滋味，怎一个愁字了得！

"你哪里会知晓自己究竟做错了什么。不，你不会。但明日你若到赤沼川来，便会明了，定会明了……"

言毕，女子潸然含泪，转身飘去。

翌日清晨，尊允醒来，昨夜之梦在脑中挥之不去，那锥心刻骨般的痛楚，亦是历历如新。"但明日你若到赤沼川来，便会明了，定会明了……"这句话，仍在耳边盘旋回响。他决心即刻动身往赤沼川去，昨夜一切终究只是场梦，或是什么，他相信去了定能一探究竟。

及至赤沼川，来到堤边一看，但见雌鸳鸯孤伶伶独自游

---

① 陆奥国：日本奈良时代至明治初期诸国割据，行政区划采用"令制国"，亦称"律令国"制度。陆奥国为其中之一，又称"奥州"，起初名曰"道奥"，平安时期之后改作"陆奥"。其领域大约包含今日的福岛县、宫城县、岩手县、青森县、秋田县东北的鹿角市与小阪町。

于河上。而同时，对方也察觉到了尊允的存在，却并不惊惶飞逃，反向他面前笔直游近前来，以一种怪异的眼神，目不转睛瞪视着他。忽然，那雌鸳鸯竟当着猎师尊允的面，以尖锐的鸟喙猛啄起自己的身子，直啄得遍体鳞伤，肠穿腹裂，转瞬惨死在尊允眼前。

……

自此，尊允便剃发出家，做了和尚。

阿贞的故事

许久以前的往昔，越后国①新潟町住着位名叫长尾杏生的男子。

长尾乃医师之子，自小被教导要子承父业，尚年幼时便与父亲某位世交家的千金，一个名唤阿贞的姑娘订下了婚约。两家议定，待长尾完成学业，便立刻行礼完婚。谁料事与愿违，阿贞自幼羸弱多病，十五岁那年，更染上了不治的肺痨。心知自己已时日无多，阿贞差人将长尾唤至榻前，与他做临终的话别。

长尾俯身于阿贞枕畔，听阿贞道："长尾哥哥，你我二人青梅竹马，自小便互许终身，更约定年末拜堂成婚。现如今，奴家却要撒手弃你先去，究竟是福是祸，唯有听凭天意发落。想我纵然多活个三年五载，也不过给身边人添尽烦恼，徒留许多悲叹。奴家这一身的病，终究不是能够为人妇、尽妻职的。若是说：但为君故，惟愿能苟活于世，则未免只顾一己的私心，太不念惜亲人的劳苦。是以，奴家早已了却念想，任凭一死。请哥哥务必答应我，莫要为我悲切……并且奴家心有预感，来日你我定会重逢，这事我必要说与你知的……"

"是，你我定会重聚。"长尾正色道，"只要去往那极乐净土，便可长相厮守，再无别离之苦。"

"不，不！"阿贞沉静地答道，"奴家指的并非往生之后在天上相见。奴家总相信，哪怕明日便埋身黄土之下，凭你我二人的因缘造化，也注定会在人世间再度相逢的……"

闻言，长尾一脸诧惑望着阿贞。阿贞见他满面不解之色，嫣然一笑，梦呓般柔声喃喃道："我心念系的长尾哥哥啊……你没听错，正是在此世，在你有生之年再度相遇。不过却有一条，须得哥哥心中当真发愿方能实现。为完此愿，奴家则须重新投胎转生，出落成婷婷女子。而你，少不得要耐心等待十五六年。这的确是一段漫长岁月，好在你如今不过年方十九，也还等得……"

为抚慰阿贞临终前的苦楚，长尾怜声道："我会等你，与其说是践约守诺，不如说是心甘情愿。因你我乃缘定七世的夫妻，曾誓言永结同心，不离不弃！"

"哥哥果真不疑你我能顺利相见吗？"阿贞凝视着长尾的面容，若有所虑。

---

① 越后国：日本古时令制国之一，位于今新潟县本州。

"这……"长尾情真意切道，"彼时还需妹妹予我一些相认的记号或是暗示。否则你化作他人，用了陌生的名字，纵是相逢，也不相识啊！"

"这奴家却办不到。"阿贞幽幽叹道，"只要仍是肉骨凡胎，不曾化身神明佛祖，你我便谁也无从知晓会在何处、如何相见。不过只要哥哥不嫌弃，我定会重回你身边。会的，一定会的……请哥哥千万记住奴家今天这番话……"

话到此处，阿贞便阖上双眼，静静去了。

长尾对阿贞素来一往情深，失去阿贞，则终日叹息，悲痛不已。于是在家中设下灵牌，刻上阿贞乳名，奉于佛坛，焚香供果，每日哀悼。而阿贞临终前那番匪夷所思的话，也始终萦绕在他心头，翻来覆去，左思右想。为告慰阿贞在天之灵，长尾更立下重誓：只要阿贞投胎转世再度为人，则必娶她为妻，绝无反悔。并将此誓落笔成书，立字为凭，盖上手印，置于佛坛阿贞的牌位旁。

岂知天意弄人，长尾本是家中独子，男大当婚，不得不为香火之计而娶妻立室。父母之命难违，长尾遵从父意应下一门亲事，选了町上某位女子草草成婚。婚后，则继续供奉阿贞的牌位，每日焚香祭悼，从未间断，对阿贞的思念之情，亦是时时涌上心头。但纵然如此，随着年深日久，岁月流逝，阿贞的音容笑貌仍是从长尾记忆中渐次淡去，宛若梦境，再难追寻。时光荏苒，如此便许多年过去。

而这些年中，不幸亦接踵而至。先是与双亲死别，继而又历经丧妻丧子之痛，不知何时，长尾竟落得孑然一身、举目无亲的地步。为了忘却伤痛，他抛下清冷寂寥的家院，孤身上路，出门云游四海去了。

某日，长尾行经一处叫做伊香保的村落。伊香保作为温泉胜地，自古风光明媚，至今依然闻名遐迩。是夜，长尾投宿山中某座客栈时，出来一位年轻的女侍。方将那女子面容打量了一眼，他便不由自主屏住了呼吸，一颗心怦然触动，竟是种久违的感觉——女子眉目间处处宛若阿贞，相似到简直不可思议。长尾忙将自己身上掐了一把：莫非是白日做梦？却见那女子来回穿梭忙碌，端菜递酒，持烛点灯，又为他张罗客房，铺设卧具……举手投足，无不与昔日青梅竹马、两小无猜的阿贞如出一辙，再次唤醒长尾内心深处埋藏的记忆。长尾将她唤住问话，女子则温婉娴静地作答，清纯柔美的嗓音中隐隐透出仿佛积累经年的悲意，听得长尾胸中亦是阵阵酸楚。

太多难解的疑问。长尾按捺不住道："这位姑娘，你与我昔日一位旧相识着实音容宛似，方才你刚踏入房门，我简直吓了一跳。恕我冒昧，敢问姑娘芳名？出身何处？"

女子忽似灵魂附体，操起记忆中逝去阿贞的口吻答道："小女子名唤阿贞。而公子你，乃越后国的长尾杏生，是我青梅竹马、自幼立下婚约的夫君。十七年前，我病死新潟町时，你曾盟誓，若我能投胎转世再做女人，便娶我为妻。还将誓言抄在纸上，捺下手印封缄，置于佛坛内刻有我乳名的灵牌旁。是以，我才再次回到人世间来……"

话音方落，女子便昏倒在地。

后来，长尾便娶了女子为妻，日子幸福，姻缘美满。只是，女子自此便将伊香保客栈里与他发生过的一番对话悉数忘却，关于前世种种，亦不再记起。两人邂逅的瞬间，曾经一度苏醒过的前生记忆，重又烟消云散，在此后的岁月中始终混混沌沌，不复真切。

乳 母 樱

三百年前的往昔，伊予国①温泉郡朝美村，住着一位名唤德兵卫的人。此人富甲一方，乃当地数一数二的财主，因被推任为村长，凡事顺风顺水，一向颇得上天眷顾。可惜美中不足的是，他年届四十仍膝下无子，至今不曾品尝过为人父的欣喜。夫妻二人不免求子心切，竟日长吁短叹，遂来到素以灵验著称的朝美村西方寺，向不动明王烧香许愿，祈求菩萨能赐他一儿半女。

心诚则灵。是年，德兵卫终于如愿以偿，喜获千金。女儿生得是粉妆玉琢、人见人爱，取名小露。因小露的母亲奶水不足，便雇了个名唤阿袖的女子，来做乳母。

小露渐渐长大，出落得婷婷玉立、清丽可人。谁知十五岁那年，却不幸罹染顽症，虽经求医问药，百般调治，却不见丝毫起色。终于，连医师也自叹回天无术，素来待小露亲如生母的阿袖，暗中来到了西方寺，在不动明王面前虔诚跪拜，许下大愿，祈求菩萨保佑小露大病不死，早日痊愈。为此，她愿意连续三七二十一日，每日进香奉烛，诵经叩首。果不其然，满愿当日，小露竟神迹一般不药而愈了。

德兵卫一家上下无不欢天喜地，摆酒设筵，大宴亲朋。然而就在盛宴当晚，乳母阿袖却忽地发起急病来。翌日清早，头夜应诊陪护的医师，便摇头宣告病人大限已至，只待命终。

德兵卫家老老小小，纷纷为之唏嘘不已，齐聚于阿袖榻旁，准备与她做临终的话别。孰料，却听阿袖娓娓道："此刻，是时候将前后原委如实禀告诸位了。其实，是奴家向菩萨还愿的时辰到了。当日奴家曾在不动明王面前许下大愿，恳求以一己性命，换得小姐安然无恙。如今此愿已偿，诸位也就不必为奴家的死过于悲伤叹惋了……只是，死前仍有一事想要托予东家：奴家曾向不动明王许下誓言，一旦小姐大病痊愈，作为酬答和纪念，要在西方寺内植樱树一株，奉纳给神明。如今，奴家已无气力亲手栽下这株樱树，但求东家能代为兑现这个誓言……奴家有幸代小姐而死，于愿已足，还请诸位多多保重，勿再念记。"

---

① 伊予国：日本古时令制国之一，位于今爱媛县，亦曾写作"伊豫国"或"伊与国"。

办完阿袖的后事，德兵卫家挑选了一棵上好的樱树，栽在了西方寺内。这株樱树日渐茁壮，枝繁叶茂，并于翌年二月十六，亦即是阿袖忌日那天，开出了满树烂漫的花朵，且在往后的二百五十四年间，年年岁岁花开不辍，每到二月十六，则必定喧阗盛放，花瓣白中泛着柔嫩的粉红，宛若女子哺乳后微微濡湿的乳房。于是，人们便给此树取了个名字，叫做"乳母樱"。

计　策

　　斩首仪式定好在宅院内举行。男人被押了过来，受命跪在沙石铺就的一片宽阔庭院中。甬路上，延绵一列踏脚石，是如今依然能在日本庭园中看到的样式。男人双手反缚在背后。家仆们拎来一桶桶清水，又搬来填满碎石的麻袋，堆在男人身边左右，为的是令其无法动弹。家主来了，四下巡视之后，发现准备得诸般妥当，便未置一词。

　　忽然，已被宣判死罪的男人却高声叫道："武士大人，小人今日之罪，绝非明知故犯啊！只因我生性鲁钝，不明事理，才铸下如此大错。这都是前世之孽，报应在了今生！而您硬要把一个生而愚蠢的人治以死罪，那可就大错特错，是会遭报应的！今日你若铁了心取我性命，来日我做鬼也必要回来寻仇。你做下狠心之事，则必积下怨恨，而冤冤相报无有穷尽，恶事终究会有恶事来偿……"

　　任何怀着强烈怨恨而被杀死之人，去世后都将化为厉鬼，回来找当初索他性命那人复仇——家主对此并非不知，于是，便以仿佛要抚慰对方的口吻，和颜悦色道："你死后是否果真如今日所说那般心怀怨恨，此刻实难知晓，教人无从相信。好吧，我且答应你，待你死后，不论如何向我等在场之人寻仇泄恨都无不可，一切全凭你愿。只是斩首之后，你须出示一件能够证明自己深怀恨意的证据，你意下如何？"

"这是自然，我会证明给你们看的！"那人答道。

"很好，"家主缓缓抽出太刀，"现在我就要砍下你的头。在你面前有块踏脚石，斩首之后，你只需将那石头咬上一口即可。若你狂怒的鬼魂能驱使自己做成此事，我等便相信性命从此会受你威胁……怎样？你会咬么？"

"我会咬给你们看的！"那人暴怒，连连狂叫，"我会咬的！我会咬……"

"嗖"的一道寒光掠过，太刀划破了空气，那人的首级应声跌落在沙地，被捆绑的身子也瘫软在麻袋上，两注鲜血，自断颈处喷涌而出。却见那枚人头，在沙地上骨碌碌滚动起来，沉重地向着踏脚石方向缓缓滚去，忽地，高高跳起，上下两排牙齿叼住石板上缘，"喀"的一声死命咬将下去，而后仿佛用尽所有力气般，复又颓然跌回了地面。

在场所有人皆一言不发，惊恐战栗地望向家主。却见主人神色如常，淡定将太刀递予身旁的侍从。那侍从以木勺舀起清水，自刀柄至刀尖细细冲洗后，又以软纸将刀刃反复擦拭了几回……如此，斩首仪式便告以完成。

此后数月，家中上下，男女仆从，无时无刻不在担惊受怕。大家深信厉鬼迟早会上门寻仇索命，于是终日疑神疑鬼，战战兢兢，纷纷报称听见了子虚乌有的鬼声，瞧见了根本不存在的鬼影，竹丛中稍有风吹草动，或是花园里什么影子晃了两晃，就吓得胆破心惊。最后，众家仆商议来合计去，决定去向家主恳求：为那个死刑犯做场法事，超度安抚一下怨念深重的魂灵。

"多此一举。"当牵头的家仆向主人陈明来意后，主人没好气地斥道，"我知道临死之人若是心怀怨念，誓言寻仇，会成为在世之人恐慌的理由。但今次，却毫无必要为此惊惶失措。"

家仆们满面恳求之色望着主人，很想问问他缘何口气如此自信，如此胸有成竹。主人仿佛洞悉了家仆的心事，以武士特有的干练果敢，断然道："理由说来简单至极。那家伙临死前的怨念固然可怖，但当我教他将心中恨意证明给众人看时，他接受了这个挑衅。如此一来，我便将那家伙的心念从复仇这事，巧妙地引向了别处。他死前一心一意要去咬那踏脚石，为之耗尽了临终时所有的意志。除此之外，其他念头皆变得无足轻重，而从脑中悉数抹去……因此，尔等大可不必再为此事愁眉苦脸，担心忧虑。"

　　果然，从此死刑犯之事再未给人们带来任何惊扰，阖府太平，什么都不曾发生过。

镜 与 钟

大约八百年前，远江国①无间山某寺的和尚们，欲给寺内添置一座大钟，便发出呼告，请近村的香火大户及诸位女施主们随喜一些旧青铜镜，用做铸钟的材料。

（今时今日，去往日本的某些寺院，仍能见到以铸钟为由筹来的铜镜堆满院落。迄今本人所见过拥有最多铜镜的，则属九州博多的净土宗寺，是为打造高达三十三尺的阿弥陀像而募集的。——小泉八云按）

彼时，无间山某位农夫的妻子也想为铸钟尽些薄力，便把自家的铜镜捐了出去。谁知方才赠出，就心疼起来，想起以往曾听母亲讲过这面镜子的来历。此镜不单曾为母亲所有，亦是外祖母，甚至曾祖母用过的旧物。细忖来，往昔岁月中更映照过自己的几许笑靥。当然，只要封几两银钱捐给寺里，即可将承载着对亡母历历回忆的镜子赎回，可她偏偏又拿不出这个钱来。每次往寺里去时，都能隔着栅篱看到院内堆置着许多铜镜，而自家的那面就混放在当中。因镜子背面镌有松竹梅的图案，一眼便能认出。每当此时，她就会忆起当年，母亲初次将那美丽的纹样拿给自己看时，幼小的她曾眉开眼笑、欢喜颜开的情形，于是便暗下决心：有机会一定要把此镜偷偷取回，当作传家之宝永远珍藏。可惜的是，却总也遇不到合适的时机。而她则为此心绪不宁，愁云惨淡，仿佛皆因一念之错，而将生命中极为宝贵的部分愚蠢地赠予了他人。自古有谚曰：女魂镜中栖（古时许多铜镜背面皆刻有个"魂"字，即是对这句神秘谚语的一种体现——小泉八云按）。她镇日提心吊胆，生怕谚语所言为真，更怕后果会恐怖到超乎自己所能想象。但这份忧虑与苦楚，她却从未向任何人启齿过。

为无间山铸钟募集的铜镜，悉数被送往了铸造场。然而工匠们却发现：其中有面镜子无论如何不能熔化，任凭他们一次又一次反复以烈火焚烧，都始终完好无损。显然，定是随喜铜镜的女人生了悔意。女人的奉纳并非出自诚心本愿，她的我执便附在了镜中，即使经过几重炉火煅烧，也依然固守原样，冷硬不化。

此事迅速风传开来，弄得人尽皆知。这"顽固不化"的

---

① 远江国：日本古时令制国之一，相当于今静冈县大井川以西地域。

铜镜究竟来自于谁家的奉纳，亦很快水落石出。当心中的秘密与自身犯下的罪咎大白于众时，女人既羞愧难当，又怨愤不已。最后，终归不堪承受世人的冷眼，而修书一封，投河自尽。

那遗书如此写道："奴死之后，镜必可熔，钟得铸矣。若有可击破梵钟者，奴将以己身之灵力，赐其财帛珍宝，金玉满钵。此诺必践。"

众所周知，凡心智失常，癫狂而死者，或自戕而亡之人，他们临终之前的遗愿与誓约，通常都具有超自然的灵力。女人死后，铜镜顺利熔化，一座气派的大钟得以铸成，人们亦始终牢记着其遗书所言，坚信她的魂魄必会给撞破大钟之人授以万贯家财。因此大钟方在寺内悬起，人们便蜂拥而至，纷纷前来一试身手，想要撞钟求财。所有人皆攒足浑身气力，拼命去摇荡那撞钟棒，然而巨钟岿如磐石，无论众人如何簇拥着敲打撞击，都始终无法损其分毫。饶是如此，世人却从不气馁，日复一日，从早到晚撞钟不辍，前仆后继，如痴似狂，即使院僧出面劝阻，也置若罔闻。于是钟声日日响彻，不绝于耳，简直成了一种痛苦的折磨。终于，忍无可忍之下，众僧们取下大钟，将其自山上滚落，沉入了泥沼之中，眼看幽深的渊薮彻底将大钟吞没了事。自此，巨钟便从世间销声匿迹，只剩下古老的传说流传至今。而传说中的那座钟，则被称作为"无间钟"。

话说日语中有一动词为"拟",通常意指"比拟、摹拟、模仿、假想",同时也包含"驱策念力、心灵暗示、意念传输与转换"的意思。自古以来,日本人就对"拟"这个动词所意味的某种通过头脑与心智运作,即调动主观意念来达成目的的、神秘的精神动力现象抱有一种奇妙的信仰。这个词无法在英文中找到适当的对译,因为它常常涉及形形色色的巫术、魔法,以及宗教信仰的实践活动。辞典中,一般将之解释为 to imitate、to compare、to liken 等,但仅仅如此仍不足以概括它所有的含义。更深层面上,它指的是:凭借冥想与念力,影响或支配客观现象,将物品、行为等,用其他事物转移和替代。通过这样的方式,取得一种灵异的、奇迹的结果。

举例来说,你想建造一座寺庙,却苦无这样的能力。但你可以假想自己像一位发心修庙的富翁那样,怀着与之相同的虔敬之情,在佛前放一颗小小的石子。你放下这颗石子的功德,就等同于建了一座寺庙。两者可以大致对等。再举一例:你无法读完佛教六千七百七十一卷经,但你可以制作一个能够容纳这些经卷的旋转书架,而后像摇辘轳一样转动这书架,只要你心中怀着想要阅尽六千七百七十一卷经的热诚,就必定可以获得与之等量的功德。以上两例,便足以说明"拟"这个词在宗教方面所具有的含义了。

不过,其在巫术运用当中的语义,不通过大量举例,却无法完全解释清楚。尽管如此，暂且以下面的例子来说明，大致也可有所了解吧。譬如，你像但丁·加布里埃尔·罗塞蒂①在诗作《海伦姐姐》中描述的那样，模仿海伦烧蜡人的方法扎一个稻草小人，而后子夜丑时，用一把五寸长钉将之钉在寺院林间的某棵树上，并在脑中想象它代表某个人，那么现实中该人便会在巨大的折磨中痛苦至死。这样解释，想必读者们该会明白何所谓"拟"了吧？再比如，有盗贼夜闯门户，窃走了你家许多贵重财物，随后你在院中发现了贼人留下的足迹，此时你若能迅速在两只脚印上点燃大捆艾草，窃贼的脚底就会立刻肿痛难当，除非他上门求饶，听你发落，否则便将痛到坐卧不宁，不眠不休。这即是动词"拟"所表现的另一种"拟态化"的巫术仪式。而围绕无间钟的相关传说，其中所描绘的，则类似于前文第三例的做法。

自打巨钟滚落泥沼之后，世人想要撞钟，自然是无法如愿了。人们抱憾之余，开始在脑中观想敲破某件替代物的画面，认为即便如此也能讨好铜镜的原主人，即那名逝去女子的亡灵，从而求得富贵钱财。想来，那铜镜还真不是个省心

---

① 但丁·加布里埃尔·罗塞蒂（Dante Gabriel Rossetti 1828—1882），英国拉斐尔前派重要代表画家、抒情诗人。《海伦姐姐》（Sister Helen）为其最重要的叙事诗之一。其内容取材自流传的中世纪民谣，描述了一位名叫海伦的女子，因爱人移情另娶，因爱成恨，将蜡烧融铸成人偶，并对之施以诅咒，致爱人惨死的故事。

的物什。以此法求财的人当中，有位名唤梅枝的女子，在日本民间传说里，因与源氏武将梶原景季关系密切而为人所知。两人曾结伴外出游玩，某日因梶原盘缠用尽，不意陷入窘境。于是，梅枝便想起了无间钟的故事。她找来一只青铜洗手钵，将之想象为巨钟，一面尽力敲击，一面高声求祷："黄金三百两！黄金三百两！"直至将水钵击破才罢。此时，与两人同栖一间客栈的某位住客，听见梅枝对着一只铜钵敲敲打打，又口中念念有词，便饶有兴味前来一探原委，闻知两人正为银钱窘迫，竟当即慷慨解囊，惠予梅枝黄金三百两以充旅资。事后，梅枝敲钵求金的故事便被编成了歌谣，至今仍为艺妓们到处传唱：

> 梅枝敲铜钵，
> 黄金唾手得，
> 劝汝同效仿，
> 赎取自由身。[①]

梅枝求财如愿以偿的消息，使得无间钟再度名声大噪，众多信者纷纷有样学样，巴望这番幸运也能惠临在自己头

[①] 关于此首歌谣，小泉八云曾在英文原版中附有注释，将其解释为：若小女子我能将梅枝的洗手钵敲破，求得钱财，则必为众姐妹赎取自由身。此为错译，与原意不符。（日文版译者注）

上。这些人当中，有个住在无间山大井川畔的农夫，镇日游手好闲，不事正业，终将家产挥霍得一干二净。于是这好吃懒做的汉子，便用自家院中泥土，比照无间钟的模样塑了口泥钟，一面口中大喊："求金银财宝，求大富大贵！"一面将泥钟敲了个稀烂。

果然，自庭前地下冒出一位长发飘飘的白衣女子，手持一有盖的陶瓮，来到农夫面前，道："汝之恳愿，奴已知悉。今授尔此瓮，以完汝愿。"

言毕，女子将陶瓮交至农夫手上，便隐去了身形。

那汉子大喜过望，忙飞奔回屋，将这喜讯告知妻子，并将陶瓮摆在妻子面前。那瓮沉甸甸颇有分量，夫妇二人合力才将盖子撬开，赶紧低头察看，却见瓮内有东西迅速充盈，不停漫涨，自瓮口满溢出来……

那充斥瓮中的，究竟是什么呢？恕本人实难启齿。

食人鬼

　　昔时，禅宗高僧梦窗国师曾孤身远游美浓国①行脚化缘，不想在山间迷失去路。他彷徨良久，欲寻一乡人求问，却四顾悄然不见人影，一筹莫展间，正盘算觅一栖身处过夜时，却见暮日西斜，最后一抹余晖映照的山岗上，立着间小小茅舍，名作"庵室"。所谓庵室，是专为独自潜修于山间的僧人修造的小屋。此屋腐朽飘摇，似已荒废日久。纵然如此，庆幸能够得一瓦檐遮蔽，梦窗禅师仍加紧步伐，向那破屋急急行去。谁知进屋一看，却见有位老僧早已落脚其内。梦窗恳请老僧收留一宿，竟遭到对方不由分说的拒绝。不过，那老僧倒也指点了梦窗一个去处：据说附近山谷间有一村落，在那里应该能够求得食宿。

　　梦窗无计，只得依言下山，来到一处聚居着约十一二户人家的小村庄。他的到访，受到了村长家的欣然恭迎。甫一进门，便见四五十人聚坐在厅堂之上，而仆佣却独独将他一人领至隔壁小厢房内，款以餐饭，并铺设好卧具，供其歇息。梦窗疲累已极，不久便躺下，酣然入梦。及至夜半，忽从邻间传来阵阵哀哭之声，将梦窗惊醒。

俄顷，纸门向左右两侧轻轻拉开，一名年轻后生手提灯笼入得屋来，恭谦地欠身行过一礼，对梦窗道："大师，深夜惊扰，实为惶恐，只因在下有一事相禀。在下原乃一门长子，因家父数时辰前不幸故去，此际已接掌家业，忝列一家之主。方才正堂内所坐列位宾客，皆乃本村邻众，专为祭奠家父而来。在下见您旅途劳顿，面露疲色，不欲再添烦扰，便未将原委当即陈明。此事说来颇难启齿：依照此地习俗，举凡谁家有人深夜亡去，村中男女老少一概不得擅留，皆须离开本村，前往一里之外的邻村过夜。而停放死者遗体的家中，总会发生些匪夷所思的怪事。此刻，在下已为亡灵奉好供物，超度完毕，接下来，便将随同乡众往邻村去了。念此缘由，还盼禅师移步与吾等一道前往为妙。至于食宿用具，彼处皆亦为您预备妥当。自然，倘若大师法眼之中，妖邪鬼魅一概不足畏惧，与亡者遗体共处一室亦无妨碍的话，寒舍尽可供您歇宿。只是今夜在此宿泊者，除大师以外，便再无他人了。此点还望您多多涵谅。"

梦窗闻言，答道："施主款待周至，一番盛情，贫僧深

---

① 美浓国：日本古时令制国之一，相当于今岐阜县南部地域，最早亦称"三野国"或"御野国"。

表感念。方才抵达之际，倘蒙告知令尊往生之事，贫僧虽道学疏浅，旅途略有劳乏，然而为逝者诵经荐亡，乃分所应为，自当不吝薄力，赶在乡众动身之前为乃父念佛超度，持办法事。事已至此，深感抱憾，且容贫僧今夜稽留此处，待众人离去之后，陪伴令尊身畔，诵佛直至明晨，聊尽职责罢。至于方才您所称独留此处会遭遇的诸般怪力乱神之事，究竟何所指，贫僧不便妄测。不过，既为出家奉佛之人，自是无所畏惧。请不必为此挂怀。"

少主人闻言，面露欣慰之色，再三致礼。不一刻，诸位家属们与聚集于正厅的村民，闻说禅师慈悲为怀，承诺欲为亡者守灵，亦纷纷前来向禅师拜谢。

众人一一致谢礼毕，少主人又道："大师，独留您一人在此，在下深为歉意，但此刻我等已不得不动身告辞了。按照这村内的规矩，任何人皆不可逗留超过子时。我等离去之后，您身边无人照应，还望多多保重。村人不在这段时辰，若您目睹到什么离奇异象，待明晨我等回村之际，万请相告。"

交待完毕，众人留下禅师，悉数告辞而去。梦窗来到安置遗体的厅房，见堂前供着各色物品，烛灯莹然，于是诵经念祷，持完法事，便安然打坐，默想入定。几炷香过去，四下一片岑寂。当夜愈深浓，灯烛燃烧的声响亦渐次微弱时，一个巨大而模糊的黑影，悄无声息地飘入房来。梦窗顿感浑身瘫软，动弹不得，喉间亦发不出声来，犹如被抽去了所有气力，只眼睁睁看那黑影，竟双手揽起尸身，咔嚓咔嚓狼吞虎咽起来。那情状，比猫吃耗子还要迅疾，先自头部啃起，连同头发、骨头、浑身上下，乃至死者的寿衣，转眼都给吃得精光，一丝不剩。啃罢尸体，那妖怪又转向供品，也统统吃了个干净。而后，便同来时一样，携卷着一股莫名怪力，倏地飘然不知遁向何处去了。

翌日清晨，众人回村，见梦窗早已立在村长家门前等候，便纷纷上前问安，又鱼贯入屋，将四下一番查看，见死者遗体连同桌上供物统统消失无踪，竟无一人面露诧色。

少家主向禅师道："大师，想必昨夜您定是目睹到了什么不悦之事吧？我等一直为您悬心，此刻看您神色无恙，毫发无伤，胸中深为快慰。若有可能，我等本十分愿意留下来相陪，然而正如我昨夜所言，依据村约，举凡村中谁家有人亡去，皆须将死者单独留下，而全数村民即刻离去。若然胆敢违约不尊，接下来村中每每便会有大祸临头。反之，如若谨守村规，则死者遗体与供奉的祭品就会在众人离去的夜晚消失。不知大师是否对其中缘由有所亲见？"

于是，梦窗便将自己目睹一只朦胧可怖的黑影妖怪如何潜入安置遗体的厅房，又如何吞吃遗体与供物之事细说了一遍。禅师语毕，在场村众皆面色坦然，仿佛丝毫不感意外。

少家主则道："大师您适才所言，与本村从古至今世代相传的说法完全符合。"

梦窗便问："山岗上那间庵室内的老僧，莫非从不曾为本村的亡者持法超度？"

"哪位老僧？"少家主反问。

"昨夜我是得一老僧指点，方才寻到路前来贵村投宿的。"禅师答道，"我本欲在山头那间庵室内落脚一宿，因而向其中的老僧求问，孰料被其断然回绝，反倒是指给我一条来此的路径。"

村人闻言面面相觑，一瞬间莫不哑然。

少家主则道："大师，对面山顶何曾住着和尚，也更没有什么庵室啊！吾等村民祖祖辈辈居于此地，附近一带还从未有过和尚居住。"

梦窗闻言，便不再多语。盛情款待自己的这些村民们，各个狐疑之色溢于言表，显然都认为禅师是在来此的路上撞见什么鬼怪，被其迷惑了。梦窗与村人辞别，又请教了道路，决定再往山头的那间庵室去探探究竟，看看自己是否真的遭到了诓骗。找到庵室并不费力，这次那老僧还将梦窗请进了庵内。禅师入得屋来，却见那老庵主竟然战战兢兢伏下身去，拜在自己脚前，悲声道："老衲实在惭愧！惭愧！惭愧得紧啊！"

"哪里哪里，您不过拒我在此留宿一晚罢了，何需惶恐自责至此？"梦窗慌忙打断对方道，"况且幸得您指点，方能寻到那个村落，受到盛情周至的款待，这番好意，贫僧自当感激不尽。"

"以此刻老衲之身，实是无法收留任何人在此过夜。"老僧答道，"在下并非为此愧悔，而是想到自己的真面目必定为您所看破，才这般惶恐难耐。昨夜您眼见那个吞吃死尸与供物的妖怪，不是别的，正是在下。大师，在下其实是个专噬人肉的食人鬼。还盼大师慈悲为怀，且容在下将过往隐瞒不告的罪孽，与自己堕落至此的原委，向您一一忏悔。

"很早很早以前，我在这僻无人烟的地方事奉僧职。方圆数里内，除我之外，再无第二个僧人。当时，山民之中若有人往生，大家就要翻山越岭，不辞劳苦踏过数里山路，将死者的遗体抬到此处，由我为其诵经荐亡。但于我而言，无论是唱经超度，还是持办法事，皆不过为着生计与温饱，例行公事罢了。心中所算计的，唯有凭借僧人身份之便，获取的衣食资粮、利益供养而已。因我奉佛之心不诚，累下种种贪业，死后遭受果报，堕入饿鬼道，投胎成食人鬼模样，专噬刚死之人的尸体。此后，这一带举凡谁家有人亡故，正如您昨夜所见，我就不得不去吃那尸体方能活命。大师，恳求您怜我苦不堪言，为我办一场施饿鬼的法会，以您诵经念祷的殊胜法力，加持我早日解脱出凄厉鬼道罢。"

话音方落，便见老庵主的身形骤然散去，连同着那间庵室，一起消失了踪影。只余梦窗禅师，独自跪在萋萋长草丛中，身畔立着一座覆满了青苔的古坟。那苔痕深深的碑石，呈五轮塔①形状，据说似乎就是早年间不知哪位和尚的墓塔。

---

① 五轮塔：为佛塔的一种，多见于供养塔、墓塔。又称"五轮卒塔婆"、"五轮解脱"。五轮塔的形状发祥于印度，本来作为安置舍利子的容器而使用，如今在印度、中国、朝鲜已绝迹。在日本，自平安时代末期起，开始多用于供养塔、供养墓。塔身由五块形状各异的石头组成。在教理上，方形的塔基象征地轮，而后依次向上为圆形的水轮、三角形的火轮、半月形的风轮，和顶端椭圆形的空轮，分别代表着佛教中土、水、火、风、空五个方面。

貉

在东京的赤坂区，有条坡道叫作"纪伊国坂"。斜坡命名的由来，本人并不知晓。坡道的一侧，有条年代久远的沟渠，既深且宽，青草覆盖的绿色土堤高高垒起，一直堆至渠边的庭园和宅邸。而坡道另一侧，是旧皇宫耸峙的石墙，一路伸展，蜿蜒向前。在尚无路灯与人力车的年代，一到天黑，此地段就变得冷寂无声，凄清不见人影。倘或有人徒步晚归，宁可多绕好几条街，择远道回家，也不愿日暮后独自穿过纪伊国坂。据说，皆因那附近一条貉四下出没的缘故。

最后一个见到那条貉的，是住在京桥的某位年迈商人，而他早在三十多年前就已过世。以下这则故事，便是听那位老人所讲述的。

某日向晚，天色已黑透，商人脚步匆急，目不旁视，一心想快快行过纪伊国坂。谁知，却见渠边蹲着个女子，正独自一人垂首泣涕，仿佛将要投涧自尽的模样。商人见状心忖：也许自己应该给予一些力所能及的帮助或是安慰，便停下了脚步。那女子体态窈窕，气质娴雅，衣着颇为体面，头发高高挽起，梳着通常高贵人家出身的女子惯结的传统发髻。

"这位小姐，"男子一面大声招呼，一面走近前去。彼时，对于尚不了解具体身份的女子以"小姐"相称，是一种礼貌。"小姐，您别哭了。有什么烦恼，请告诉我。若能帮得上忙，我很乐于尽些薄力。"

商人这么说并非客套，确乎发于真心。因他一向古道热肠，是个怜香惜玉之人。

但那女子依旧以袖掩面，啼泣不止。

"小姐，"商人尽量轻言好语，"您且听我说，这一带到了晚间，实在可不是您这样的年轻女子能够久留的。我求您，快别哭了，有什么是我能帮上忙的，请尽管说。"

女子缓缓站起身来，依旧背对商人，以长长的衣袖掩住脸啜泣。商人将手轻柔地搭在女子肩头，继续相劝："小姐，小姐，小姐……唉，您且听我一句劝，先莫哭……小姐，小姐……"

正呼唤间，那女子转过身来，垂下袖子，并用那只手顺势在脸上麻利地一抹……商人定睛看，却见一张光溜溜的白脸，眼睛、鼻子、嘴巴一概没有……"啊！"商人惊声一记尖叫，拔腿便逃。

他沿着纪伊国坂没命地往上跑，四周一片漆黑，眼前是无尽的混沌空濛，伸手不见五指。他不敢回头，只连滚带爬，不顾一切地狂奔不休。

　　终于，远远见到前方有一灯如豆，仿佛微弱的萤火，商人连忙仓惶向着那点灯光投奔而去。到得跟前，原来是路边一家打着灯笼卖荞麦面的小摊子。经过方才那番惊吓，不管眼前的灯光如何昏暗，不管面前出现的是何许人，总之有个能说说话的，于他都是救命稻草。商人冲过去，一下子瘫倒在摊主脚边，气喘吁吁，语不成声，只能"啊、啊、啊"地呻吟不止。

　　"喂喂！"摊主粗声粗气，没好脸色地问道，"出什么事儿了？是谁要谋害你不成？"

　　"不不，没人要害我，"商人连说带喘，"只是，只是……"

　　"只是啥，只是要吓你吗？"摊主冷冰冰道，"还是说，碰见劫道的了？"

　　"不，不是劫道的，不是劫道……"商人依旧惊魂未定，"刚才有个女的，女的……就在沟边儿上……把脸一抹给我看，结果，结果……唉，跟你说都说不清楚！"

　　"哦？那女人给你看的，可是这样？"说完，摊主也抬手在自己脸上一抹。于是乎，那张脸瞬间变得好似一只去皮蛋，光溜溜什么也没有。与此同时，面摊的灯笼，也熄灭了。

辘 轳 首

距今大约五百年前，九州菊池氏的家臣当中，有个叫作矶贝平太左卫门武连的武士。矶贝的祖先声名威远，武艺高强。矶贝自然也天赋才能，继承了祖辈的力量与尚武精神，早在年少时代，便已精通了剑道、弓道、枪术等，技艺远超其师尊之上。大家都称许此君日后必成大器，会成为一名骁勇善战的武士。随后，在"永享之乱"①中，矶贝又屡立战功，成就了显赫的功名。但转而菊池家满门覆灭，矶贝也沦落成为无主之臣。本来，另投其他大名门下谋份差职，于他而言并非难事，然而矶贝爱惜声名，身为一名从不张扬功绩的武士，内心依然忠诚于亡故的主公。于是，他抛下凡尘俗务，剃度出家，改号回龙，做了一名行脚僧。只是，矶贝虽说披上了僧衣，内心却常葆一颗武士之魂。当年将艰难险阻视为等闲，临危不惧、笑看风云的矶贝，如今依然故我，任是辛苦劳烦亦毫不挂怀，无论刮风下雨或季节寒暑，都四处奔波，传扬佛法。甚至，更身赴其他僧人皆不愿前往的偏远之地弘法布道。当时战乱频仍，世道动荡，即便作为僧侣，单身行路也时有安危之忧。

在首度长旅的途中，回龙拜访了甲斐国②。某日他独行山间，当抵达一片远离村落、人迹罕至之处时，见日影西垂，天光渐已黑透，便打算夜宿山野一宿，恰逢路边有片草丛，于是就地躺倒，阖眼欲眠。回龙一向以苦为乐，权将吃苦当作修道的法门，若无舒适的地方歇脚，便以秃石为床，松木为枕。他的身体如同钢铁铸就，一切风霜雨露皆不以为意。

话说回龙方才躺下不久，就来了一个樵夫，手持斧头，身背大捆木柴打从旁边的山路经过。那樵夫见回龙躺在草丛之中，便立住脚步，沉默不语地瞪着他，过了一会儿，才语气极为惊讶地问道："我说您，到底是什么人啊？竟然敢独自躺在这种地方歇息？这附近时常有各种幽灵鬼怪出没，您就不怕碰见什么长毛鬼畜之类的东西吗？"

"无妨，无妨。"回龙语气轻快地答道，"像我这等四海漂泊的行脚僧，也就是俗话中的'云水客'，是不会变成妖邪鬼畜的口中餐。如果你是指那些幻为人形的狐精、狸妖之类的畜生，则完全毋需担心。愈是这种荒山僻壤，愈是为

---

① 永享之乱：日本室町时代，永享十年（1438年），发生在关东地区的战乱。身为镰仓府长官、第四代镰仓公方的足利持氏，因反叛室町幕府的统治，被第六代将军足利义教下令讨伐，与当时身为关东管领的上杉宪实展开了争战，最终以持氏败北而收场。

② 甲斐国：日本古时令制国之一，相当于今山梨县。

我所喜，此处正适于静思冥想。贫僧早已习惯了露天席地，宿眠于郊野，且从不惜乎性命，心中早将生死看淡。"

"您敢躺在这种地方歇息，不愧胆量过人。只是……"那樵夫又道，"这一带一向不甚太平，怪事频出，各种传言不绝于耳。有谚曰：'君子不近危墙'，今晚究竟是否要露宿此处，还望您三思。小的我家中虽茅檐草舍，寒宅一间不足待客，但还是恳请您快快与我一起回家去才好。纵无美食餐饭加以款待，至少有块屋檐遮风挡雨，让您无惊无扰地睡个好觉。"

回龙见他言辞恳切，态度也恭谦有礼，更何况一番盛情，不似有什么歹意，便欣然接纳了对方的邀请。那樵夫在前方开路，领着回龙穿过一片远离山路的僻静老林，向着深山腹地跋涉。二人沿着九曲八弯的羊肠小径，攀过崚嶒峭拔的怪岩与盘结缠绕的树根，终于，来到了山顶一处空阔之地。举头一轮皓月当空，洒下清辉如许。定睛看，一间蒿草搭砌的小屋，窗内亮着灯光。樵夫将回龙领至屋后一间堆放物什的窝棚，那里有用竹筒从附近山溪引来的清水，两人就着水将脚洗过。棚子前方是一畦菜园，更远处，则是一片杉树和山竹混杂的林子。林后，远远可以望见一线瀑布自高处湍流而下，在月色照耀下粼光潋滟，宛如一匹白缎。

回龙与樵夫走进茅舍，已有男女四人正围着屋中间的炉火烤手。见到回龙，全都深深垂首，毕恭毕敬向他致礼问候。回龙不由纳罕：这僻居荒岭的穷苦人家，竟能如此彬彬有礼，实不多见，便心下暗忖："这些山民礼数周全，举止得体，想必是得自于哪位礼仪之士的调教。"

回龙转身向被大家唤作"主人"的樵夫道："从您方才的温文谈吐，以及您家人迎接宾客时的郑重举止来看，想必您本不是樵夫出身，莫非从前曾是门第高贵之人？"

樵夫闻言面露笑意，答曰："确实如您所见，如今我虽身份寒陋，日子贫苦，但从前却是出身于武门的戎马之人，且薄有些威名，只是家道衰败，才沦落至此。一切皆是我罪孽深重，自作自受。从前，我乃某位大名的家臣，虽不才，也深蒙器重，常被委以要职。然而我时常纵情酒色，嗜饮无度，又兼秉性暴烈，骄纵跋扈，几次三番惹下祸事，不仅致使家道断绝，且更连累了许多人无辜死于非命。终于恶有恶报，落得个东躲西藏，从此隐姓埋名的下场。如今，我虽已发心悔改，立誓要赎回往日犯下的罪孽，重振家名，可惜却苦无出路，只得竭力去帮助那些迷途于山野之中的旅人，并时时持诵忏悔功课，盼望能早日洗脱夙业，了断前尘因果。"

回龙听樵夫如此虔心悔改，深为快慰，便道："哪里哪里，谁人年少时分不曾做过几件愚不可及的荒唐事，待日后，多半都会洗心革面，重踏正途。佛经有云：愈是曾经业障深重之人，一朝发心悔改，弃恶道，从善业，就愈是能够了悟得彻底而究竟，重植菩提根，成就大慈悲。我看你本来便是善根具足之人，望你能在今后的悔过之路上广结助缘，福慧现前。今晚，愚僧将为你终夜诵经，祈求你所发善愿早日应验。"

如此，回龙与樵夫立下了约定，要助其了断往日因果业报。随后，他道过晚安，由樵夫领至隔壁一间狭小厢房内，见床褥早已铺好，诸人亦皆去睡了，便借着灯笼的微光诵起了佛经，直至夜深。最后，临睡之前，回龙打算看一眼夜景，便推开了小屋的窗子。但见夜色宜人，风恬云朗，皎白的月华在地面上勾勒出点点尖细的叶影；露水犹如珠玉，在庭园中闪着晶光；蟋蟀与铃虫唧啾而鸣，瀑布的水声亦随着夜色渐浓而愈发铮钫。回龙听着那潺潺的水音，亦不由得口内焦渴起来，想起屋后引水的竹筒，心忖不如自己过去寻些水喝，无需惊扰熟睡的主人家。他轻轻拉开厢房与正屋间的纸门，哪知借着灯笼的幽光，竟看到正屋内横陈着五具无头的人身！刹那间，惊得回龙呆怔在原地，脑中飞快地闪过一念："强盗杀人？！"然而，旋即他便回过神来——地上根本不见血污，无头的断颈处也没有刀斩的痕迹。"莫非……"回龙心下沉吟，"是中了狐精狸妖的迷惑之计？要么，就是被诓骗而误入了辘轳首的窝巢？《搜神记》中曾有记载，说是如若见到辘轳首的躯体，只需将那躯体抛至他处，头颅就再也无法与之相连。

待那头颅回来后，发现身子被人挪动，就会像只球一般暴跳猛击地板三次，而后惊喘不休直至气绝身亡。若此刻眼前所见，果真便是那传说中的辘轳首，想来定然对我怀有加害之意，我且依着书上所说那般去做即可，一切不足为惧。"

回龙抓起屋主的两脚，将那具身子拖至窗边，抛了出去。接着绕至后门处，见门闩得好好的，可想那些头颅定然是从屋顶敞口的烟囱飞到外面去的。他轻轻抽掉门闩，来到院中，小心翼翼潜入菜园对面的树林之内，果然，听到有人声在交谈。回龙趁着树影的遮掩，蹑足向那人声缓缓趋近，恰好来到一处隐蔽的藏身之所，便躲在树干背后悄悄窥探。果不出其所料，只见五颗人头兀自在空中盘旋飞舞，一面你言我语地聊天，一面捉起地面或树木间的小虫，送进口中大嚼。

过了片刻，那屋主的头颅停下了咀嚼，说道："今晚来的那个行脚僧，长得多浑实肥硕啊！要是能把他给吃了，咱们几个的肚子一准早就饱了……都怪我，竟然发糊涂说出那番蠢话，教他为了我解脱罪业去念什么佛经。只要和尚在念佛诵经，咱们就一概近不得身，何况此人又在为我祈祷，那就更是奈何不了他什么了。不过，眼看天就快亮了，这家伙想来已经熟睡，你们谁回屋去探探动静？"

话音方落，一颗年轻女子的头颅旋即腾空而起，如同蝙蝠一般，飘然朝着茅屋的方向飞去。然而，不出片刻，便又大惊失色地飞了回来，声音喑哑，气急败坏道："那个行脚僧不在小屋里！他跑掉了！并且大事不好啊主人，您的身体也不见了！被那人不知扔到哪里去了！"

那屋主的头颅闻言勃然大怒，一张脸霎时变得狰狞万状，哪怕借着月色依然能看得分明。但见它目眦尽裂，须发乍立，将一口牙咬得铮铮作响，喉间迸出一阵凄嚎，泪如雨下道："身子既然遭人搬动，就再也无法与头颅合为一体了！我今已必死无疑……这定是那行脚僧所为，我死前非将那臭和尚擒住，碎尸万段，吃他个一干二净不可……啊！他就在那边！藏在那棵树后。快看！就是那贼和尚！"

语毕，屋主便率着其他四颗人头，以迅不及防之势，向着回龙飞扑而去。可惜，回龙身手武勇，亦非等闲之辈，顺手拔起一株小树，扎稳架势，轮番抵挡，将那几颗上蹿下跳、不停进犯的人头一一击飞。其势之迅猛，使得几颗人头终于招架不住，四散溃逃，只剩下屋主一颗头颅，任是怎样痛击，仍一次又一次执拗地狠扑上来，且一口衔住了回龙僧袍的左袖。回龙一把揪住它发髻，劈头盖脸饱以一通老拳，而那颗人头依旧牙关紧咬，不肯松口。最后，终于吐出一声幽幽呻吟，不再挣扎，死将过去。只是，牙齿仍死死叼住回龙衣袖，任凭回龙使尽浑身气力，亦无法将它双颌掰开来。

回龙便任由那屋主的头颅吊在袖子上，返回茅屋之内，见方才那四个辘轳首正瑟缩成团，挤挤挨挨蹲在墙角，各个头破血流，鼻青脸肿，不过，头与身子倒是重新连回了一起。看到回龙打从后门走进屋来，几个辘轳首吓得一面口中哇哇叫唤："和尚啊！和尚来了！"一面屁滚尿流地狼狈逃窜，冲出前门，朝着树林方向一溜烟跑得不见了踪影。

东方泛白，天光渐明。回龙心知世间魑魅魍魉之力，仅限于黑夜之中方能肆虐。他低头打量那只仍旧坠在袖上的辘轳首，见其滚得血泥模糊，口中还不时吹着几个血泡，不由扬声笑道："嚯！好一份甲斐土产！鬼头一颗！"接着，便从容拾掇了不多的一点行李，不紧不慢下山去了。

话说回龙继续登程赶路，不久，便来到了信浓国①的诹访。他袖上吊着颗新鲜人头，大大咧咧信步于街市之中，往来女子见之无不吓得花容失色，几欲昏厥；孩童们惊叫着四散奔逃；一群看热闹的路人，则围在他身边四下吵吵嚷嚷。终于，惊动了捕吏（即那个时代的警察）前来捉拿，将回龙绑走，投进了牢房。按照这帮捕吏的想法，一定是回龙杀人害命，在斩下对方人头的瞬间，被那人头一口咬住了衣袖。而面对着捕吏的讯问，回龙但笑不语，不置一词。在牢里待了一晚之后，翌日，回龙被押到了衙门大院当中，听那执

---

① 信浓国：日本古时令制国之一，相当于今长野县，及岐阜县中津川市的一部分地域。

事的官员喝令道："你区区一介行脚僧，竟敢袖间悬着人头，大摇大摆走在街上，非但不以为耻，还将罪证炫耀人前，究竟是何道理，速速从实招来！"

回龙闻言，放怀大笑道："并非贫僧要将这头挂在袖上，是这家伙自己咬上来的。贫僧既不曾指使它这样做，亦不曾杀过人。这不是什么人头，乃是一颗鬼头。再说，贫僧虽确实打死了一只妖怪，却并没有流它的血。一切不过出于自卫，所作所为皆属理所当然。"

而后，回龙将那番离奇遭遇，一五一十细细禀明了官员。当他讲到自己如何智斗五颗人头时，不由再次纵声大笑。

然而，衙门的执事听了他一番陈述，却不以为然。他们愤慨不已地认定：回龙看样貌虽为一介行脚僧，但实则是个杀人越货、十恶不赦的惯犯，所讲的故事亦不过是在愚弄堂上，遂当即下令道：此案再无继续审问的必要，只将回龙当堂处办即是。谁知，诸执事当中有一年高长者，因持异见而在整个审讯过程中一直静观不语，此刻见状，则慢悠悠起身发话道："还是先将那人头仔细瞧过，再议不迟。现下，尚无一人好好查验过，如若和尚所言属实，那颗头自然便是证据……且将人头呈上前来！"

回龙褪去僧袍，见那颗头依然紧咬衣袖死不丢口，只好将其连同衣裳一道呈在执事们面前。老者将那头翻过来掉过去，端详再三，发现在脖颈的断面处有几道奇怪的红痕，便指给诸位执事们细瞧，又提醒大家留意：断口边缘丝毫找不到刀砍的痕迹，不如说更像是叶子从枝头自然掉落般平滑。

老者慢条斯理对在座的执事们道："显然，和尚所言真实不虚。此物乃为辘轳首，《南方异物志》中曾有记载曰：'飞头蛮，其项有红痕。'正如方才诸位所见，此物颈端亦有红色印迹，且非人手涂抹所为。据传言说：此等妖物自古已有，向来出没于甲斐国的山间。不过话说回来……"老者转身向回龙道，"法师，您可真乃举世无敌啊！依老夫看来，您绝非普普通通的行脚僧，倒不如说更像武门之人。敢问您从前是一名武士吗？"

"诚如大人所察，"回龙答，"贫僧出家之前，曾是舞刀弄剑之人，管它对手是人是鬼，一向毫无惧怕。当年我名号矶贝平太左卫门武连，奉职于九州大名门下，在座的诸位当中或许亦有人知晓？"

听到回龙的名号，堂上登时赞叹之声四起，原来当中多位武士们都曾久仰矶贝之大名。回龙瞬间如同被友侪环绕，庭上众武士们此时此刻无不钦敬之情溢于言表。他们热烈簇拥着，将回龙送至大名的府邸。而大名对他亦是殷勤备至，不仅设宴款待，更在他告辞之际馈赠了大笔礼品作为褒赏。回龙可谓享尽了在这虚华浮世间，作为一名出家之人所允许享受的所有体面与福报。至于那颗辘轳首，他半是打趣道：

"权当留个土产罢！"而依旧任其挂在袖间，转身离去。

最后，那只辘轳首下落如何了呢？在此做个交待。

回龙离开谠访一两天后，遇见了个劫道的强盗。那贼人在山间一处人烟稀少的所在拦下了他，命他脱掉衣服即刻滚蛋。回龙依言褪去僧衣，伸手递与那厮，那厮这才惊见衣袖上还挂着东西。

尽管那贼人素来胆大包天，肆无忌惮，看到人头仍是吓得丢开僧袍，向后跳了一步，叫道："你，你，你到底是不是和尚？竟然比老子还要心狠手辣？老子我虽说也杀过不少人，但还从不至于袖上吊着颗人头走来走去……看样子，你这和尚倒与我等是一路人。哎呀，当真是佩服，佩服得五体投地啊！我看你这个头，拿去吓唬人倒很不错，你把它卖给我怎么样？我拿自己这身衣裳，外加五两银子跟你换。"

回龙答："你若果真想要，让给你倒也无妨。不过，这并非什么人头，乃是鬼头。你买下它，以后若是遇上什么麻烦，且莫怪我欺骗于你。"

"哈哈哈，你这和尚真有意思。"那贼人放声大笑，"你不光杀人，还挺爱说笑……话说真的，这是衣裳，这是银子，你这人头反正我买下啦！胡说那玩笑作甚？"

"拿去罢。"回龙答，"我并不曾说笑。若说玩笑，你居然愿意花钱买颗鬼头，这才是不折不扣的玩笑。只怕是失心

Atama naki
Bakemono nari to
ろくろ ビ"
Mite ~~wa~~ ~~dar~~ odorokan
Onoga Karada wo

Tsuka no ma ni
Hari wo tsutawaru
ろくろ ビ"
Kata-kata warau
Kao no kowasa yo!

Nemidare no
Nagaki Kami noba ?
Furi wakete
Chi hiro ni nobasu
ろくろ ビ" 夏! Kami.

小泉八云　遗稿手迹《轳轳首》

疯了不成？"

语毕，回龙大笑数声，扬长而去。

这边厢，那贼人拿着人头与僧袍，在街巷间装神弄鬼，四下作恶，倒也得逞了一段时日。可待他来到诹访附近，听说了辘轳首的事情之后，却不禁心虚起来，生恐恶灵会给自己带来什么噩运，便发下殊胜之愿，要将人头送归原处，连同身子埋在一块儿。他找到甲斐国山中那间荒废的小屋，只见其中空空如也，且遍寻不见樵夫的身体。只好将头颅单独埋在了屋后的林间，其上镇一石碑，并为亡魂操办了一场超度饿鬼的法事。据日本的民间故事家记载，那碑石上刻着"辘轳首之墓"的字样，至今仍旧能够见到。

被埋葬的秘密

距今许多年以前，丹波国①住着一位富商名叫稻村屋善助。其膝下育有一女，名唤阿园，生得极为乖巧伶俐。善助觉得仅仅让女儿跟着乡下的私塾先生念念书，粗通点文墨，则未免可惜，便指派了几名可靠的仆从，将阿园护送至京都，望她在京城的上流贵妇身边，学些琴棋书画、诗词曲赋之类的优雅技艺。待阿园学成归来，便嫁给了一位名作长良屋的家族世交，两人相伴度过了三四载幸福恩爱的时光，并且生下了一个儿子。然而，婚后第四年上，阿园却忽染顽疾，最终不治，撒手西去。

在阿园丧礼之日的当晚，谁知她那小儿子却道："母亲回来了，就在二楼的房里，一句话也不说，只是望着我笑。我觉得很怕，就赶紧逃了下来。"家中诸人闻言，急忙跑去楼上阿园的房中查看，结果一看之下，全都吓了一跳——借着佛坛边灯烛的微光，只见明明已经去世的阿园，竟赫然站在她平时放置衣裳饰品的柜橱前。其身影，从头部至肩膀皆十分清晰，自腰部以下起则愈来愈朦胧，渐而消失不见，透明得就如同一幅不甚完整的人影，又仿佛映在水面的倒影。

众人心中惧怕，纷纷逃出房来，聚在楼下合议对应之计。阿园的婆婆开口道："女人们平时都喜欢摆弄些花啊粉儿啊之类零零碎碎的小东西。阿园生前也一向宝贝她那些头钗绢花、衣裳饰物，此次回来，或许就是为了再瞧一眼生前的旧物吧？听说死去之人，通常都爱这么做。咱们须得把她的衣裳、束腰什么的都作为陪葬，舍给持办丧葬法事的菩提寺②，如此一来，阿园的亡魂肯定就能安息了吧？"

大家速速商议出了眉目，次日清早，便把橱柜箱屉拾掇一空，将其中衣裳、首饰、物品等悉数运往寺中。然而隔天夜晚，阿园却依旧回来了，仍同前晚一样，痴痴地望着橱柜。接下来的第二晚、第三晚……她夜夜前来，闹得举家上下人心惶惶。

阿园的婆婆无奈只得来到菩提寺，将近日所出之事从头至尾一一告知了寺中住持，并恳求一个镇魂超度的法子。菩提寺属佛教中禅宗一脉，住持太元法师乃是一位年高望重、见多识广的老僧，遂道："这必是由于阿园在天之灵仍对柜

---

① 丹波国：日本古时令制国之一，地跨现今京都府中部、兵库县的东北部，及大阪府北部。
② 菩提寺：又称檀那寺，为自家持续供奉香火，以安放、祭拜先祖牌位及墓碑的寺庙。

中或附近某物心有不舍之故。"

"但柜中之物早已全数清空，"阿园的婆婆答道，"此刻什么都没有了。"

"既是如此，"太元法师道，"今晚老僧便往府上走一趟，守在那房中看看究竟，之后再计议举措不迟。请您嘱咐家人，在此期间，除非听到我呼唤，否则无论何人一概不可擅入房内半步。"

日落之后，太元法师依言而至。阿园的房间已为法师的来访而拾掇妥当。太元独自在房内诵经打坐，直至子时，都一切如常，不见亡灵的身影出现。然而子时方过，阿园却突然浮现在衣橱之前，脸上带着依依不舍的神情，目不转睛盯着那橱柜。

法师先如法恭恭敬敬诵了几句心咒，而后转向阿园的身影，唤着她的戒名，道："老僧此番前来，只为助你了却此世未解的牵挂，那柜中莫非仍有你心中难舍之物，待老僧为你找出来，如何？"

阿园的亡魂微微颔首，似是授意。太元便站起身，拉开衣橱最顶端的抽屉查看，见其中空空如也，又依次拉开第二层、第三层、第四层……直至抽屉后侧及底部，连同衣橱的内壁亦统统细查过一遍，却什么也不曾发现。然而，阿园的亡魂依旧同先前一样，若有所恋地望着橱柜。

"究竟她是牵记何物呢？"太元暗自思忖，忽而心念一转，"莫非抽屉底部铺的那些衬纸下面，藏着些什么？"便揭去最上层抽屉的衬纸查看，依旧空无一物。第二层、第三层……逐层检视了一番，皆无所获。最后，终于在最底层的抽屉衬纸之下，赫然发现了一封信。

"这便是你心念所系之物吗？"太元问道。

阿园的亡魂转身向着法师，迷离的眼神切切注视着那封信。

"老僧代你将此信烧去，如何？"太元又问。

只见阿园躬身向他行了一礼，似是致谢。

"好，待我清晨一回寺，便烧掉它。"太元承诺，"除我之外，再不会给第二人看到。"

阿园闻言释然一笑，便遁去了身形。

待太元步下楼梯时，天光已微明，家中之人皆焦灼地聚在那里等候。

"诸位不必担心，阿园今后不会再来了。"法师向众人宣布。

果真如其所言，阿园自此后便再也不曾现身。

而那封信，则被烧掉了。那是当年阿园在京都学艺时，某人写给她的情信。内中究竟写了些什么，唯有法师知晓。这秘密，直到法师圆寂之时，亦随他一道，被永远地埋葬了。

雪　女

　　武藏国①的某村庄里，住着两位樵夫，分别名叫茂作与巳之吉。在这个故事发生之时，茂作已是耄耋老者，而作为帮手的巳之吉，尚还是个年方十八的后生。每天，两人都结伴去往村子两里之外的林中砍柴，途中，经过一条宽广的大河，须得摆舟横渡。虽说那渡口处，也曾多次架起过木桥，但次次都被泛滥的河水冲走，每逢洪水暴涨，普通的木桥根本招架不住。

　　某个寒意袭人的傍晚，茂作与巳之吉在返家的途中遭遇了一场狂风暴雪。二人赶至渡口，见摆渡人将小船拴在对岸，人却不知去了哪里。如此恶劣的天气，实在无法游过河去，于是二人便躲进船夫当值的小屋，打算借此处暂且避避寒气。能够在风雪交加之中，找到这样一处容身之所，也算有些运气。但小屋中别说火盆，哪怕一个生火取暖的地方都找不到，仅仅两个榻榻米大，除去一扇门，连扇窗户也没有。茂作与巳之吉将屋门紧紧闩妥，而后便蒙着蓑衣躺了下来，起初尚不觉多么寒冷，心想暴风雪或许很快便会停息。

上了年纪的茂作躺下不久便睡着了，年轻的巳之吉却听着那令人胆寒的风啸和暴雪无休无止扑打门板的声音而辗转难眠。河水轰然暴涨，小屋仿佛大海中一叶飘摇的孤舟，吱嘎作响。在这凄厉的风雪当中，随着夜色渐深，亦一刻比一刻天寒地冻，巳之吉蜷缩在蓑衣之下瑟瑟发抖，虽感寒气逼人，也终究抵不过困意，坠入睡梦之中。

再睁眼，是因为感到有雪花窸窸窣窣扑洒在面颊。不知何时，小屋竟然门户大敞。雪光映照下，只见有位女子立于屋内，浑身银装素裹，正弯腰向茂作的脸上呵气，而吐出的气息，仿佛道道闪亮的白雾。巳之吉正望着她时，那女子却忽而调转头，向他这边俯下身来。巳之吉吓得急欲大喊，口中却发不出半点声音，只眼睁睁看那女子放低身子，缓缓凑过来，直到一张脸近在眼前，几乎伸手可触。这下巳之吉看清楚了——尽管眼神冰冷彻骨，教人悚然，却是好一名姿容秀丽的美人！

女子深深注视着巳之吉，忽而嫣然一笑，低声呢喃道："我本打算以对待其他男子的手段如法对你，怎知竟为你怜

---

① 武藏国：日本古时令制国之一，相当于今东京都、埼玉县以及神奈川县的一部分地域。

惜起来。念你生得如此年轻俊美，此次就暂且将你放过。不过今晚之事，你切不可向任何人提及。哪怕只是告知你的家母，我也绝不轻饶，但凡泄露分毫，你小命便休矣。仔细记住我今天这番话。"

言毕，女子转身飘然而去。巳之吉这才身上一松，重新能够动弹起来。他急忙跳起身，向外望去，四下却早已不见那女子踪影，只有风雪狂暴肆虐，不住向屋内席卷进来。巳之吉将门重新闩上，又找来数根木柴牢牢抵住，固定妥当。方才，难道是狂风将门吹开的吗？又或者，发生的一切皆只是场梦？莫非是自己将映入屋内的雪光，错当成了白衣女子？巳之吉思来想去，心中仍惴惴不宁，喊了几声茂作的名字，亦听不到任何回答。黑暗中，他试探着伸出手去，摸了摸对方的脸，触手一片冰凉，看来是死去多时，身子早已僵硬。

拂晓时分，风雪止息。日头出来后不久，船夫也回到了小屋，见巳之吉不省人事地倒在早已冻死的茂作身边，急忙施以救助。年轻后生巳之吉很快便从昏迷中苏醒，但毕竟经过了一夜严寒，之后大病一场，许久都卧床不起，且每每回想及老人蹊跷的死因，心中都惴惴不已。尽管如此，关于看到白衣女子那番疑幻疑真的经历，却对任何人都一言未提。终于，身体养好后，巳之吉又恢复了从前砍柴的营生，每日清早独自到林间去，日暮时则背着成捆的柴火回来，交给母亲拿去集市卖掉换钱。

转眼到了翌年冬天。某日傍晚，巳之吉在归家途中，恰好遇到了一位同在赶路的女子，生得身姿高挑，容貌端丽。他忍不住向她打了声招呼，女子亦欣然回应，嗓音宛如莺啼燕啭，清脆悦耳。巳之吉便与女子并肩而行，你一言我一语聊了起来。

女子说自己名唤小雪，因不久前双亲亡故，此刻正赶路到江户去，打算投靠那里的一位远房穷亲戚，拜托对方帮她找份帮佣的活计。巳之吉一下子便为这位萍水相逢的女子所倾倒，愈打量愈觉她容颜姣美，便问："姑娘是否已经许配了人家？"女子笑答："尚未有婚约在身。"接着，又反问巳之吉可曾娶妻，或与谁家的女儿定下了终身。巳之吉回说自己与老母二人相依为命，因尚年轻，还不曾考虑过婚娶之事。两人互道了身世来历后，一时无话，便静默着相伴走了许久。然而俗话说得好："若是两情相悦时，一切尽在不言中，有时一个眼神也胜过千言万语。"当回到村中时，两人心中早已情愫暗生。巳之吉邀请小雪到家中歇歇脚。小雪犹豫了片刻，便羞涩地答应了，跟着他回了家。巳之吉的母亲笑意盈盈迎接了小雪，还特意端出热腾腾可口的饭菜款待。小雪谈吐得体，讨人欢喜。老母亲对她十分满意，便极力说服她不如暂缓去江户，在此处待上一阵子。当然，结果是小雪从此便留了下来，再也未去江户，嫁给巳之吉，做了他家的媳妇。

婚后的小雪真是个无可挑剔的好妻子，五年后，当巳之吉的母亲去世时，临咽气前都还念叨着她的种种好处，对她感激不已。小雪为巳之吉生了十个儿女，无论男孩女孩，皆粉妆玉琢，可爱娇美。

然而，村邻们却渐渐惊诧地发现，小雪是个有别于常人的奇女子。通常农家女人都衰老得很早，唯有小雪，虽身为十个孩子的母亲，却依旧容颜不改，同当初刚到村中时一般年轻娇嫩。

某晚，孩子们都睡下后，小雪在油灯下做些缝缝补补的活计。巳之吉凝望着妻子的身影，忽道："看你这副低头做针线活儿的模样，脸被灯光这样映着，我倒突然想起十八岁时遇到的一件匪夷所思的怪事来。当时，我曾见过一个与你容貌十分相仿的白衣女子……这么一说，还当真是愈看愈像……"

小雪手中做着活儿，眼皮亦不抬地问道："是个什么样的女子？在哪里碰到的？"

于是，巳之吉便将当年在渡口小屋那一宿所遭遇的骇人之事，包括一名白衣女子如何俯身向自己诡异地微笑低语，茂作老人又如何莫名惨死等，都一五一十告诉了妻子。最后，他道："自那后，无论梦中还是现实当中，我都不曾再

Honrai wa
Kū naru mono ka
Yuki Onna
Yoku-yoku mireba
Ichi butsu mo nashi

Sakasa-bashira

Sakasa-bashira
Tate shiwa tazo ya
Kokoro ni mo
Fushi aru hito no
Shiwaza narurau

小泉八云 遗稿手迹《雪女》

Yuki Onna
Yosō Kushi-mo
  Atsukōu
Sasa kōgai ya
Kōri naruran.

Samukisa ni
Zotto uazurido
  Yuki Onna
Yuki oré no naki
Yanagi-yoshi kamo.

Yuki-Onna
Mité wa yasashiku
  Mataku wo ori
Nama daki kishigu
Chikara ari-keri;

小泉八云 遗稿手迹《雪女》

见过那般美貌的女子。细想来，她断乎不是真人。实在可怕至极，每想起都让人不寒而栗。那女子浑身素白，不同寻常……老实说，一切究竟是场梦呢？还是我果真曾看到过雪女，至今也无法确定……"

岂知小雪听完这番话，忽而丢开手中针线，猛地站起身，来到坐着的已之吉身边，俯身盯着他，以哀切的口吻道："你口中那白衣女子，就是我，是你眼前的小雪我啊！当年我曾警告过你，若将此事对他人泄露半字，就取你小命……若不是念在那十个睡熟的孩儿份上，此刻你早已一命呜呼。事已至此，往后的日子，孩子们就全部托付给你了。你务必要好生疼爱照管，若胆敢给他们半点委屈，我绝不轻饶与你！"

言毕，小雪发出一声凄厉的尖叫，宛如风的哀鸣，渐渐细弱。与此同时，她的身影亦仿佛一缕闪亮的白雾，袅袅升腾至椽梁间，又摇曳着自烟囱逸出了屋去，消失不见。自那后，便再也不曾有人见到过她。

青柳的故事

本篇故事发生在日本文明年间，亦即公元一四六九至一四八七年期间。当时能登国①藩主畠山义统门下有位年轻武士，名唤友忠。友忠虽出身于越前国②，但自小便作为贴身内侍入了能登藩主的府邸，在主君严厉的督导之下修习武艺。长大后，遂成为一名文武双全的出色武士，深得主公的赏识与器重。友忠天性随和讨喜，相貌清俊，又深谙言谈之道，因此也颇受身边友辈同侪的敬爱。

友忠二十岁这年，获主公密令前往京都，谒见当时最有势力的藩主，亦是畠山义统的族人细川政元。因主公命他途中取道越前国，友忠便打算顺便回家探望一下寡居的老母，请令之后，得获恩准。

动身那日，正值一年当中最严寒的时节，北国原野皆笼罩在皑皑无际的白雪之中。友忠胯下坐骑虽是一匹矫健的骏马，却仍旧举步维艰，行路迟缓。他取道于山间，四下罕有村落，人家稀少。上路第二日，策马跋涉了数个时辰后，看情形不到深更半夜恐怕是无法抵达投宿的店家了，友忠不禁心中焦急起来。他的担心倒也不无道理，其时大雪扑面，凛风刺骨，人困马乏再也没有半分赶路的气力。正自一筹莫展之际，忽见不远处的小山丘上有间蒿草搭砌的茅屋，掩映在一片柳枝之间，友忠不由大喜过望，急忙策马加鞭朝那小屋奔了过去。风雪交加的寒夜中，他大力拍打着茅屋紧闭的柴门。片刻后，一名老妪打开门来，面带困惑之色，打量着眼前这位英俊的陌生武士，而后和颜悦色道："可怜见的，天气这么坏，你年纪轻轻一个后生家，还要独自赶路吗？快请进来歇歇脚罢。"

友忠跳下马，将马牵到屋后的草棚中拴好，而后踏进屋门，见有位老翁正与一年轻姑娘把竹柴丢进火盆里取暖。二人看到武士进来，连忙客气地招呼他上前烤火。老夫妇先为友忠温好一壶热酒，又起手准备起餐饭，并随意打听了一些他在旅途中的事情。之前那位姑娘虽已避进了屏风之后，但惊鸿一瞥间，友忠仍为她的美貌所诧惑不已——那般粗衣陋服，发丝凌乱松垂，却依然不掩姿色，在这穷乡僻壤间，实难相信竟还有如此绝世佳人。

---

① 能登国：日本古时令制国之一，位于今石川县北部能登半岛。
② 越前国：日本古时令制国之一，位于今福井县岭北地区，含岐阜县西北部。

老翁对友忠道："大人，邻村距我家这里尚还遥远，此刻外面漫天风雪，道路艰险，今晚若继续冒雪登程，恐怕着实不妥。寒舍处处简陋，招待您这样尊贵的武门之人，虽深感惶恐，但您还是屈尊在此将就着歇息一晚更为安全。您的马匹我们也自会小心照看。"

友忠见对方如此客气挽留，便答应下来，且心中暗喜：这下有机会多瞧那位美丽的姑娘几眼了。不大会儿工夫，饭菜端了上来，虽是农家的粗茶淡饭，却分量十足。那姑娘也自屏风后走出来，立在一旁斟酒伺候，不知何时已换了一身简素的手纺布衣，长发细细梳过，整齐地挽在脑后。姑娘款款欠身为他斟酒，友忠心中不禁暗暗称奇——自己一生所见女子，从未有一人姿容堪与这姑娘媲美。看她举手投足，顾盼之间，皆有种无法形容的柔婉态度，不由得目迷心驰。

见此情景，老夫妇俩便歉意道："小女名唤青柳，自幼在山中长大，不懂规矩礼数，若有何不周之处，还望您多多担待。"

友忠慌忙打断两位老人，答说能有如此貌美如花的姑娘为自己添茶斟酒，实是三生有幸。说话间，还目光灼灼地凝视着青柳，看得人家姑娘满面羞涩，双颊绯红。尽管如此，友忠依然不舍将目光稍稍挪开片刻，兀自投杯停箸瞧得出神，连吃饭也忘了。

老妪见之，遂劝道："我们乡下人家饭菜简陋，恐怕不甚合您口味，但今日寒风刺骨，您冒雪兼程，想来浑身里里外外都冻透了，也请多少进些薄酒淡饭，暖暖身子才是。"

为了不负两老一番美意，友忠尽兴放怀吃喝起来。然而，杯盏相酬之间，粉面含羞、被绯色染红了双颊的青柳，在友忠眼中却愈见娇美。那清甜的嗓音，端庄柔婉的态度，都令友忠益发倾心，不禁暗忖：这姑娘虽生在山间，长于乡野，但双亲必定曾是显赫一时之人。从她穿戴谈吐来看，都有一种大家闺秀的气质。忽而灵光一闪，无法按捺的喜悦，瞬间化作了一首和歌涌上友忠心头。他对着青柳，放开歌喉唱道：

> 寻芳天涯道中觅，
> 流恋花畔不忍去，
> 未及破晓绯云熹，
> 却问光阴为底急。

姑娘闻歌，不曾有片刻犹豫，随即和道：

> 平明一至君即去，
> 未解奴心惜君意，
> 欲把晨曦袖底藏，
> 且留君驻心相寄。

如此，友忠知道青柳已对自己的爱慕了然于心了。对方大大方方接受了他的赞美，不仅即刻和歌一曲回应了他的心意，且出口成诗的才华也令他钦慕。友忠深觉世间再也找不出比眼前这位农家姑娘更加秀外慧中、聪颖伶俐的女子了。他心中有个声音在不停催促："如此天赐良缘，且当珍惜才是！"

　　此时此际，友忠对青柳俨然已心醉神迷。他一不做二不休，当即开门见山向老夫妇恳求将青柳许配自己为妻，并将名号、家世，以及此刻事奉于能登国藩主的武士身份，一一向对方做了陈明。

　　夫妇二老先是深深作了几揖，表达了感激与惶恐之意，但神色之间，显然仍存有几分迟疑："大人乃是武门之人，身份高贵且前程远大，出人头地是指日可待。承蒙不弃，我等感激之情无以言表。然而，小女出身寒微，长于乡野，素来疏于拘束教养，嫁与您这般的尊贵人家，只怕实在有高攀之嫌，单是口中提及都深觉不敬……不过，既然大人对小女意有所属，不念她寒陋粗鄙，我等自然也乐意她常伴您身边服侍。今后，还请您随意差遣，多多疼爱。"

　　翌日，黎明之前风雪停息，万里晴空升起一轮旭日。即使青柳能够用衣袖遮住心上人的眼睛，掩去天边绯红的云霞，友忠也无法再多留一刻，须得动身上路了。但他心中仍是依依难舍，打好行装，一切归置停当后，便转身向两老道："一夜叨扰，已为两位平添许多麻烦，若再得寸进尺，实是惶恐。但我仍有一不情之请，盼二老成全。此刻我与贵千金青柳姑娘已是两心相许，难舍难分。恳求二老将她赐我为妻，伴我上路，一道同行。若得允准，我定将二老奉作双亲，一生孝敬……此处略呈薄礼，以表我答谢之意。出门在外，仓促之间准备不周，区区寸心，还望笑纳。"

　　说着，友忠取出一只装有金锭的荷包，放在了拘谨守礼的二老面前。然而老人却连连欠身，深鞠几躬之后，又将那荷包推了回来，说道："大人，您这番心意，我二人恭领了。不过这袋金锭，于我们寒门小户也派不上什么用处。您严冬长旅之中多有花费，还是留下自用为好。我二人身居穷乡僻壤，也没什么东西可买，就算真想添置些什么，也花不掉这么许多……至于小女，既然已经许配与您，从今起就是您的人了，是带她走，还是要她留下，全都听凭您的意思，无需征求我二人同意。小女方才已亲言，愿意伴随大人上路。只要您不嫌她妨碍正事，就让她陪在您身边伺候起居也好。小女能够蒙您怜爱，我二人实感欣慰，大人且不必为我们担心挂怀。这荒村野地，别说是嫁妆，连件体面衣裳也置办不出，况且我们都已是半截身子埋在土里的年纪，迟早要撇下小女撒手西去，如今能将她终身托付与您，也是一种求之不得的福气。"

任凭友忠再三恳求，二老终究不肯收下金锭，看来确非那种贪财图利之人，将女儿许配给友忠，也完全出自于一片父母之心。友忠决定带青柳即刻上路，他将青柳扶上马，诚心诚意向两老再度告谢，并致以最后的道别。

老翁回曰："大人，该称谢的是我们才对。相信您一定会对小女善待有加，我跟老妻也便放心了。"

（故事讲到此处，日文原作突然奇怪地中断了，以致于上下文之间出现了一段无法衔接的空白。关于友忠的母亲、青柳的双亲以及能登国藩主等，都未再提及。显然作者走笔至此，有些心浮气躁起来，仅三言两语潦草几笔，便急于将惊人的结尾交待出来。我无法对原文疏漏的情节擅做弥补，或是修正作者在谋篇构局上的不妥，但可以针对某些细节稍做解释，否则接下来的故事也就难以成立了。看情形，似乎是友忠带着青柳抵京后，曾遭遇了很大的麻烦。不过二人后来究竟搬去了哪里，则无法确定。——小泉八云按）

在当时那个年代，未经主君的钦准，武士们是不可擅自成婚的。况且在完成所奉职责前，无法得到主君的许可，对此，友忠心中也十分清楚。如此情形下，青柳惹人注目的美貌，时时都有招来祸患的危险。友忠不得不谨慎提防，生怕青柳被人从自己身边夺走。到了京都后，为了避开左右好事之徒的耳目，友忠一直东掩西藏，竭力隐瞒青柳的身份。孰料某日，却仍旧被细川政元家一名家臣无意撞见，且很快察悉了二人的关系，遂向主公禀报了此事。细川政元彼时正当年少风流，一向贪慕女色，闻说青柳貌美，便即刻命人传召，将之强行带进了宫去。

友忠闻讯懊悔不已，然而心知回天乏力，自己不过是远国藩主门下区区一介使臣。此刻人在屋檐下，对方是比自家主公更为势力强大、呼风唤雨的细川家，又怎敢轻举妄动，拂逆其旨意。况且，友忠对自身的七寸也心知肚晓——只因自己行差踏错，违背了武士规条，与青柳结下不可光明正大昭之于人的关系，才招来眼前的不幸。事已至此，他心中仅余一丝侥幸，盼望青柳能够凭借自身力量偷偷溜出宫来，与他远走高飞。然而这点盼望，亦无异于绝望。

友忠思前想后，决定给青柳传书一封。当然，他也明白此举冒险之至，因为情信极可能落入细川手中。外臣与大内女眷私下书信授受，一旦暴露，是要被治以重罪的。尽管如此，他也决心铤而走险，遂在信中写下汉诗一首，并暗中筹划，趁人不觉偷偷交给了青柳。此诗乃唐人崔郊的一首七言绝句，名曰《赠婢》，虽仅有寥寥二十八字，却寄托了友忠所有的思念之情，倾尽了恋人被夺去后内心的痛苦。诗云：

公子王孙逐后尘，

绿珠垂泪滴罗巾。

侯门一入深似海，

从此萧郎是路人。

（此诗意为：女子姿容美如珠玉，引来年轻贵公子们竞相
逐于裙后大献殷勤，然而美人却独自泣涕，黯然神伤，任由
泪水沾湿了罗巾。当日她一入侯门便得贵人青睐，将万千宠
爱集于一身，那贵人的爱意堪比海深[①]。只留下萧郎孤身孑影，
寂寥徘徊于路边，思念着过去的恋人。——小泉八云按）

情诗送出后，翌日傍晚，友忠便被传召至细川府邸。他
心中暗自揣度，认为定是送信之事已然败露。此信既已被细
川过目，一顿酷刑看来在所难免。

"细川定会治我以死罪的。"友忠心想，"但既然已与青
柳云汉永隔，生亦何欢，死亦何惧？倘若果真被赐死，不如
索性动手先杀掉细川，至少，也给对方点颜色看看。"

心意既决，友忠便将太刀佩在腰间，向细川府赶去。

① "侯门一入深似海"原诗并非指"贵人的爱意堪比海深"，而是表达情郎思念
深锁于宫墙大内的女子，并为之深深哀叹的心情。此处读来貌似是小泉八云
未能领会唐诗原意而作出的误译。但英文原版《怪谈》当中关于此节曾附有
注释，事先声明并非是按照唐诗逐字直译的。由此推测，此译也可能是小泉
八云以个人的理解而对诗句所作的诠释。

一入觐见的大殿，只见细川政元冠佩齐整，被群臣簇拥着端坐于高堂之上。一众武士则侍立两侧，各个肃穆不语宛如雕像。友忠伏身跪拜时，周遭鸦雀无声，仿佛风暴前夕的寂静，令人悚然。忽而，细川打破了凝重的空气，自座中站起身，步下殿来，走至友忠身边搀起他双臂，口中朗朗念道："公子王孙逐后尘……"

友忠闻言一惊，不由抬头望去，却见细川公满面和悦，眼中隐隐泛着泪光，道："既然你与青柳如此两心相许，情深意笃，今日便由我代替你家主公允你成婚罢。此际宾客满堂，各色礼品皆亦备妥，不如就在这殿内将婚礼操办起来也好。"

言毕，细川抬手示意，只见大殿深处一扇纱幛随之向左右徐徐拉开，家中几位高官重臣早已齐聚幛后。青柳则一袭嫁衣，妆扮停当，静候着友忠的迎娶……如此，青柳便被完璧归赵，重新交回到了友忠手上。婚礼在一片盈盈喜气当中隆重举行，上自细川政元，下至诸位家臣，皆向新郎新妇赠予了贵礼。

转眼间五年过去，友忠与青柳相濡以沫，岁月静好，小日子过得甜甜美美。谁承想，某日清晨，青柳与夫君正闲话家事时，却忽地发出一声痛楚的嘶喊，霎时间脸色苍白，昏了过去，良久方才醒转，气若游丝道："请夫君原谅奴家方才大呼小叫，令你担惊受怕，只因那疼痛实在来得过于突然。奴家与你必是由于宿世因缘的牵引，今生方才有幸结作夫妻，惟愿来世仍可与君再度厮守，相伴相依。只是，今生的缘分，便到此为止了。离别在即，奴家这就要撒手去了，恳求夫君为奴家诵经念佛，超度升天。"

"快别胡说，"友忠闻言愕然道，"你不过偶有不适，卧床稍事休息，便会好转。"

"不不，"青柳答道，"奴家确实命不久矣，绝非什么胡思乱想，这点奴家心里自是清楚……事到如今，也没必要再隐瞒于你。事实上，奴家并非凡人，魂是柳树的魂，心是柳树的心，命也是柳树的命。此刻，正有人残忍地砍着奴身的树干，奴家这就要去了……就连想哭，亦没有丝毫的力气。请夫君快快为奴家诵经罢，快，啊……"

随着口中发出一声痛苦的哀鸣，青柳掉转脸去，将美丽的面容掩藏在衣袖之下。紧接着的瞬间，她的身体开始奇异地坍缩，不断向下，再向下，最后终于陷进了地底去。友忠慌忙上前想撑住妻子，但青柳的身体却已消失，榻榻米上只留下仿佛蝉蜕般的一层衣裳，零落着几枚往常装点于她鬓边的头簪饰物。而青柳，已经不在了……

那之后，友忠便剃发出家，皈依了佛门，成了一名四处漂泊的行脚僧。他走访各地的寺庙神社，为青柳的亡魂诵佛念祷，某日云游的途中，路经越前国，便顺道前去亡妻双亲家探访。然而，来到昔日曾茅屋孑立的荒岭，却四下空寂，不见半点断椽残墙。能指示茅屋方位所在的，仅三根砍断在地的柳木——其中两株为老树，另一株，则是年载尚浅的新树。看样子，都是在友忠来访多年之前被砍倒的。

见此情形，友忠便在断木旁立下了一块墓碑，并将佛经刻于其上，尽其所能做了场隆重且风光的法事，以求为青柳与她双亲的亡灵超度。

十 六 樱

伊予国的和气郡，有一株远近闻名的老樱树，人唤
"十六樱"。之所以这么叫，是因为老树每年开花都恰好赶在
阴历正月十六，且仅此一日，绝不多开。本来按照樱树的习
性，一般皆要待到暖春天气才会开花。唯独此树，年年盛放
于大寒时节。其实，老树并非凭借一己的生命力在开花——
至少在最初时并非如此——而是内中栖息着他人的魂灵。

那个人，便是伊予国的一位武士。而老树，就长于武士
家的庭园当中，原本与其他樱树无异，花期大抵为每年的三
月末至四月初。武士孩提时代常在树下嬉戏玩耍。百余年
间，每至赏花季节，他的父母、祖父母，乃至祖祖辈辈，都
会在五彩的纸笺上写下题咏樱花的汉诗与短歌，并将之系在
花枝之上。后来，武士自己也活到了耄耋之年，垂垂老矣，
子孙们皆纷纷先他而去，世上除了这株老樱，再无令他留恋
之物。然而世事难料，待到某年夏天，就连这株老树，竟然
也枯死了。

老人为此黯然神伤。好心的邻人不忍看他终日嗟叹，便物色了一株美丽的幼樱，为他植在了院内，希望借此给老人一点安慰。老人虽强作笑颜向邻人们致谢，实则胸中仍为老树之死伤怀不止。曾经无比珍爱的事物一旦失去，此中伤痛，天下任何他物都不足以抚慰。

老人日思夜想，终于在正月十六这日，脑中浮出一条救活枯树的妙法。他独自来到院中，向那老樱行了一礼，道："老樱啊老樱，恳求你起死回生，再度开出美丽的花朵罢。为此，我情愿替你抵命。"

（那时的人们相信，能够凭借神明的加持，将自己的寿命转赠予他人，甚或是草木动物。因此在日语当中，将这种自愿抵命，替人延寿的事情称作"替死身"。——小泉八云按）

而后，老人便来到树下，铺开白布与蒲团，端然正坐其上，以武士剖腹之仪，毅然赴了死。而他的魂灵，便附在了树上，当即使那枯萎的老樱死而复生，开出了满树明媚的繁花来。

自那后，每逢正月十六，尽管天寒地冻，白雪纷飞，那株十六樱都会依时开花，年年不辍。

安艺之助的梦

昔日，大和国①有一地方叫做十世，住着位乡士名唤宫田安艺之助。（此处需说明一下：在日本的封建时代，存在着某种社会阶层，由一些既从事农耕，又习武兼任兵士的农民所构成，相当于英国的"yeoman〔自耕农〕"。他们身份世袭，称为乡士②。——小泉八云按）

安艺之助家院中，有一株高大繁茂的古杉。每逢盛暑之日，躲进树荫下乘凉休憩，已成为他多年的习惯。某个酷热的午后，他一如往常，与两名同为乡士的友人坐在凉荫下饮酒谈笑，不久便觉头脑昏沉，犯起困来，遂向朋友道了个歉，在二人面前席地而卧，头枕树根酣睡了过去。朦胧之间，安艺之助得了一梦，梦见自己躺在自家院中，一列浩荡长队，仿佛高官出巡般，自附近的山丘向他这边迤逦而来。安艺之助忙起身眺望，只见那队列声势浩大，威风八面，排场是他前所未见，此刻正向着自家方向渐行渐近。队伍前端，是几名盛装的年轻侍从，合力牵着辆漆金饰银的御辇，华盖上垂挂着闪闪的宝蓝色锦幔，极尽奢豪。

　　队伍行至安艺之助家门前不远处缓缓停下，一位衣冠楚楚，气宇轩昂，一望即知官居高位的男子自众人间步出，来至他面前，深鞠一躬道："启禀贵殿，在下乃是常世国③使臣，奉主上旨意前来向贵殿请安，并听候差遣。同时亦恭请贵殿莅临敝国，进宫与主君一晤。请贵殿即刻移驾登程，院外已有专享的舆辇迎候。"

　　安艺之助闻言，本想礼尚往来，说些郑重场合该有的应酬之语，可心中犹自诧惑，一时间无所适从，竟不知如何作答才好，并且连心神亦随之恍惚起来，无奈只得依那家臣所言，登上了常世国的车舆。那家臣打了个手势，领队的侍从便牵动绢缆，将巨大的舆辇调转头，朝向南方一路行去。

　　令安艺之助惊诧不解的是，车行不出片刻，便来到了一座巍峨的二层宫门之前。宫殿为汉唐样式，他此前从未见过。那家臣步下舆辇道："敝臣前去通禀，请贵殿在此稍候。"言毕，即不见了人影。

----

① 大和国：日本古时令制国之一，位于今奈良县。
② 乡士：又作"乡侍"，为日本封建时代的下层武士，平时耕田务农，战时则从军。虽享受武士待遇，但地位、粮饷俸禄都较低。
③ 常世国：古时日本人信仰之中的大海彼岸的一处"异世界"。作为一种理想国，一种类似于桃花源的存在，被认为是永远不变、永远不老不死的国度。常世国的概念，代表性地反映了日本神话当中的"他界观"，在《古事记》《日本书纪》《万叶集》《风土记》中都有与之相关的记载。

不多时，两位身着紫色绢服，头戴高檐纱帽，气度高贵的侍官自宫内走了出来。二人毕恭毕敬行礼之后，将安艺之助扶下舆车，领着他步入轩昂的宫门，穿过开阔庭园，一路来到正殿门前。放眼望去，整座宫殿东西延绵足有数里之长。侍者将安艺之助请进一间装饰奢豪的会客堂，引他入了贵宾之席，便恭谨地退在了一旁。与此同时，又有身着宫服的侍女端出了茶点，供其品用。

待他尝过茶点之后，适才的两位紫服侍官则再度趋身近前，先深纳一礼，接着遵照宫廷礼仪，轮番禀道："小人特奉本国主君之命，前来向贵殿禀告……此次恭迎尊驾，乃是出自于圣意。圣上已钦定贵殿为本国驸马，且今日便须与公主殿下举典完婚……此乃圣命。我等即刻将引贵殿前往觐见。圣上已在大殿恭候多时……不过，移步前需请尊驾先更衣，换上典礼的吉服。"

言毕，二位侍官同时起身，来到一个置有金漆描花巨大衣橱的凹间内，拉开橱门，取出各色华服、束腰与镶金饰翠的头冠，按照驸马官品，服侍安艺之助穿戴整齐，而后便领他来到了正殿。甫进殿，便见常世国主君身着一袭黄袍，头戴高檐乌冕，威仪凛然地端坐于御座之上。而御前左右，文武百官则分列两侧，神情庄严肃穆，如同寺庙内的佛像，且各个好比画中人，皆凝然不动。安艺之助经过百官来到殿前，遵照官仪，向常世国君行了三拜之礼。

国君慈颜悦色道："此番召你前来，所为何事，想必你已知晓。朕已决定招你为本国驸马，将唯一的女儿赐你为妻。大婚之仪，将即刻举行。"

国君话音方落，殿内便鼓瑟齐鸣，奏起了喜乐。美丽的宫娥自帐幔后迤逦而出，将安艺之助引至新房，而公主早已在其中等候。

婚房虽轩敞阔亮，但此刻人头攒动，前来观礼的宾客仍是挤满了厅堂。安艺之助面朝公主，在事先备好的团垫上落座，众宾客皆纷纷上前行礼致贺。新娘窈窕如仙，身披宝蓝嫁衣，色若夏日碧空，美艳不可方物。

在一派喜庆祥和中，新郎新娘合卺礼成，随后便被送入早已红烛彩花布置停当的洞房。房内琳琅满目，堆置着各方达官显贵敬献的贺礼，可谓数不胜数。

数日后，安艺之助再度被宣召觐见。主君待他较之先前更为慈悦有礼，且道："吾国西南有一离岛，名唤莱州。岛内民风厚朴，良善温驯，然而却风俗蒙昧，多见陋习，各种法度亦常常有悖于本土典章礼制。朕今日即册命你为莱州国守，赴岛治理民生，改良民俗，统整律法。望你不负朕望，恪守朕所托之职，惠以成政，慈以爱民。前往莱州一路所需资粮车船皆已为你备妥，你这便领命赴任去罢。"

如此，安艺之助便偕同公主告别王宫，动身向莱州启程了。到得海边，见王侯大臣、贵族官员皆已齐聚于码头，前来送行。安艺之助一行人驾乘主君赐予的豪华巨船，顺风满帆，平安抵达了莱州。岛上居民们天性纯良，闻讯亦纷纷赶来海边热情恭迎。

　　安艺之助一入岛即刻走马上任，诸般事务皆驾轻就熟，调遣得宜。最初三年，他致力于修订律法并督导施行，借助于左膀右臂的献策献计与贤明辅佐，一切皆无往不利，从未遇半点烦愁。待到经手诸务终于尘埃落定，悉尽步入正轨后，莱州岛上可谓政通人和，土沃民乐，一派繁荣气象，再也不见饥馑病苦；而岛上百姓则各个遵纪守法，和睦相安。安艺之助除了遵循礼法持办一些仪式祭典外，再无需要操心督管之事。就这样，他继续在任治理长达二十年之久，连同最初三年，在莱州岛前后共度过了二十三载。这期间他与公主生活无忧，日子明媚，岁月之中从未掠过丝毫哀愁的阴影。

　　孰知，当来到第二十四年时，却不幸忽至，为他生下了五男两女的公主身染重病，抛下他与诸子撒手西去。安艺之助将爱妻的遗体风光厚葬于盘龙岗上，并刻碑立墓，为其筹办了盛大的超度法事。然而丧妻之痛终难释怀，他顿觉生趣寥寥，每日怏怏，失去了活着的兴味。

就在服丧之期将满时，常世国君遣派了一名使臣来到莱州岛。使者致辞吊唁完毕后，向安艺之助宣旨道："常世国君有旨：今命莱州国守即刻返京回朝。七位子女，乃国君嫡孙，王族血脉，朕自当妥为照顾，毋需为之劳心。钦此。"

安艺之助领过旨命，便打点行装，交代政事，向左右谋臣僚属一一话别后，才在百姓的簇拥与恭送下登船载誉而归。大船在万里青空下破浪而行，莱州岛的影子则渐远渐淡，由起初的蓝色逐步化为灰色，最后，终于永远地消失在视野之中……正此时，安艺之助却忽而一惊，在古杉之下悠悠醒转过来。原来，方才一切皆不过南柯一梦。

他茫然良久不知所以，惟觉脑中混沌，眼前恍惚，而两位友人依旧坐在自己身畔，酌酒谈笑，浑无异状。安艺之助一脸迷惑地瞪着两人，不禁放声道："简直太不可思议了！"

"哈哈！"一人闻言笑道，"看来安艺之助君是发什么周公大梦了。你且说说，倒是梦见了何事，如何不可思议？"

于是，安艺之助便将梦中情形——自己如何驻守常世国莱州岛二十三载等，都一五一十告诉了朋友。二人听完面露诧色，因为自他睡下再到醒来，仅区区不足一炷香工夫而已。

只听其中一位好友道："你所发之梦果然神奇啊！实际上，适才你小睡那会儿，我俩也目睹了一件怪事。有只小黄蝶，扑扇着翅膀在你脸前飞来飞去。待仔细去瞧时，它就落在你身边的地上不动了。紧接着，便有一只十分大个儿的蚂蚁，自树边洞穴里爬了出来，将那小黄蝶拽进了洞去。不过，就在你醒来之前，那蝴蝶又从洞中飞了出来，重新在你脸前绕了两绕，便消失了踪影，也不知到底飞去哪里了。"

"想来，那黄蝶定是安艺之助君的魂灵。"另一好友道，"我亲眼见它飞进了安艺之助的口中……不过就算如此，也不足以解释方才那个梦吧？"

"既如此，找出方才那只蚂蚁看看，或许就能明白了。"先前那位朋友又道，"蚂蚁虽小却有灵性，可谓是虫中异物……总之，那古杉根部必有个极大的蚁穴。"

安艺之助闻言颇觉心动："那就掘开蚁巢探个究竟罢！"说完，便取来了铁锹，动手开挖。

古杉周遭及根部被彻底掘开了，三人皆为眼前景象所叹为观止。但见这地下蚁国沟壑纵横，错综迂回，且巢中叠巢，层层相套。蚂蚁们以草梗、黏土与细枝搭建出座座精致的建筑，整体宛如一个微型的市镇。在其中一座巨巢的中央部，卧着只淡黄翅膀、黑长脑袋、体格硕大的公蚁，而其身旁则密密麻麻聚集着不计其数的小蚁。

"天啊！莫非这就是我梦中所见那位国君？"安艺之助惊呼道，"看，这里明明是常世国的王宫嘛……真是匪夷所思！至于莱州岛，应该在王宫南方，亦即是大树根的左侧……不错，正在此处！实在太神奇了……那么，应该也能找到盘龙岗吧，公主的墓就建在那里……"

安艺之助在残破的蚁巢中反复搜寻，终于找到一座小小的土冢，顶端立着块洗磨得光滑圆润的石子，状似佛寺中的石碑。拨去石子，果然，泥土之下埋着一只雌蚁的遗骸。

宿世之恋①

    近来，东京都内上演的狂言剧中，有出名伶优菊五郎一座的《牡丹灯笼》，连日间可谓好评如潮，堂堂爆满。此剧是一部以十八世纪中叶的日本为时代背景的怪谈物语，戏本脱胎于落语大家三游亭圆朝所讲述的一则市井闲话。而三游亭最初创作这段落语的构思，则得自中国的一篇话本小说。读过三游亭的台本，会发现所有语句统统未加润饰，直接以通俗白话写成，且涉及的时代风俗，也悉数改作了江户特色，这在日本颇为稀奇。

    我前几日瞧戏归来，拜菊五郎之赐，又知晓了一种玩味恐怖的新法子，因问友人："待我将这鬼话故事拿来译成英文，给外国人也读读，你看可好？"吾友乃是一饱学博识之士，常在我研习东洋思想而徘徊迷途之际，热忱放出搭救之舟，渡我出离苦海，闻言则道："大抵而言，西洋人对于日本庶民如何看待这些奇谭鬼话可谓一无所知。比如此篇，你若有心译写，正是切中时需。翻译之中，我亦可助你一臂之力。"

听朋友如此说，我自是求之不得，莫有异议。于是两人便合力，将三游亭的故事拿来，试从其中精简出一篇怪谈来。针对原作各处，虽不得不做了大幅缩写，但会话场面则尽量原汁原味予以了保留。是以，在对日本人的心理进行研究时，本篇或能有少许参考的价值。

一

昔时，江户城牛入一带有位旗本[②]，名曰饭岛平左卫门。平左卫门育有一女唤作露儿，出落得美若其名，好似朝露清丽柔婉，娇弱动人。露儿十六岁那年，平左卫门纳了位后妻，可后母与继女之间却时生龃龉，难以相安。平左卫门见此情形，只得在柳岛另建了一所别院，物色了一位踏实可靠，名唤阿米的丫鬟，伴着露儿在外面住了下来。

露儿另辟门户，日子倒也过得怡然。某日，平时常出入

---

① 《宿世之恋》中讲述的这则故事，取自于《夜窗鬼谈》上卷第四十五篇三十九话的《牡丹灯》。正如小泉八云在文中所述，他所接触到的各版本，都是根据三游亭圆朝的落语剧目《怪谈牡丹灯笼》而创作的。但实际上这则故事最早在日本出现，则是浅井了意对中国明代《剪灯新话》中《牡丹灯记》一篇所作的改写，取名《牡丹灯笼》，收录在《伽婢子》（1966年）第十三卷六十八篇。
② 旗本：日本江户幕府时期直属于将军门下的武士，俸禄一万石，位属"御目见以上"，有直接谒见将军的资格。

饭岛家的太医山本志丈忽而造访，且带了一名青年武士。男子家住根津，名为荻原新三郎，生得英俊逼人，兼且性情平易，与露儿初相见，便立即情投意合，互萌了爱慕。不久，待太医告辞之际，两人早已在老人不知不觉当中互许了心意，并誓言一生一世永不相负。话别的间隙，露儿又悄悄凑近新三郎耳畔低声叮咛道："哥哥记住啊，若此生不能与哥哥再度相见，那么露儿也生无可恋，断然是活不下去的。"

之后，新三郎便将此话深铭在心，不曾有片刻遗忘，每日魂牵梦系，只惦着何时能够再见露儿一面。可惜，武门之中律令严明，短时之内实在觅不到机会与借口独自上门探访。新三郎郁郁不乐，因记得前次拜访饭岛家时，太医志丈曾随口提道："回头瞅日子，你我可再同来"，他便将此话信以为真，一心盼望志丈快些再来相邀。孰料，志丈到底是未曾践约。老太医因对露儿与新三郎之间的情愫有所察觉，担心万一闹出什么私相授受，有违体面的事，岂非皆是自己的过错？若不慎触怒了饭岛平左卫门大人，掉脑袋的可不是一个两个。皆因那日在柳岛别院，自己曾将新三郎引见给了大人府上千金，于是才……单想想接下来会有的发展跟后果，志丈便浑身发憷，是以才刻意疏远，自那后不曾再登过新三郎家的门。

几个月过去，露儿不明诸般原委，苦苦盼不来新三郎，思前想后，便深信：必是对方已变心负情，因此每日嗟伤，渐渐积愁而成疾，终于魂断香消，韶华永逝了。而忠仆阿米，因忆念主人，悲痛无以自拔，不久也追随小姐西去。主仆二人合葬于新幡随院，两座墓碑左右并立。直至今日，去到因菊人形①而著名的团子坡，还能看到这座寺庙尚存原地。

二

新三郎这边，对露儿之死却浑不知情，但因相见无期，每日忧急攻心，终不耐思慕之苦而病倒在床。之后便久久缠绵于病榻，虽也徐徐见好，但离下床走动之日却遥遥尚早。这日，犹自愁闷之中忽有客人来访，竟是太医志丈。他虚与委蛇扯了些借口，为许久不曾登门，疏于问候之失假意赔礼。

新三郎见之，不由怨责道："我这病自初春时患上，挨到今日，如你所见，依旧茶饭难进……何曾想卧病这段时日，太医竟未露一面，真乃薄情之人也。饭岛大人千金府上，自那日别后，亦未能再度登门问候，实在有失礼数。我本想择日备些薄礼再作拜访，但身份不便，独自上门恐惹来闲言非议，也无法成行……"

① 菊人形：一种衣服部分用菊花及枝叶精心编制而成的日本传统工艺人偶。人物形象与表现主题，多取自一些著名的狂言剧目，通常模拟戏剧名伶的模样而制。以安政年间江户城团子坡一地所产的菊人形最负盛名。

志丈闻言，面色倏尔一沉："可惜是，饭岛家千金已玉殒香消，永归极乐了。"

　　"玉殒香消？"新三郎听此一说愕然色变，忙焦急追问，"小姐她不在人世了么？"

　　太医良久缄口不语，稍后才重整神色，以闲话平常、无关痛痒的口气，强作淡然道："想来，当日将你引见给饭岛家小姐实属大错特错。那时，小姐对你似乎已情有所钟。获原君，你对小姐该是说过些什么不合礼数的话吧？就在那日我稍稍离座的工夫……唉，如今这些已不欲再提。总之，眼看小姐那番动情不忍的模样，老夫也实在无法佯作不知了。此事万一不慎传入其父耳中，岂非都是老糊涂我的罪过？因此……反正事已至此，也不妨直说：老夫乃是故意失约，自那后便未敢再来贵府拜访。不过，就在方才，我前去饭岛府上问安，才惊闻小姐病殁之事，且听说那丫鬟阿米也随主人一道去了。老夫这才恍然大悟，想来小姐定是思君太切，才落得红颜憔悴，华年早逝的吧……"志丈一笑，"此事说来你也有罪。"继而再一笑，"皆因你脸容生得如此俊俏，才害了人家芳华少女的性命……"①说完，这才正了正颜色，又道："不过，逝者已矣，人死终归不能复生，劝你

---

　　① 此处的对话，在西洋读者看来，或许会觉得怪异莫名。但日文原作即是如此。只能说这个情景当中所发生的一切，自始至终都是十分具有日本特色的。(小泉八云原注)

也莫再空自悲切了，不如勤持佛事，为小姐多多诵经超度才是……老夫在此告辞了，失礼。"

语毕，志丈便起身匆匆而去，对于自己的疏失所招致的不幸，自是不愿再多提一句。

三

得知露儿死讯，新三郎悲戚不休，无心正事，直挨过好些时日，心境方才稍许平复。他为露儿刻了块灵牌，置于佛坛，日日上香，奉馔，诵经不止。尽管如此，露儿的音容笑貌仍时时萦绕于新三郎心间，难以淡去。

岁月寂寥，日复一日，新三郎始终形影相吊。如此，终于迎来了七月十三的盂兰盆节。唯有此时，新三郎方才将家中上下装点得一派缤纷，为了筹备祭礼，在自家门楣挂起迎接亡魂、供奉死者的盆灯笼，又在大门外燃起了盏盏小灯。

是夜，天幕澄澈，一轮皓月当空而悬。四下寂寂无风，空气中有种异样的闷湿。新三郎换上浴衣，来到檐廊下纳凉，忆及过往种种，不由得愁思万千，疑幻疑真，悲从中来。他强自振作，挥着团扇，焚起艾草驱赶蚊蚋。本来平日这附近便僻静少人，此刻周遭更是一片阒然无声。耳中所闻，唯有远处溪流潺潺的水音与群虫的啾鸣……

谁知静夜之中，却忽有木屐之声隐隐传来，喀哒喀哒，步履轻盈，向附近的水田渐渐趋近，自庭院的篱笆外一路走过。

新三郎心中惊诧，忙站起身来，踮脚向对面篱笆处张望，见有女子二人——一女貌似丫鬟，手中打着精巧的牡丹灯笼；另一位则身姿窈窕，大约十七八岁年纪，身着以秋草纹样①织就的振袖②和服。新三郎正思忖不知来者何人，却见女子们一同回身向他望来——竟是本已过世的露儿与阿米！

二女见到新三郎，齐齐停住脚步，口中惊呼："啊，这不是……荻原大人吗！"

新三郎闻言也急忙向那丫鬟唤道："阿米！莫非是阿米姑娘？不错正是！"

"荻原大人！"阿米看来心中极为震惊："没想到，此生还能有幸再次见到您……小女子听说大人您已故世。"

"此话着实诧异。"新三郎高声道，"倒是在下听闻您与小姐已不在人世。"

"啊！可恶，怎么竟有如此不吉的流言蜚语，究竟是何处何人这样嚼舌……"

---

① 秋草纹样：为日本的传统代表纹样，自藤原时代（11世纪末）一直流传至今，应用于多种工艺之中。所谓秋草，为秋季七种花草的总称，包括：胡枝子、瞿麦、败酱、芒草、桔梗、兰草、葛藤。以秋草的纤细、柔弱，表达了日本民族的伤秋、物哀之情。

② 振袖：日本和服样式的一种。袖幅宽且长，做工考究，花饰华美，通常为未婚年轻女性出席正式场合，如成人式、毕业典礼、结婚典礼等时的礼服。

"不管怎样，站在外面不便叙话，"新三郎终于松了口气，"院子栅门未闭，两位快请进来。"

待二女入得屋内，行礼完毕，新三郎款让其落了座，方道："许久疏于问候，还望二位原谅。事情乃是这样的，一月余前太医志丈前来探病，告知了在下露儿小姐与阿米姑娘病故的消息。"

"如此说来，"阿米脸色一变，愠然不悦道，"志丈那厮实在可恶！正是他向我二人编派说荻原大人已经去世。却原来都是那老贼的诡计。恕小女子直言，大人您心地太过良善，那老狐狸若想欺骗于您，实在是轻而易举。或许小姐对您思慕过切，不慎将心意流露于言谈之间，传进了其父平左卫门大人耳中也未可知。想来定是小姐的后母阿国为了拆散您二人，向那太医密授机宜，指使他向您传话，说我与小姐都已死去的。小姐闻悉大人您已不在人世，哀绝之中誓要削发为尼，任奴家左右规劝都心意已决，不肯罢休。奴家只得说：'若是果真一心为尼，削发与否，又何需在意'，小姐这才打消了出家的念头。那之后，平左卫门大人却忽而下令要为小姐招婿，小姐不从，于是饭岛家又是一场轩然大波。前后种种，还不都是那阿国从中挑唆。所以，我跟小姐才被赶出了别院，现如今隐居在谷中三崎一带的某间小屋里，仅落一檐片瓦遮风挡雨。有些微不足道的隐情，也向外间瞒了下来。再之后，小姐便不分晨昏，终日念佛。因今日是盂兰盆节的第十三日，方说到寺里去进香参拜，但一路耽搁，天色已晚才踏上回途，谁承想，竟隔着院墙见到了您。"

"真乃不可思议。"新三郎不由慨叹道，"种种经历，恍如一场大梦。在下也在家中立了牌位，上刻小姐芳名，每日于灵牌前念佛三昧呢。请看……"说着，伸手指向了供奉先祖牌位的灵棚。

"能够蒙您如此惦念，想必小姐心中也欣喜不已吧。"阿米微笑转身向露儿望去。然而，露儿在两人谈话途中，却始终以袖掩面，仿佛怕羞似的不发一语。

"我家小姐常说：若是为了获原大人，哪怕被父亲永生永世逐出家门，不，哪怕受尽责罚，也在所不惜……大人，既然话已至此，不如今夜就将小姐留在府上，您看如何？"

新三郎大喜过望，脸上血色顿失，颤声道："这正是在下所求。不过，你我言谈还需小声些才好，因隔邻住着一位相面先生，名叫白翁堂勇斋，为人颇为多事，闲言碎嘴实在叫人生厌。今夜之事，不想被他听去。"

于是，二女当晚便留宿在新三郎家中，又不待天光放亮，便起身离去。接下来的第二晚、第三晚……连续七夜，无论风雨，皆赶在同一刻依时而至。新三郎对露儿一日比一日爱之深切，两人之间为情链所系，那份执着，较之铁锁犹更坚固。

四

　　新三郎家檐头下有间小屋，里面住着一户人家姓伴藏。伴藏与他老婆阿峰都是新三郎家的仆佣，在外人眼中，夫妇俩忠诚勤恳，侍奉主人尽心尽力，而新三郎也三不五时对他二人照顾有加，因此虽是小门小户，家境相较其他，也算殷实。

　　某晚，深宵之后，伴藏却听到主人房中传来女人的声音。新三郎的为人，在街坊上下是出了名的和气良善；于男女之事上，也素无经验和城府。伴藏不免担心，怕主人被什么心机歹毒的女人所骗。那样一来，首先遭殃的，还是自己这些做下人的。于是，便决定想方设法探一探房中究竟。

　　翌日夜晚，伴藏手脚轻巧利落地潜至正屋前，眼睛凑上木板窗的缝隙向内窥探。卧房里点着一盏落地灯笼，床帐之下，新三郎正同一位陌生女子絮絮低语。只是，那女子姿容模糊，左瞄右看也辨不十分真切。仅从她朝向伴藏的背影来看，可知身段瘦削，衣饰与所梳发式，都像是十七八岁的年轻姑娘。伴藏将耳朵贴上窗板，这下总算将二人的情话听得一清二楚。

　　"就算我被父亲断绝了恩情，逐出家门，哥哥也依旧愿意收留与我吗？"

"何谈收留不收留，就是要我上门去低头跪求，我也情愿。不过，露儿不必为此忧心。你乃是府上的独苗千金，令尊岂会做出那般狠心绝情之举。较之这些，倒是你若被大人强行带回府去，更教我担心。"

女子闻言，柔声劝慰道："露儿此生绝不嫁他人为妻。单是想想，都觉得心中苦恼。就算你我之事为世所知，为了守住饭岛家声名，我落回父亲手中终究是一死，九泉之下，也依然对哥哥痴心不改。而哥哥呢，若露儿不在人世，想来也不愿苟活于世间吧？"

女子语毕，唇瓣印上新三郎脖颈，双臂轻缠过去。新三郎也温存回应，将露儿揽在了怀中。

在外偷听的伴藏，却是满头雾水，不明就里。从那女子的一番言谈来看，断不是市井人家的女儿，遣词谈吐都仿佛侯门贵户的千金。伴藏无论如何也要将那女子的面容瞧个究竟不可。他蹑足来到屋后，兜来转去，寻找着墙缝或洞眼，总算觅到一处，能够从正面瞧见女子的脸容。哪知一看之下，却吓得浑身打了个激灵，噌地汗毛直竖。

女人有着一张死尸的脸——不是昨天或今天初死未久，而是一张早已腐肉溃烂剥落的脸——那抚弄着新三郎颈背的手指，望之也兀剩一把森森白骨在搔爬，蠕动。而女人的身体，则自腰部以下都如同灯下的一簇虚影，弥散在空中，消失不见。新三郎款款凝视的年轻美丽的容颜，在伴藏眼中，却眼鼻处仅余几个黑漆漆的窟窿,不过一具空壳骷髅而已。正当此时,不料却有另一女子,模样较之先前那个更为惊悚,不知从房中哪个角落倏地冒了出来,似乎是察觉到了外间的动静,悄无声息向伴藏这边飘近前来。伴藏早吓得不堪再多看一眼,跟跄滚进了隔邻白翁堂勇斋的院内,发疯似的拍打着人家的屋门。

五

白翁堂勇斋如今虽年事已高,但年轻时也曾游遍诸国,耳闻目见过形形色色的诡谈异事,因此遇事概不会大惊小怪,是个处变不惊的人物。可这一回就连他,听那伴藏抖抖嗦嗦地讲完,也惊得是目瞪口呆。生者与死鬼交合,这种事情虽在中国的典籍书志当中也曾读到过,但他一直都认为绝不可能发生在人世间。不过,瞧伴藏那副模样,着实吓得不轻,横竖都不像在打诳语,可见荻原家确是出了什么可怖之事。若是伴藏所言非虚,那么邻家这位年轻武士可就遇到大劫数了。

"那女子若果真是鬼,"勇斋向惊魂未定的伴藏交待道,"若果真是鬼的话,那你家主人,怕是命不久矣。非得力下决断,设法脱身方可。事实上,人鬼相慕,那新三郎大人的脸上必已显露死相。生者之气谓为阳,死者之气谓为阴;阳气清且正,阴气邪且秽。因此,若以生者之身,与鬼灵结下偕老同穴的夫妻之约，那么即使原本可享百年阳寿，也会为此精气耗损，必死无疑……不过，为了救获原大人性命，我勇斋会倾尽全力一试。惟有一条，伴藏，此事你暂且不要向任何人提及——对你老婆也是。天亮之后，我会速去拜访你家主人。"

六

翌日清晨，在勇斋的盘问下，新三郎起初一口咬定对此事一无所知，家里也不曾来过什么女子。但不管他如何佯作不知，老人都神色悲戚地摇头不已，看样子发自心底为他忧虑。最后，新三郎终于不再隐瞒，向老人坦承了过往之事：如此如此，这般这般，出于怎样的前因后果，才忌人耳目将此事隐瞒至今。又道，总之不久便要将露儿迎娶为妻。

新三郎的回答着实骇人，勇斋按捺不住高声斥道："休再提这蠢话了！每夜到你家中来的女子，可不是活人。你让那死人的鬼魂给蒙骗了。荻原君，许多日子以来，你心知露儿小姐已死，每日在她牌位前诵经念祷，这些，才是真真切切的事实……你可明白，每夜与你温存亲吻的是死人之口；握着你的，是死人之手？如今看来，你面上已有死相显露。纵然如此，你仍不信我的话……你可好好听仔细了，我说这些，全是为你性命着想。如此下去，你不出二十日就会丧命。那女子，说她住在下谷一带叫做谷中三崎的地方，你可曾到过那里？劝你不妨走上一趟。若是去的话，今日即可动身，越早越好。你若能找到她在三崎的家，就去找出来试试。"

白翁堂勇斋口气令人悚然，说完这些，便忽而缄口，头也不回地去了。

新三郎虽感惊愕，但对勇斋的话到底未能全信，犹豫片刻后，决定还是暂且听从相面先生的忠告，往下谷去瞧瞧。

到得谷中三崎，仍是清早，新三郎立即开始寻找露儿的家。大街小巷，角角落落无一遗漏，挨家挨户地查看门牌，见人就问，却根本不见阿米口中形容的那种小屋。被问到的路人们也异口同声，都称这附近没住着什么只有两个女子的人家。估摸再找下去也是无果，新三郎就势抄了身边一条近路，匆匆向根津折返。谁知那条路，却恰好从新幡随院贯穿而过。

行至寺院背后，新三郎无意间一抬脸，见眼前并立着两座新墓。一座的碑石普普通通，可知属于身份低微之人；另一座则为气派的石塔，前方还吊有美丽的牡丹灯笼。"大约是盂兰盆节的供养尚未撤去吧，"新三郎心想，"说起来，阿米每次手中提的，也是同一款灯笼。"新三郎心中讶异，将那碑石仔细打量了一遍，却未找到任何线索，碑上仅刻着寥寥两个法号，连个俗名也没写。新三郎怎么想都觉得此事蹊跷，便拐道去了僧房。据寺僧告知：大的那座，是牛入一带旗本饭岛平左卫门大人家新近亡故的千金露儿；小的那座，是其随身的丫鬟阿米，在小姐逝后不久，便因悲伤过度而死去。

此时，阿米那句听似漫不经心的话语，重又在新三郎脑中被唤起，并生出了一种惊悚的意味："……现如今隐居在谷中三崎一带的某间小屋里，仅落一檐片瓦遮风挡雨。有些微不足道的隐情，也向外间瞒了下来。"

眼前这两座新墓，正是那"谷中三崎的小屋"了。不过，所谓"微不足道的隐情"，又是指……?

"啊！"新三郎猛然想起了什么，步履如飞向勇斋家疾奔而去。见到勇斋几乎欲哭，央求道：万请借先生的智慧，救自己一命。

"这这，此事已然无计可施了。"勇斋口中虽如此说，仍思谋再三，提笔修书一封，上写：恳请无尚佛力加持，救来人一命。而后将信交予新三郎，命他本人送至新幡随院良石和尚的手上。

七

良石和尚是当时一位学德兼备的名僧。一双炯目，洞悉人间一切苦因，亦知晓众苦因所造之业障烦恼。

听新三郎讲完来龙去脉，良石静静答道："施主您此刻正当大劫数。一切皆是您前世所犯罪孽，业报现前所致。被那死灵缠身，亦起于这业报，可知你业障极为深重。个中因由，此时此地讲与你知倒也无妨，只是怕你听了也难明了。因此你只需了解一点：那名女子，并非是出于憎恨而前来寻仇或图谋加害才纠缠与你的。并非如此，而是对你一心恋慕，执著过深之故。可怜那女子，在距今生遥遥三世或四世之前，就一直对你爱恋不已。转生，死去，再转生，改变了容颜，即使如此，对你的爱意却从未歇止。这是一段相当根深蒂固的恶因缘，想要摆脱实为不易……因此，这里，我有一枚十分宝贵的护身符借予你戴上。此符为纯金打造，是海音如来的佛牌。说到这位名叫'海音如来'的佛祖，据闻他讲经授法之时，其音隆隆，犹如海潮之浩荡，响彻霄宇，可谓难遇求法的佛中至尊。此符在驱鬼辟邪方面尤其灵验，就这样原封不动，连同符袋放于你贴身的腰囊里即可，一定要使它挨着肌肤……至于仍迷于情执当中的露儿小姐，本寺将特别为她做一场施饿鬼的法事……此外，我这里还有一部佛经，名作《雨宝陀罗尼经》，法力殊胜。你须得将此经拿去，在家中夜夜持诵。记住，是每夜……最后，再赠你几张镇宅挡煞的条幅，家门口自不必说，另外窗户、通光口、烟囱等也一并贴上。如此一来，佛经的功德才能使得鬼魂退散。不过至关紧要的是，不管发生何事，都要诵经不懈。懂吗？绝不可停下。"

新三郎向良石和尚一番大谢，双手恭敬地请过海音如来的佛牌、佛经与驱邪的符咒，趁日头落山之前，急急赶回家去。

八

在勇斋的指点和帮助下，新三郎好歹赶在天黑前，在家中所有门窗开口处贴上了镇宅的符咒。相面先生告辞后，家里便只剩下了新三郎一人。

夜色来临。天空无云，是个溽热蒸湿的夜晚。检查过门户是否闩妥，新三郎将海音如来的佛牌放入贴身腰囊，便早早钻进床帐内，就着灯笼光，念诵起《雨宝陀罗尼经》来。念了好一刻工夫，却全然不解其意，想要打个小盹儿，可一日之内发生了太多怪事，使他心绪亢然，左右睡不实。午夜已过。新三郎依旧双眼圆睁，终于，听见自传通院传来了八记钟声。

钟声一落，便打多日来熟悉的方位响起了木屐的足音——较之以往，更缓慢小心地趋近前来：喀哒喀哒、喀哒喀哒……新三郎额头渗出一层冷汗，慌忙双手颤抖着抓起佛经，扬声念诵起来。那脚步声渐行渐近，穿过了绿篱，却忽而"啪嗒"，站住了。新三郎心中惊异，在帐中坐卧不宁。在一种较之恐惧更为强大的冲动驱使下，他将《雨宝陀罗尼经》掷到一边，愚不可及地靠近了雨窗，自木板的节孔向漆黑的夜色中窥望。外边站着露儿，还有打着牡丹灯笼的阿米。两人目不转睛盯着房门上的符咒。今夜的露儿，容颜较之往日更加美丽逼人。新三郎虽然难捺心中爱意，但亦知若踏出房门，就会被鬼魂缠身，取走性命，因而强忍着驻足于门内。但胸中又是爱慕，又是恐惧，两相交织，仿佛置身烈火炙烤的地狱，苦不堪言。

不一会儿，却听阿米的声音道："小姐，没有入口呢。荻原大人心意已变。昨日还曾那般信誓旦旦，今日便已大门紧闭……今夜我们是进不去了……小姐，就请您忘掉此人罢。他已然负心与您，大概再也不想见到您了。如此薄幸之人，您再念念不舍也是枉然。还是痛快做个了断罢。"

露儿却含泪道："我二人明明曾立下那么坚贞的誓言，谁想到他会如此待我呢……虽说男人变心，如同秋日变天，但今日这事还是有些蹊跷。就凭荻原大人，绝不会做出这等狠心之事……阿米，求求你，设法让我见到荻原大人吧……若非如此，露儿我便绝不离去。"

眼前以袖掩面，哭泣哀求的露儿，实在楚楚可怜，且娇美动人。但新三郎还是更惜乎自己的性命。

阿米又道："小姐，这样背信弃义之人，你再念着他也无济于事。不过也罢，既然你如此不听劝告，那就再往后门去看看罢。好了，走罢。"

阿米牵着露儿的手，向屋后转去。瞬间，两人的身影便如同吹熄的灯火，倏地消失在了暗夜当中。

九

每夜，露儿的魂灵一到丑时便会前来，并啼泣不止。新三郎虽听在耳中，但想到至少捡回了一条命，也便安了心。然而他却浑然不知，自己的命数，正因为一对男女下人的出卖而即将走到尽头。

伴藏对于近来大宅中的诸种怪状倒并未多言，因为勇斋曾严厉告诫过他，不得向老婆阿峰谈及此事。然而未曾料到的是，那晚潜藏在屋外的伴藏，也被死鬼缠了身。阿米的鬼魂夜夜到他家中，立在他枕畔恳求："大屋背后那扇小窗，贴着镇邪的符咒。烦请你将它摘去罢。"

伴藏一心只想摆脱纠缠，便应承说，待到明日，一定将符咒取下。然而天亮之后，想到这么做必会给主人带来厄事，便迟迟下不了手去。正百般敷衍之时，某个风雨之夜，他忽闻耳边一声厉喝，睁眼醒来，却见枕头上方，阿米俯身向他道："警告你休再耍弄与我！若明日再不将符咒摘去，我会记下这笔仇的！"

阿米一脸凄厉，吓得伴藏险些失魂丧命。而他老婆阿峰，在此之前，一直不知深夜时分竟有这样的"人物"造访，还当是伴藏大概在发什么噩梦。偏偏今晚，阿峰无意间睁开眼来，却听到了女人说话的声音。而她方一察觉，那声音便即刻消失了。她点亮灯烛，四下环视，见夫君伴藏脸色铁青，浑身瑟瑟发抖。来客似乎刚刚离去，但家门却闩得好好的，不可能有什么人进来。虽说如此，做老婆的阿峰却一下子醋意大发，对着夫君絮絮叨叨，又是数落，又是盘问。伴藏不仅遭鬼魂逼迫，又被老婆吃醋责骂，终于忍无可忍，将连日来憋在胸中的隐情与苦衷，从头至尾交待了一遍。主人的安危固然事关重大，但自家的祸祟也叫他畏惧。

阿峰听着夫君的坦白，醋意虽已平息，但如此危急的事，却也由不得他做主了。那阿峰素来精明，便撺掇伴藏道："虽是难为夫君你了，但你不妨先试着跟那丫鬟讲讲条件。"

次日夜晚，丑时，鬼魂又来了——喀哒、喀哒……一听到足音响起，阿峰就迅速躲进了屋子角落里。伴藏则壮起胆子，毅然向漆黑的屋外迎去，嘴里复诵着他老婆口授的句子："屡次三番违背约定，鄙人深感歉意。但请姑娘也莫要怀恨，我不摘去那符咒，实有不得已的缘由。我夫妻二人，一向靠主人的好意怜悯，才幸得糊口。若主人有何不测，我家自明日起马上就无米揭锅了。若非要我背弃主人的话，须请你赐我黄金百两。只要你赐我这笔钱财，任你有何吩咐，我都听从。况且我夫妻俩，也可不再求靠他人，过上安乐的日子。只需有这黄金百两，我伴藏便去摘下符咒，绝无反悔。"

伴藏背完这通说词，阿米与露儿相顾片刻，沉默不语。过了一会儿，阿米道："小姐，我就说嘛，拜托此人是行不通的。倒也没理由去怪罪于他。至于那位已经变了心的荻原大人，您还是就忘掉罢。求您了，对于这段情，就干脆死了心罢！"

然而，露儿依旧涕泣道："露儿我无论如何也放不下大人的。不过百两黄金而已，总有法子筹得到吧？有了金子，就能摘去门上的符咒了……请再让我见他一次吧，一次就好，拜托你了。"

露儿以衣袖掩面，哀哀哭求着。

"请别再说这种任性的话了。"阿米答，"我哪里去弄来这样一大笔金子呢？不过，话说到这个份上，您若还是听不进去，我也拿你无法。那金子，少不得还要我阿米去设法筹措。明晚，我会带金子过来的……"

阿米转身向那不忠者伴藏道："伴藏！荻原大人贴肉放着一枚名叫海音如来的佛牌。有这枚护符在，我与小姐便无法近他的身。因此我希望，不论你使什么手段，请把那枚佛牌连同符咒一并取除。"

伴藏战战兢兢答："若能拿到黄金百两，那枚佛牌，我也会设法除去的。"

"那么，小姐，"阿米对露儿道，"到明晚之前，就请你再等等罢。"

"啊？"露儿泪容犹在，"那么，我们就这样回去了吗？今晚，又无法见到荻原大人了么？为什么你们每个人，都不愿听听露儿的话呢……"

阿米牵起任性哭闹的露儿的手，消失在了黑暗的夜色之中。

十

第二日太阳落山，转眼又到了晚上。黑夜一至，鬼魂就会前来。然而今夜不同，荻原家的屋外，听不到女子抽抽搭搭的啜泣声。丑时，那不忠者伴藏方才拿了金子，转身拔脚就去摘掉了所有的符咒。至于海音如来那枚佛牌，已在当日白天，趁着主人沐浴净身的时候，被他自符袋中抽出，以另一枚铜质的假符替下，深埋在一处少有人至的田地里。此刻，荻原家再无能够阻挡鬼魂之物。露儿与阿米用一只衣袖掩着脸，伸出长长的指甲，轻轻一个纵身，倏地消匿在一扇符咒已取除的小窗内。而接下来家中将会发生什么，伴藏猜都猜不到。

天明后，日头升至中天时，伴藏总算打定主意去瞧瞧动静。他试着敲了敲雨窗，屋内没有人应答。这种事，他当下人这么久还是头一遭遇见，不由也害怕起来。又喊了好几声，屋内都静悄悄的。他让老婆阿峰帮忙，撬开屋门，独自一人进到主人卧房，叫了声：荻原大人，仍是无人回应。伴藏打开雨窗，将天光放进屋内，房中却不见一点有人的迹象。没法子，他只得战战兢兢撩起床帐的一角，向中窥探。谁知一看之下，却吓得一声惊叫，屁滚尿流地跌出了屋来。

新三郎早已气绝，死状极为凄惨。那张脸上，仍清清楚楚地残留着临终前的苦相。床上，紧挨他的尸身，还有一具女子的尸骸横卧在旁，森白的手骨，紧紧绞住了新三郎的脖颈，深嵌在皮肉之中。

十一

白翁堂勇斋在伴藏的乞求下，急匆匆奔到了新三郎尸身旁。起初，他也被当场的惨状惊得倒吸了一口凉气。不过，到底是相面多年的老先生了，定定神之后，便细细地四下检视起来。屋背后的小窗，镇邪的符咒被人摘去了。探了探新三郎的尸身，纯金的如来佛牌也被偷换成了铜质的不动明王菩萨像。勇斋心知这定是伴藏所为。但毕竟不止这一处疑点，整件事都非同寻常。二话不说，先去找良石和尚商量商量才是正经。他把屋中上下都仔细查过一遍，便舍着一把老骨头，拔腿向新幡随院赶去。

良石和尚并未询问勇斋所为何来，便立刻将他请进了方丈室。

"唉，来路上受累了吧？"问候了老人路途上的辛苦，良石道，"毋需拘束，请随便坐。荻原君的事，实在是悲惨呐……"

勇斋闻言一惊："是啊，人是昨夜不在的。方丈您从何处得知的此事？"

良石神色泰然道："此事，皆是恶因缘所致。想来荻原君也着实从中受了不少苦吧。更何况，又有那种小人在身边作祟……前后种种，都是人力所无法左右。荻原君的命运，自前生早已注定。你也不必为此过于懊恼。"

勇斋道："早听说您身为一代名僧，德高望重，能察百年之后的事。在您身边亲自领教，今日还是头一遭。不瞒您说，还有一事要请您原谅……"

"哦，"良石不待勇斋说完，便答，"是海音如来的尊像被盗一事吧？无妨无妨，请不必为此介怀。那佛牌现正埋在某块田地里，过阵子必定冒出来。待到来年八月，就会自己回寺来了。毋需悬心。"

相面先生勇斋更是心悦诚服:"老夫我也算粗通些阴阳易数,一辈子替人占卦,活到如今。可大师您怎能如此料事如神,我却完全瞧不出门道。"

良石正正坐姿,道:"哪里,此等小技,何足挂齿。倒是荻原君的丧葬之事需要商议。荻原家想来也有自己的家庙,但他那种离奇的死法,尸身恐怕是入不了家庙的,与饭岛家的露儿小姐合葬一处最为妥当——两人的恋情,来生来世也能再续。你在荻原君生前得了他不少照顾,不如由你出面,替他建一座墓塔,也算为自己积些功德,没有坏处。"

于是,新三郎就随露儿一起,被葬在了谷中三崎新幡随院的墓地里。

怪谈《牡丹灯笼》,到此就讲完了。

友人问我:"怎样,这故事可还有趣?"

我答:"我倒很想去那新幡随院瞧瞧,亲眼求证一下,这篇怪谈的作者是怎样将江户风俗编在故事当中的。"

"那么,你我此刻就动身同去也好。"友人道,"虽是作品中的人物,在你看来,觉得如何?"

"用西洋人的目光来考量,"我答,"新三郎这个人,当真薄情。若是放在西洋的古典叙事诗当中,一对恋人真心相爱,男方必定会在女子死后,怀着热情和勇气追随她而去，到墓中与之相会。并且这些殉情的男子，本身都是基督教徒，他们是不信什么来世转生的，心中十分清楚，自己的生命仅此一回。饶是如此，也能够为了爱情欣然赴死。新三郎是个佛教徒吧？有数不尽的前生，死后更有千百万回的来世。尽管如此，人家姑娘辗转于遥遥冥途回来与他相会，他却不能为了姑娘舍弃浮沫一般的性命，真是个自私的男人——不，比起自私来，更可谓懦弱。生于武士之家，端着武士的模样，却一点武士的风骨都没有。还跑去跟和尚哭求，什么被鬼魂附身啦、快些救命之类的，怎么看都是个薄情寡义的家伙。这种人，算不得武士，只是个无可救药的可怜人，就算被露儿掐住脖子掐死了，也不足惜。"

"在日本人看来，也是一样。"友人答道，"新三郎确实是个没有男儿气概的人。只不过，不将人物写成这样优柔软弱，故事就讲不通吧。若让我说，这故事中最感人的人物，还就数那丫鬟阿米——为人秉性颇有古风，忠心事主，全无二意，实在是个可爱的姑娘，又明辨道理，善巧机灵。不只生前如此，死后仍旧不离主人身边左右……话说回来，我俩这就上新幡随院去罢。"

到了新幡随院一瞧，不过是个无趣的破寺。荒冢一堆，看得人胸口发堵。墓地的大部分，都已变作了芋薯田。田垄之间，东倒西歪地立着些石塔，布局凌乱，像插满了七扭八歪的木桩。墓石上的文字，已被瘆人的藻藓所密密覆盖，大多无法辨识。有些墓，石塔已不见踪影，仅剩下台座、碎裂的花钵，或是丢了只手、缺了个头的佛像……下了两三天的雨，黑色的泥土吸饱了水分，这里那里积着一洼洼的水坑，密密麻麻聚满了数不清的小蛤蟆，在地上跳来跳去。仅有芋薯田是经人手拾掇过的。一进墓地门处有间小屋，有个女人正在屋里煮饭。友人走上前去询问：知不知道哪座墓，是新戏《牡丹灯笼》里讲到的那座？

"哦，你说露儿小姐和阿米姑娘的墓啊？"女人貌似挺高兴，笑嘻嘻地答道，"就眼前这一排，走到底，在寺院后面地藏菩萨像旁边。"

这种奇奇怪怪的事情，我来日本之后，倒是时有遇见。

我与友人一面绕过地上的水洼，一面在芋薯叶繁茂的田垄间穿行——这些苍翠的芋薯叶，显然是从露儿与阿米的地下伙伴们身上吸足了养分——不一会儿，便远远看到了两座亲密相邻的墓碑。碑石上缠缚着湿漉漉的藻草，所刻文字几乎都已无法辨认。大的那座墓碑旁边，则立着一尊缺了鼻子的地藏菩萨。

"这碑文，实在是瞧不清楚啊。"友人一副没辙的样子，说完又道，"等等——"接着便从袖兜里掏出一张柔软的白纸，敷在碑石上，用黑色的黏土擦刷起来。不久，发黑的纸面上便浮现出几个白色的文字来。

宝历六年丙子三月十一日……

"哈哈，看来像是根津的一位客栈老板的墓，人叫吉兵卫。那边那座不知怎样……"

友人复又掏出一张白纸，敷在了另一座碑石的法号上。

延妙院法耀伟贞坚志法尼……

"这明明是个尼姑的墓嘛！"

"好过分的守墓女人，"我不禁高叫起来，"竟然戏弄我们！"

"行啦行啦，"友人劝道，"别那么当真了。你自己不也是图个乐子才找到这儿来的嘛。因此，倒是该感谢那女人才对。不会吧？八云先生，你莫非把那篇怪谈故事还给当了真啦？"

因 果 谭①

从前，有位大名的夫人身患重病，命已垂危。自文政十年初秋病倒之后，便一直卧床不起。此刻，已是文政十二年四月（1829 年），庭中樱花烂漫，她自知大限已至，时日无多，不由感怀春光之喜媚，又念及几个孩子，便将夫君的诸多侧室，挨个考量了一遍，尤其是年方十九的雪子。

"爱妻啊，"大名对夫人道，"你身受病苦折磨，已经三载。为使你早日痊愈，三年来，我等费尽了心思，用尽了办法，不分昼夜守候床畔，烧香告佛，甚至再三断食斋戒。然而，一家人倾尽所有的照顾，终究皆是枉然，连名医也叹回春无术。如今眼看你命数将尽，佛说：'三界无安，犹如火宅'，你这一去，便是离苦得乐，而死别之痛，我等却较之你尤甚。此刻我力所能及的，也惟有不惜钱财做一场风光的法事，为你祈求来生的冥福。并且举家上下，皆将诵经念佛，无有懈怠，以求超度你在黄泉路上，不至迷途于黑暗虚空之中，早日成佛，往生极乐。"

大名一面轻抚夫人，一面语气柔缓地娓娓倾诉。夫人听完这番话，依旧阖目，以细若虫鸣的声音答道："夫君一番心意，妾身实在感激不尽。诚如你所言，这三年间，我长卧于病榻，享尽了所能获得的所有关爱与照顾，如今死别在即，自当笑赴黄泉，又怎会徘徊迷途，不能瞑目？或许这种大限之时，我还挂虑着凡尘俗事，本是不该，但奴家尚有最后一愿，恳请夫君成全。只此一件……烦请您将雪子唤来。我待她一向疼爱有加，亲如姊妹，想必夫君也知晓。我身后这家中诸事，还想对她交代一下。"

在大名的传召下，雪子来到夫人房中，遵照大名的指示，跪在病榻之前。

夫人睁开眼，望着雪子，道："啊，雪子，是你来啦！你再靠近些，这样才能听得仔细，我已没有气力高声说话了……雪子，我命不久矣。我去之后，你务必要好生侍奉夫君，殷勤打理家中诸事。之所以如此托付，是因为我有意扶你为正室，代替我尽妻职。你素来深得夫君宠爱，犹胜我百倍。在我身后，被扶上高位，立为正室乃是指日可待。今

---

① 因果谭：意为"因果的故事"。因果，佛教用语，意指恶业，亦即因前世犯下的恶事而遭受的果报。本篇故事的奇妙题目，便是根据以下的佛教传说而来。在佛教世界观当中，死者的鬼魂往往具有可以加害生者的灵力，但加害和报应的对象，仅限于前世曾犯下过恶行的人。本篇故事亦以同题收录于本人的怪谈集《百物语》当中。（小泉八云原注）

后，你千万要对夫君尽心尽意，不可怠慢，切莫让其他女子夺去了宠爱……我要叮嘱你的，就是此事。雪子，你可听明白了？"

"啊，夫人何出此言？"雪子连忙驳道，"求求您了，千万莫再这么讲，妹妹我从无此等非分之想。恕我直言，您也知道我出身贫贱寒门，又岂敢妄想成为大名家的正室呢？"

"不不，此话差矣。"夫人嗓音嘶哑地答道，"如此关头，可没有工夫再说那些场面之辞，你我应以肺腑之言相奉。我去之后，你必能坐上高位，晋身为正室。我再说一遍，扶你为正室，乃为我所愿……没错，此事较之于成佛升天，更为我所祈盼！……啊，说来险些忘记了，我另有一愿相求。想必你也知道，庭中有株八重樱，是前年自大和的吉野山移种过来的，听说这几日正值盛放……我等着瞧那花开的样子，已心心念念盼了许久。如今我即将久别于人世，临死之前，无论如何要再看一眼那树樱花。来罢，雪子，现在就背我到园中去，让我再赏一次花罢……来，雪子，背上我……"

如此恳求之际，夫人的声音逐渐变得清晰有力，仿佛是内心强烈的渴望赋予了她新的生意，说完，竟哇地失声痛哭起来。雪子不知如何是好，只跪在原地，不敢动弹。

然而，大名却点头发话道："这已是夫人最后的愿望，按理自当成全。夫人素来喜爱樱花，我等都知，她盼望这株大和的樱树开花，为时已久。去罢，雪子，听从夫人的请求，助她完成心愿罢。"

仿佛是乳娘将要背起孩童，雪子背过身去，将双肩送至夫人面前道："请夫人上来罢，我已经准备好了。接下来该如何做，还请夫人吩咐。"

"好啊，就是这样！"已经垂死的夫人，说完竟涌出无比惊人的气力，抓住雪子双肩，直起身来。待她刚一站稳，便将嶙峋的双手挪下肩头，迅速伸进雪子的衣襟下，嚯地捉住了雪子的双乳，随即喉中发出了悚人的狞笑。

"终于实现了！"夫人叫道，"我的'赏樱之愿'①——只不过，却不是那庭中樱树。此愿不偿，我死亦不能瞑目。如今，总算了却了一桩夙愿。啊，实在太高兴了！"

说完，夫人便瘫在雪子的肩头，断了气。

下人们慌忙上前，试图将夫人的尸身自雪子肩头搋下，放回褥榻上去。然而，匪夷所思的是，原本看似简单的一件事，却无法办到。不知为何，夫人冰凉的双手牢牢附在雪子的双乳之上，仿佛在那具肉体内扎了根一般。在恐惧与剧痛之中，雪子昏了过去。

---

① 在日本的古诗文当中，有将妇人的肉体之美喻作樱花，而将心灵之美譬为梅花的传统。（小泉八云原注）

大名忙召来了御医。但这些人也全无头绪，无法理解究竟出了什么状况。依照寻常的法子，是无法将死去夫人的双手自雪子身上拔下的——因为，那双手已死死粘住了雪子的肌肤，若硬生生剥除，势必将雪子弄得皮开肉绽，血流不止。夫人的手指，绝不仅仅是深嵌在了雪子双乳之中那么简单，而是手心的皮肉与雪子胸前的皮肉以一种莫以名状的方式，完全粘连在了一起。

在当时，若论江户城医术最精湛之人，便数一位来自荷兰的洋医师了。大名便将其请至了府上。一番详细的诊察之后，荷兰医师下了论断：自己对眼前的怪病也没什么了解，为使雪子早些解脱，不如权且将那双手自尸身上截下，除此之外别无他法。若是勉强将之从雪子胸前剥除，则会令她有性命之险。在洋医师的忠告下，大名只好下令，将夫人的双手自手腕处截了下来。然而，截断的手爪却依旧紧攥着雪子的双乳，且不一会儿就变得黢黑干枯，如同死去很久之人的手。

孰料，这一切仅仅只是个恐怖的开始。

那双断手，虽已枯蔫失血，却并未彻底死掉，时时还会蠢蠢蠕动，悄无声息，仿佛两只巨大的灰蜘蛛。且自那之后，夜复一夜，每至丑时必会攥住雪子双乳，又拧又掐又捏，将雪子折磨得痛不欲生，直到寅时方肯罢休。

最终，雪子落发出家，做了一名托钵尼姑，法号脱雪，又为亡故的夫人打了个牌位，上刻其戒名：妙香院殿智山良妇大姊，而后带着它行脚于诸国，从不离身寸步。每日，脱雪都会虔敬地向着牌位念祷，乞求死者的饶恕，并勤行回向，但求平息死魂疯狂的妒念。可惜，宿业难消，造成如此恶果的，自有其恶因。之后的十七年间，每夜丑时，这双手都会折磨脱雪，从未休止。

本篇故事，为最后听脱雪谈起自己身世的人所讲述。据闻当晚（其时为弘化三年，即 1846 年），她投宿于下野国^①河内郡田中村的野口传五左卫门家中，之后，便杳然没有了音讯。

---

① 下野国：日本古时令制国之一，位于今枥木县。

天 狗 谭①

后冷泉帝②在位之时，比叡山延历寺的西塔③内住着一位高僧。某个夏日，这位法师进京办事，回程途中路经北大路，见有五六个小童正聚作一处折磨一只鸢鸟——几人设了圈套将鸢擒住，捆绑起来用棍棒虐打。

"唉，罪过啊罪过。"法师见之，不由叫道，"孩子们，你们为何这样作践它？"

其中一名小童答："我们要杀了它，取它的羽毛。"

法师慈悲为怀，便将手中的羽扇送予小童，换下了那只鸢鸟，并当场放了生。那鸢看样子并无大恙，便安然飞走了。

法师积下一桩功德，心下喜悦，拔脚继续赶道。走没多远，见路边树丛中冒出一位相貌奇异的僧人，向自己匆匆走近前来。此人来至法师身边，恭恭敬敬道："今蒙大师怜悯，幸才挽回一命。在此，请容我以理应的方式，报答您的救命之恩。"

忽而受此大礼，法师迷惑不解，因问："贫僧却不记得何时曾与您谋面啊，敢问您是……？"

"我此刻这般模样，您认不出也不足为怪，我便是方才北大路上被一群恶童折磨的那只鸢。全仗大师出手相救，才死里逃生。这世间，再无何物比性命更为宝贵了。是以，我想做些什么，来报答您的恩德。您若是有什么想要的玩意儿，或想了解的事情、想见识的东西，只要我力所能及，就请尽管吩咐。事实上，我多少还算有些神通，通晓几样法力，无论您所发何愿，一定都会助您实现。"

听完对方这番话，法师恍然大悟：原来此人就是天狗④啊！便坦言道："老僧我年已七十，早将声名供养——看淡，活在这世间已无更多愿望。唯一关心的是，来世将会如何转

---

① 本故事原收录于日本的古代民间故事集《十训抄》之中，其主题亦曾被改编为能剧谣曲《大会》。日本的民间美术当中，天狗通常是长着鸟喙状的尖鼻，背生翅膀的男人，要么便被描绘为猛禽。天狗虽有许多不同的种类，不过皆为居住于山中的妖灵，能幻化成各种姿形，时而为鸟，时而为秃鹰或鸢鹫。在佛教传说中，天狗则被划属为"魔民"一类。（小泉八云原注）

② 后冷泉帝（1025—1068），日本第 70 代天皇，1045—1068 年在位于平安时代。其父为后朱雀天皇。其母为藤原道长之女藤原嬉子。

③ 西塔：延历寺位于京都比叡山，分为东塔、西塔和横川三个区块，西塔区距离东塔区约一公里，以其本堂"释迦堂"为中心。另还有净土院、法华堂等多座佛教大师修行的院所。东塔则为延历寺的发祥之地，以其本堂，也是延历寺最大的佛堂"根本中堂"为中心。

④ 天狗：为日本神话传说中的一种妖怪，居于深山之中，样子貌似山中修行的僧侣，赤面、高鼻、背后生有翅膀；手持羽扇、太刀、金刚杖三种法器；具神通，可自由飞行。

生。但这种事，问谁谁都没有答案，拜托你恐怕也是无用。不过话说回来，我倒也有个心愿……当年佛祖释迦牟尼尚在世时，曾在天竺国的耆阇崛山①，也就是世人所说的灵鹫山顶举办讲经的法会。可惜彼时我尚未投胎，未能躬逢其盛，甚为遗憾。若能亲临法会，听佛陀宣法，该是怎样的幸事！因此直到如今，每日早晚习经课诵之时，我都会心中怅叹。若我也能像菩萨那般穿越时空的话，就麻烦你送我亲眼见识一下当年的盛况罢。"

"这有何难。"天狗道，"当年灵鹫山大会的情形，我十分清楚，现在便可将当时盛况毫无二致地呈现在你眼前。能够重演这样一场圣事，对我来说，亦与有荣焉。请随我这边来。"

说完，天狗便领着法师登上了松林间的一片山坡。

"好了。"天狗道，"请法师闭眼稍候，待听到佛陀说法的声音时再睁开。只是，当见到佛陀显圣时，心中切不可升起虔信之念，也不可低头诵祷或出声赞叹，譬如'阿弥陀佛'、'善哉善哉'之类。您须得不发一言，若稍有虔敬之意流露，我就会有厄事临头。"

天狗这番约定，法师自然答应。天狗便转身匆匆去了，

---

① 耆阇崛山：为佛教圣山，位于中印度摩羯陀国首都王舍城之东北侧，是当年佛祖释迦牟尼说法之地。

貌似有许多事情要准备。

日头西沉，暮色四合。法师仍在树下耐心地闭目等待。突然，头顶梵音骤起，其声清净深满，又浩如钟鸣，周遍远闻——正是释迦牟尼佛宣说无尚究竟法门的妙音。法师睁开双眼，四下环视，但见灿灿佛光照耀下，万物皆迥然变幻了面貌，自己已来到《妙法莲华经》所描述的时代，置身于天竺国耆阇崛山，即灵鹫山上。

四周的松树都不见了，幻化成为七重宝树，枝繁叶茂，果实累累，皆为宝石打造；曼珠沙华与曼陀罗花自梵天迤逦洒落，覆满大地；夜色芬芳，充盈着美妙的梵音与佛光，半空之中，至尊释迦如来端坐于狮子宝座之上，宛如一轮皓月，普照世界。佛陀尊驾左右，分别立着普贤与文殊两位菩萨，而正前方，一众菩萨摩诃萨，蔚如云霞，繁似绮罗星，手合"帝释皇龙神八部掌"，群相环绕；又有佛陀诸弟子：舍利弗①、摩诃迦叶②、阿难陀③等大比丘位列

① 舍利弗：又名"舍利子"（为玄奘所译），释迦牟尼佛的十大弟子之一，诞生于古印度的摩羯陀国，自小才智过人，善于辩论，号称"智慧第一"的大阿罗汉。
② 摩诃迦叶：又名"大迦叶"，释迦牟尼佛的首徒，因清心寡欲，志行清净，而有"头陀第一"、"上行第一"之称；并以灵山会上拈花微笑的著名公案，被奉为禅宗第一代祖师。
③ 阿难陀：为佛陀的堂弟，同时亦是常随弟子、侍者。其名意为：欢喜、无染。善记忆，对佛陀之说法能朗朗成诵，故誉为"多闻第一"。

其中；十六大国①诸王、四大天王则各个威立犹如火柱；龙神、乾达婆②、迦楼罗③、日光天子、月光菩萨、风神等诸神，都一一来在御前。梵天之中，进出亿万道光芒，烁烁其华，乃是众神合力织就的无量光轮。然而在这之上，更有一束奇光自释迦如来的前额射出，它无远弗届，为诸神之光所不及，贯穿了时空，直抵法师眼中。炫光笼罩之下，东方佛土一百八十万亿眷属，并六趣众生，乃至涅槃逝佛们的身影，亦齐齐现于空中。这大千世界一切神佛、一切夜叉罗刹、一切有缘众生，蔚如恒河沙数，悉皆归命于佛陀的狮子宝座之前，顶礼膜拜，口中赞仰唱诵着《妙法莲华经》。其声如海涛隆隆，汇入法师耳中，令他一下子忘记了与天狗的誓约，竟糊涂地错以为自己也来到了佛陀御前，不由得眼中溢满随喜之泪，恭敬礼赞道："阿弥陀佛，善哉善哉！"

话音刚落，大地掀起了剧烈的震动，仿如地震，万千景象瞬间消失得无影无踪。待法师回过神来，却见漆黑之中，

---

① 十六大国：佛世时古代印度之十六国，据《中阿含经》所列，分别为：鸯伽、摩揭陀、迦尸、拘萨罗、拘楼、般阇罗、阿摄贝、阿和檀提、枝提、跋耆、跋蹉、跋罗、苏摩、苏罗咤、喻尼、剑浮。

② 乾达婆：又名"健达婆"，乃印度宗教之中，以香味为食的男性神祇；周身散发浓烈的香气，故也有意译为"香神""嗅香"等；主司乐曲、表演。

③ 迦楼罗：印度神话中的一种巨鸟，为主神毗湿奴的坐骑。佛教吸收了此鸟为天龙八部之一，形象随佛教传入东亚，中文常译作"金翅鸟"或"大鹏金翅鸟"。

自己独自一人跪在半山的草丛里。一股莫可名状的悲意袭上他心头：全怪自己一时大意，破坏了约定，才使诸般奇景都化为了乌有。

他脚步沉重地踏上了回途，却见先前那个模样怪异的僧人复又出现在眼前，以痛苦而怨怼的口吻责问道："法师，你这样毫无分别地对幻景生出虔信之心，违背了你我间的约定，致使护法天童自天而降，大怒于我，责打我说：'尔等怎敢如此欺骗一位德行深厚的佛门中人！'为此，我召集前来为您表演的众位法师全都吓得胆战心惊，纷纷散去。而我，一只翅膀也被折断，从今往后将再也不能飞翔了。"

言毕，天狗便永远地匿去了踪影。

和　解

　　从前，京都曾有位年轻的武士，因所侍奉的主公家道败落而困于生计，穷愁潦倒，最终迫于无奈，只好离家远走，去往一处偏远之地，在当地国守的门下做了家臣。离京之前，武士休掉了发妻——虽说发妻贤淑貌美，但他心中盘算，若能再结一门好亲，说不定可以凭此出人头地，遂另娶了一位出身高贵的女子，携着新妻上任去了。

　　一切皆因他年轻草率，为生活的艰辛困顿迷失了心智，不解真情的可贵。虽说轻易便抛弃了发妻，可再娶的一门亲却并不如意。后妻性情自私乖戾，使他不禁怀念起往昔在京都的岁月，且终于幡然醒悟：自己内心眷恋的仍是前妻，对后妻却无论如何生不出这般爱意。他深觉自己委实是个薄情寡义之人，愧疚之情最终化作痛悔之念，缠绕心头，无有一日释怀。他再忆起被自己狠心置于不顾的前妻：那温柔的话语、美丽的笑靥、优雅可爱的举止，以及无可挑剔的耐心包容……都始终在他脑海挥之不去。时常，他会梦到坐在织机前的妻子，生计穷困的日子里，她不舍昼夜地辛勤忙碌，帮补家计；自己绝情弃她而去后，妻子则独坐在家徒四壁的小屋中，掩面泣涕，泪湿双袖。日间，他在国守府上奉职，也时时记挂着前妻："不知她如今靠什么过活？每日做些什么？"如此忧虑的同时，又会在心里自我安慰："别担心，她是绝不可能改嫁他人的，如若我回头，她一定会原谅与我。"武士暗下决心，要赶回京都去，尽快找到前妻，乞求她的宽恕，并把她带回自己身边，以一个男人所能做到的一切来设法补偿。可惜，左思右想间，日子便已匆匆逝去。

终于，国守府上的任期已满，曾经职责在身的武士，回复了自由。

"好，如今我要回到心爱的人身边去了！"他心意已决，"当年那样抛下她，何其残忍，又是何等糊涂啊！"

幸而他与后妻之间并无孩儿拖累，于是他休掉后妻，将其送回娘家，而后便匆匆忙忙赶回了京都。人至京城，连衣服也未及换下，就径直往昔日的旧家奔去。

待武士赶到昔日旧家所在的街道时，夜色已深。此日正当九月初十，四周冷寂无声，幽静好似坟场。不过一轮皎月照亮了四下，武士很快便找到了旧家。老屋已然破败，檐头长满了衰草。他敲敲木窗，里面无人应声，转而发觉门内没有上闩，举手一推，便开了，遂抬脚跨入屋内。眼前一间正厅，空空荡荡，地上连榻榻米也没铺，冷风自地板缝飕飕灌进来；壁龛的墙壁裂痕丛生，月光穿过斑驳朽蚀的木板隙照进室内。其他的房间逐个看过，亦同样一派萧索，不见丝毫有人居住的气息。尽管如此，武士想起家中最里面还有一间小屋，是妻子平素常待的地方，不妨过去瞧上一眼。当他来到小屋的幛子前，发觉里面灯影摇曳，不由心中一宽，赶紧拉开纸门，但见前妻正借着灯烛的微光在缝补衣裳，不禁欣喜地叫出声来。前妻抬眼望来，与他四目相投的一刹那，也绽出了喜悦的笑容，向他殷殷询问："你何时回的京都？瞧这屋里黑灯瞎火的，你倒也能找到我呢，竟然知道我在这里……"

岁月经年，妻子却音容未改，依旧年轻美丽，保留着他记忆之中最心爱的模样。而她那甜美的嗓音，因惊喜而微微颤抖，更胜过任何记忆，宛如乐声婉转。

武士心花怒放，在妻子身旁坐下，将阔别之后的历历种种，向她细说从头——他忏悔自己的自私冷酷，叙说失去妻子后的苦楚与无尽思慕，以及多年来曾如何反复思量，希望有朝一日能补偿自己的过错……武士一面倾诉，一面温存轻抚着妻子，再三乞求她的饶恕。

听他如此愧悔，前妻亦如他所望，深情款款地答道：

"请夫君莫再一味自责，亦不必为我忧心烦恼。你想错了，其实打从当初，我就深觉自己不配做你的妻子，心知你离我而去，皆是为穷困所迫。当年我俩在一起时，你待我体贴亲厚。你离去后，我也依然祈求你能幸福安乐。至于说补偿，就算你曾有什么过失，如今肯回到我的身边来，已足够补偿了。世间再无比重逢更大的喜乐，哪怕只是短短一瞬的相聚……"

"哪怕只是短短一瞬！"武士不由失笑，呵呵乐道，"不不不，应当说'七生七世长相厮守'。若是娘子不嫌弃的话，我愿与你从此相伴，永永远远，再不分离。现今我手头有了财产和谋生的门路，不会再为穷困所苦，明日我便将家什物品全都运过来，再请几个下人服侍你，咱们合力把这个家重新布置得漂漂亮亮的。至于今晚……"武士满怀歉意地说道，"今晚已经夜深，我又为了尽早见到你，告诉你这些话，所以连衣裳都没换就赶了过来……"

听武士如此说，前妻甚为欣慰，便也将夫君离去之后发生的事情一件件讲给他听，至于自己遭遇的悲苦，却绝口未提，以微笑掩饰了过去。两人一直叙话到深夜，而后，前妻便领着武士来到朝南一间稍微温暖的屋内，这里是两人当年洞房花烛的地方。

妻子开始铺床时，武士问道："这个家里也没有人帮你打点家务吗？"

"没有呢。"前妻朗然一笑，"家里可没有这个宽裕。我一直独居至今。"

"明天就会有一群下人供你使唤了。"武士道，"都是能干的仆佣，你需要什么，应有尽有，全给你置办妥当。"

两人躺下之后，许久不曾入睡，相互有太多话想要倾吐，从过去谈到现在，又谈到将来，直至东方天色泛白，才在不知不觉间合上双眼，沉入睡梦。

待武士一觉醒来，只见白花花的阳光自窗棂洒落屋内，又惊讶地发现，自己正躺在剥蚀腐朽的地板上，不由心中疑惑：莫非眼前一切只是场梦？但他转念又想：不，不像是梦，妻子明明还在身边熟睡……他俯身过去，向旁边的女人一看，却吓得失声大叫。躺在眼前的女人，没有脸，只是一具殓布缠裹的尸骸，且早已腐朽，除了几绺凌乱披拂的黑发和一架骷髅，几乎没有一丝皮肉。

武士吓得毛骨悚然，浑身战栗着，在阳光中缓缓坐起。然而，彻骨如冰的惊惧与寒意，却渐渐化成了无法承受的绝望和酷烈的痛楚。尽管如此，他心中仍纠结着一缕疑念，这念头嘲笑着他，如阴影盘桓不去。于是，他便扮作对附近一带不甚熟识的模样，向街坊路人打听前妻的居所。

"那间屋子啊，早就没人住了。"路人答道，"那家的主人是个武士。几年前，他休掉发妻，另娶了别的女人，离开了京都。发妻伤心欲绝，不久就病倒了。可怜她孤苦伶仃，在京都举目无亲，身边连个照料的人也没有，终于在那年的秋天过世了。日子嘛，好像就是九月初十……"

普贤菩萨的传说

昔时，播磨国①住着一位学识渊博、信心具足的僧人，法号性空上人。多年来，他日日思索《妙法莲华经》中有关普贤菩萨的章节，朝夕祈盼有天能够亲眼得见菩萨真身显现，如同经书中所描绘的那样。

某夜，僧人诵经时不觉困意袭来，便倚在胁息②上昏昏睡去。打盹时，得了一梦，听见有个声音告诉他：若想拜见普贤菩萨真身，可到神崎的一位号称"首席花魁"的著名艺伎家去。梦醒之后，僧人决定即刻动身，匆匆前往，于次日傍晚便到达了神崎。

当他来到艺伎家中时，只见屋内已聚满宾客，大都是京城的少年人，因艺伎的美色而慕名前来，此刻正摆席设宴，歌舞取乐。艺伎灵巧地击打着手中花鼓，唱着小曲，跳起了乱拍子③，曲词讲的是室积町某座著名神社的故事：

周防国④室积町中御手洗⑤，无风亦可起涟漪。

艺伎甜美的歌声，听得一众人如痴如醉。性空上人则坐在稍远处，兀自听着那音律出神。忽然，艺伎却将目光投向了僧人头顶，于转瞬之间，幻化成了普贤菩萨的模样。她胯下驭有一匹六牙白象，眉间绽出道道霞光，仿佛穿透了宇宙的极限，照彻他的眼底。女子口中仍在歌唱，但歌词却变得玄妙深奥，传入性空上人耳中，是这样的：

> 实相无漏大信之海，
>
> 不惹五尘六欲之风，
>
> 随缘真如，若不变之水，
>
> 虽千波万波，犹不失水性。

炫目的神光，照得性空上人闭上了双眼。然而透过眼帘，普贤菩萨的身姿依旧清晰可见。反倒他睁开眼，菩萨便无影无踪，仅剩下艺伎在击鼓而歌，唱着一曲赞美周防国室积港海水的歌谣。只需闭上眼，普贤菩萨便会乘着六牙白

---

① 播磨国：日本古时令制国之一，位于今兵库县西南部。

② 胁息：传统和式坐具的一种，单独置放在坐垫或蒲团旁，用来倚靠的扶手；形为长方或弯曲状；材质为木、竹或紫檀，上绘花纹图案。

③ 乱拍子：日本传统民间舞蹈的一种，后纳入能剧，只以小鼓伴奏，间或辅以笛声，艺者以足尖和脚跟跟随鼓声的节拍踏出独特的舞步。

④ 周防国：日本古时令制国之一，位于今山口县东部。

⑤ 御手洗：日本神社寺庙中，供参拜者于敬拜神佛之前洗手、漱口的水池，其上通常建有亭阁，并提供专用的柄杓，以作水瓢之用。

象即时重现，耳边则再度响起那曲玄妙的《实相无漏大海》歌，而在场的其他人，却看不到菩萨显灵，只为眼前的艺伎所神魂颠倒。

正值大家听得入迷时，那艺伎却忽地自宴席之中消失了身影。她何时并怎样离开的，则无人知晓。众人一下子从喧闹宴乐的气氛中清醒过来，取而代之的是一种怅然若失的心情。一群人不抱希望地等了许久，也不见她归来，终于丧气地作鸟兽散。性空上人虽也为一夜的奇景而震撼、迷惑，却是最后一个起身离开。他刚刚踏出大门，就见方才的艺伎出现在眼前，对他道："和尚，你今夜所见所闻，请不要向任何人提及。"说完，便再度消失不见，只余空气中暗香盈盈，浮动着一缕幽异飘渺的清芬。

记载了这则传说的僧人，曾这样评注：艺伎们终身以色事人，只为满足男子的淫欲，可谓身份卑贱。谁又何尝想到，这样的女子会是菩萨化身？然而，诸佛菩萨为救度三世六道一切有情，常会作种种形，现种种身；惟其能引导世人皈依菩提，得无上道，永脱诸漏之苦，有时亦不惜随类化身，回入生死之茧、卑贱之躯，此皆因我佛悲心舍己，慈悯众生之故。

骑死尸的男人

女人的身体冷硬如冰，心脏亦早已停跳多时，除此之外，则看不出其他死去的迹象，甚至无人提出要将尸体埋葬。只因女人死于被丈夫休掉的悲痛与羞愤，埋掉她也无济于事——死者临终前复仇的执念若不能遂，即便深埋地下也绵绵无绝期，可以冲破任何坟墓的阻碍，使沉重的碑石断裂。住在她附近的人家，全都跑得精光。人人都知道，这具女尸正一心一意等待负心汉归来。

女人死时，男人出门在外，正在旅途当中。等他回来后，得知所发生的一切，吓得浑身哆嗦，喃喃自语道："天黑以前，如果不赶紧想个办法出来，肯定会被那女人碎尸万段的。虽说现在天光尚早，才刚辰时，却一时半刻也耽搁不得。"

他立即拔腿向阴阳师家中奔去，乞求对方出手相救。阴阳师早已耳闻死去女人的消息，并且见过了尸体，便向不住哀求的男人道："你现在处境大大不妙，但我会尽力设法相救。只是你须得答应，一切遵照我所交待的去办。捡回性命的办法只此一条，这事虽恐怖至极，你却不得不做。不拿出勇气放胆一试，只怕你会被厉鬼撕成碎片。若你能有这份勇气，就在天黑之前再来找我。"

男人战战兢兢，答应阴阳师不管何事，只要能救命都愿意照办。

等到太阳落山，四下暮色沉沉，阴阳师和男人一起来到停放女尸的屋前，伸手推开屋门，叫男人进去。

"我不敢，"男人抖抖嗦嗦，喘着粗气道，"光是看看都吓死了。"

"光是看看可救不了你的命。"阴阳师毫不客气地回道，"你不是答应照我说的去做吗？进去！"

他硬把浑身筛糠的男人搡进了屋内，领到尸体旁边。

女尸面朝下趴在那里。

"好，你现在骑到她身上去。"阴阳师道，"就像骑马一样，死死坐在她背上……快点！你非这么做不可！"

男人抖得更厉害了，几乎快要站不住，阴阳师必须伸手扶住他，但男人还是遵命骑了上去。

"现在，抓住她的头发！"阴阳师又命令道，"右手抓一半，左手抓一半，没错，就这样……像抓缰绳那样，绕在手上，两手一起用力。这就对了！你听好，你必须保持这个姿势直到天亮。不用说到了夜里会很可怕，那是自然。但不管发生何事，都万万不可放开她的头发。哪怕就是撒手一下子，你都会死得很惨！"

接着，阴阳师伏在女尸耳边念了几句短咒，又对骑在尸背上的男人交待道："好啦，我还有别的事情，只能把你独个留在这里了……你就这个姿势待着别动……不管怎样都切记，一旦松开头发，你就完了！"

言毕，阴阳师便转身离去，并随手带上了屋门。

男人置身漆黑的恐惧之中，骑上死尸后，已经几个时辰过去。夜的寂静渐次深浓，包裹着他，使他忍无可忍发出一声尖叫，划破了周遭的死寂。在那一瞬间，他胯下的死尸也噌地跳将起来，拼命想把男人甩下背去，同时凄厉高叫道："啊！太重了！但我非得把这个负心鬼带到阴曹地府不可！"

女尸嗖地蹿起身，朝门口飞去，狂暴地掀开屋门，奔向混沌夜色之中，背上仍背着那个男人。男人双眼紧闭，两手缠着女尸的长发，死死揪住，吓得大气也不敢出。也不知那女尸狂奔了多久，他只管闭着眼睛，黑暗之中，耳边唯一能够听到的，是女尸的光脚噼啪噼啪踏响地面的声音和咻咻的凌乱气喘。

终于，女尸调转身，跑回屋里，与先前同样的姿势，重新趴回了地上，在男人的胯下喘息着、呻吟着，直到雄鸡报晓，才渐渐平静。

男人吓得上下牙嘚嘚直打磕，骑在死尸身上，直等到太阳升起，看到阴阳师进门。

"看来你果真一夜未曾松手啊！"听语气，阴阳师十分满意，"很好，现在你可以站起来了。"

阴阳师又向那死尸耳边唱了几句咒文，转身向男人道："你这一夜，过得一定很恐怖吧？不过除此之外，没有其他能救你的法子。从今往后，便不用担心厉鬼来找你报仇了。"

这个故事的结局，从道德角度来想，实在令人难以接受。最后，负心的骑尸男既不曾发疯，也没有遭受报应而一夜白头，书中只写道："男人感激涕零，向阴阳师一再拜谢。"而故事最后的注释，则更叫人失望。日文原作者写道："据闻其男与阴阳师的孙辈们，如今依然在世，居于大宿直村内。"

这个村名，现今在日本的地名录当中已经找不到了。自故事被记载以来，多数市街与村镇的名字都已改变。

菊花之约①

去今数百年前，某日，赤穴宗右卫门向义弟丈部左门辞行时，说道："我初秋即返。"

时值春日，地点为播磨国加古村。赤穴是一名出生于出云国②的武士，此刻想回故乡看看。

丈部道："出云，乃传说中八朵祥云升起之国③，距离此处山迢路远。几日动身，几日归来，恐怕兄长是无法承诺的。不过话说回来，若能提早知道你的归期，我也十分高兴。这样一来，就可早早摆好接风的宴席，立在门前，迎候你的归来了。"

"义弟不必担心，我早已惯于旅途。要多少日子可走到哪里，全都提前心里有数。至于几月几日回到此地，可以分毫不差跟你立下保证。重阳佳节那天我一定赶回，你看可好？"

"就是九月初九嘛。"丈部答，"彼时菊花盛开，你我可赏菊同游，该是怎样的乐事啊！那么，九月初九之日，你可要如约归来啊！"

"九月初九，我必归来。"赤穴微笑答道。说完，便离了
加古村，脚步匆急，登程而去。

自古日本有谚语说：光阴者，百代之过客；来而复往，
年岁亦为旅人④——时光如梭，匆匆而逝，转眼已至菊花怒
放的秋季。九月初九一早，丈部便一番打点，沽酒设馔，
装点厅堂，又在玄关的陶壶里插满黄白两色的菊花，做好
了迎接义兄的准备。老母看儿子丈部殷勤忙碌，便劝道：
"儿啊，我听说那出云国与本村远隔百里，山高路险，赤穴
今日能不能回来，可还难说。你等他到家之后，再做这些
准备也不迟啊。"

"不不，母亲大人，"丈部答道，"赤穴身为武士，一向
守信重诺。他既然说好今日回来，便绝不会失约。若等他到
家之后才慌慌忙忙着手准备，义兄定会认为我不信任他的君

---

① 此篇收录于新潮社版《小泉八云集》时，名为《守约》。原出于明代冯梦龙
《喻世明言·范臣卿鸡黍生死交》，后传入日本，江户时代被上田秋成改编后
收入《雨月物语》(1768)，此书被奉为日本灵异小说的经典。

② 出云国：日本古时令制国之一，位于今岛根县东部。

③ 八朵祥云之说，出自于日本《古事记》。当时须佐之男命被逐往出云国，便
在当地造起了宫殿。待宫殿建好后，自那地方升起许多云气，层层叠叠，足
有八重。因此，至今"八云"仍是出云国的象征（参考：周作人《古事记》，
卷上，第三章，第二节《八崎的大蛇》）。

④ 此句为江户时代诗人松尾芭蕉《奥之细道》首句，典出于李白《春夜宴从弟
桃花园序》之"光阴者，百代之过客"。

子之诺。岂不惭愧？"

是日，晴空朗朗，天清气爽，有一望千里之感。早间，
就有几位旅人打村头走过，且全是武士。每有武士走来，丈
部都会错以为是赤穴归来，可惜直到寺院敲响正午的钟声，
义兄的身影仍未出现。午时过后，丈部依然目不转睛，不停
张望，却始终等不来赤穴。渐渐日头西斜，更加连个人声人
影都没有。但丈部仍旧立在家门外，紧盯来路。

终于，老母出来劝道："儿啊，俗语说得好：'人心之易
变，如同秋日变天'，但菊花之美，即使明日也不会减色。
快进屋歇息罢，明早再来等他。"

"请母亲先去睡罢。"丈部答，"我相信赤穴兄会如约归
来的。"

老母劝他不动，只得先回屋睡了。丈部仍在门外徘徊。

是夜，月色澄明，同如白昼。漫天繁星熠熠洒落清辉，
星汉灿烂，宛如白练。村庄归于寂静，唯远处传来小河潺潺
的水声，和农家几声狗吠，打破四下的沉寂。丈部依旧坚持
守立。最后，眼看一弯月牙隐入附近的山棱背后，才终于死
了心。正打算进屋去时，却见远处有个高高个子的男人，脚
步轻快迅疾向这边走来，仔细一望，正是义兄赤穴。

"啊！"丈部急忙奔上前迎接，雀跃道："小弟从早至
晚，一直恭候。兄台果真守信，到底如期归来了！快请进

屋，接风的酒菜早已备下！"

丈部将赤穴引至客室，奉入上座，挑亮昏暗的灯烛，接着说道："家母等到天黑，身子倦乏，此刻已经歇息。我这便去叫醒她。"

赤穴闻言，摇头阻止。

丈部道："好，就听兄台的意思。"说罢，便为旅途劳顿的兄长端出了温热的酒饭，劝他举箸。可赤穴却不去碰眼前的酒肴，只呆呆坐着，许久并不答话，过了好一阵，才长叹一声，仿佛怕惊醒丈部的老母，悄声低语道："其实，我今日之所以迟归，有些缘由不得不向贤弟交待。当日我回到出云国富田城，四下一看，却发现国中百姓都已趋附于夺城篡位者尼子经久①的势力之下，无人再记得前主公盐治氏的恩德。我的堂弟赤穴丹治也投效在经久门下，作为家臣居于城内。我因有事登门拜访，他便对我晓以利害，并极力引荐我去拜见经久。为考察当今城主的为人究竟如何，我权且听堂弟劝说，前往一会。在此之前，我从未见过经久其人，接触之后，发觉他虽有万夫莫敌之勇，又精于驭兵之道，但老谋深算的同时，亦残忍多疑，因此手下兵将并未心服。于是我便向其坦陈，自己无意在其手下奉职。谁知，一待我退下，此人便命丹治将我关押起来，囚在了宅内。我虽抗争说与义

---

① 尼子经久（1458—1541），日本战国时代的武将、大名、出云国守护，绰号云州之狼，擅长谋略。

弟有约，九月初九必须赶回播磨国，但经久依旧未予应准。我也曾想趁夜逃出城去，但四周时刻有兵卒看守，一直找不到脱身之计，直至今日……"

"直至今日！？"丈部大惑不解，讶然道，"富田城距此处可有百里之遥呢！"

"没错。"赤穴答，"但我心想，自己今日若不能应约而返，贤弟该会如何看我？左思右想，脑中浮起昔日的一句谚语：'人不能日行千里，而魂可至。'幸而太刀仍在身边，未被收走，这才得以践约，回到了贤弟面前……请代我向令堂问候，望她老人家保重贵体。贤弟也要多多尽孝，善加奉养才是。"言毕，便起身消失了踪影。

丈部这才知晓，原来义兄为践菊花之约，竟不惜拔刀切腹，化为了阴魂前来相见。

翌日拂晓，丈部便动身往出云国富田城而去。行至松江时，再次听人提起赤穴宗右卫门在赤穴丹治家中切腹自尽的消息，遂找上丹治宅邸，当面痛斥他的不义之举，而后在一屋族人家臣面前，一刀劈斩了丹治，并趁众人四散惊逃之际，安然无恙地脱身离去。城主尼子经久听闻此事后，下达戒令，不准部下追踪丈部。因为，即便是残忍无良的经久，也感动于两兄弟之间笃守信义的举动，并对丈部左门的情谊与勇气深为钦佩。

毁　约

一

"奴家倒是不惧一死，"临终之前，妻子说道，"不过心头尚有一件牵挂。只想知道，在我身后，哪个女人会嫁进家门，取代我的位子。"

"快别说这糊涂话。"哀痛的丈夫黯然应道，"你的位子没有谁可以取代，今后我将绝不再娶。"

丈夫这话，确乎是发自于真心。他与眼前即将离世的妻子，多年来一直恩爱不渝。

"你以武士的名誉起誓？"妻子脸上露出微弱的笑容，问道。

"我以武士的名誉起誓。"丈夫轻抚妻子苍白憔悴的面庞，答道。

"那么，把我葬在咱们家的花园中，好吗？就是角落里，从前我俩一起栽种的那片梅树林下。很早以前，奴家就有这个心愿。倘若夫君有朝一日另娶他人，我的墓好歹就近在眼前，想来你也会有所顾忌吧……不过，方才你已立誓绝不再娶，因此我也可以不再顾虑，坦言出自己的愿望……请夫君务必要将奴家葬在花园中啊，这样我才能时时听见你的声音话语，每逢春天，也便可以欣赏到美丽绽放的花朵。"

"我一定会照你的心意去办。不过，此刻先别提什么安葬之事了，你的病仍有指望。"

"不，奴家已经不行了。挨不到明日，今早就要去了……夫君一定会将我葬在园中吧？"

"一定。就在当初咱俩合种的梅树之下，为你筑一座美丽的香冢。"

"嗯，另外，能再给我一只小摇铃吗？"

"摇铃……？"

"对，奴家想要只小摇铃，放在棺木里。就是出家人行脚化缘时手持的那种，可以吗？"

"好，我会办到。还要别的吗？"

"不要了。"妻子道，"夫君待我如此百依百顺，我已别无所愿，可以含笑瞑目了。"

说完，女人便阖上双眼，没了气息，美丽而安详的脸庞上，还挂着淡淡的微笑，仿佛倦极而眠的孩子。

女人死后，如愿被葬在了生前钟爱的梅树之下。随她埋葬的，还有一只摇铃。丈夫在她坟前修筑了一座镂有家纹①的墓塔，上刻她的戒名：慈海院梅花明影大姊。

然而，妻子逝后尚不足一年，亲朋好友便频频热心催促武士再娶。"你还年轻，"众人纷纷劝道，"又是一脉单传，连个儿子也没有，将来你若不在，谁来拜祭宗祖，延续香火？娶妻纳妾，原是身为武士的本分。"

在周遭亲朋的催逼数落之下，武士终于屈服，答应再娶一房妻室。新娘是位年方十七的少女。虽说前妻的坟冢便在园中，仿佛正发出无言的怨怼，但武士却已移爱于新妻，将昔日誓言抛在了脑后。

二

新婚之后的头七天，在幸福当中度过，没有发生任何事打扰到年轻天真的新娘。第七日晚，身为武士的丈夫，要到城中去当夜差，不得已只好将新妻独自留在家中。这是两人婚后第一次分开，新娘心中惴惴难安，却又说不出什么缘由，不明所以，只觉得有种异样的恐惧。睡下之后，亦无法

---

① 家纹：是一种家族的标志，亦即纹章、徽章、家徽。在日本，始出于平安时代贵族公卿的生活之中，每个家族都有自己代表性的纹样，印于车辇、衣料、服饰、家具、陶器或战旗之上。后在江户时代广为盛行，商人、农家亦开始拥有自己的家纹。

入眠，四周的空气凝重而窒闷，仿佛风暴来临前夕莫以名状的压抑。

丑时，新娘在夜的沉寂之中，隐隐约约听到一阵细碎的铃声。铃声？深更半夜，武士家门外的巷弄里，怎会有和尚化缘经过？隔了半晌，谁知那铃声竟愈来愈响，且渐行渐近，很明显，是冲着自家来的。不过，为何是从屋后传来的呢？那里明明没有道路……突然间，院中的狗儿狂吠起来，仿佛遭遇了极大的恐惧，激动地嚷叫不止。巨大的恐惧宛如梦魇，瞬间向新娘袭来。那铃声，千真万确出自后花园中。她急欲起身呼唤下人，却浑身动弹不得。这时，铃声愈发逼近，狗儿们的吠叫也更为凄厉……忽然，一个女子的黑影幽幽飘进了房中。所有的门窗明明关得严严实实，屏风亦不曾有丝毫颤动，可一个身着寿衣的女人，却手持化缘的摇铃来到房中，看样子死去已有时日，双目空洞，凌乱的长发披拂在脸前。穿过那一绺绺纠缠的乱发，可以发现她眼中无珠，口中无舌，却仍对新娘喝道："谁准许你待在这里的？这家里哪有你的位子？我才是这个家的女主人！快给我滚出去！并且不许对任何人提起此事。否则，我会叫你碎尸万段！"

说罢，那女鬼便隐身遁去。新娘吓得不省人事，直到天亮方才回过神来。

尽管如此，当清晨的阳光照进屋内，新娘便开始怀疑：昨晚的一切，自己的所见所闻，究竟是否真的发生过？只是，女鬼那番恫吓的话语，仍重重压在她的心头，因此前妻鬼魂现身这件事，不止对丈夫，对其他任何人她都未敢提起，只一力说服自己：昨夜所见，仅仅是身体不适，一场梦魇而已。

然而，到了第二晚，却由不得她再怀疑了。丑时一至，狗儿们便激躁狂吠，喉中呜咽；细细碎碎的铃声再度响起，穿过庭院缓缓迫近；女鬼再度来到新娘屋内，嘶声向她恫吓："滚出去！不许告诉任何人原因。若敢对他泄露半字，我就要你不得好死！"

且今夜不同昨日，女鬼凑近了新娘床边，俯身狰狞低语，形容无比凄厉。

次日清早，武士自城里返回家中，年轻的新娘一下子扑在他脚边，切切哀求道："夫君，求求你！我知道提出这种要求当真不识好歹，也十分无礼，但还是请你把我送回娘家去吧！越快越好。"

"怎么？有什么事惹你不快了吗？"武士心中诧惑，"我不在家时，谁对你不敬了？"

"没有人对我不敬。"新娘泣不成声，"家中上下，人人都待我很好……只是，我已经没法再做你的妻子了……不得不离开……"

突如其来的请求，让武士错愕不已，回问道："得知你在这个家中过得并不舒心，令我着实痛心。可我却不懂，既然无人冒犯与你，究竟是何理由非要离开不可呢？难道，你是要我休妻不成……？"

新娘浑身颤抖，泪如雨下："若夫君不肯与我离缘的话，奴家就只有一死了。"

武士沉默良久。妻子究竟为何说出这般惊人之语，他思来想去，却摸不着头绪，便按捺声色，淡然道："你又不曾犯下什么过错，就这样把你送回娘家，世人面前，我该如何解释？只要你能说出个正当的情由，或者讲清楚事情的原委，我就写休书予你。但有一条，这理由若非合情合理，我是绝不会答应的。事关家族名誉，我可不愿被人说三道四。"

丈夫已把话说到这个份上，新娘也觉得瞒不下去，便将头两晚所出之事，一五一十告诉了武士。言毕，又失魂落魄地强调："现在我什么都跟你讲了，那女鬼一定会杀了我……杀了我的……"

素来胆量过人，从不相信鬼神的武士，听完妻子的诉说，却愕然失色。不过，他很快想出了一条看似不错的解决之计。

"我看，这都是你心神过于焦虑烦躁所致，或许听谁说了些荒唐无稽的故事，做了个噩梦而已。仅仅如此就要夫妻离缘，哪有这样的道理。不过话说回来，我不在时，让你受了许多惊吓，我心中也不是滋味。今夜我还要进城当值，须留你独自在家。我会吩咐两名侍卫在你屋内守护。如此，你便能安心熟睡了吧。那两人都是体格强壮的武士，会替我照管好你的。"

丈夫体贴温存的安抚，让新娘为自己的大惊小怪心生愧意，便决定还是继续留在这个家里。

三

奉命守护新娘的两名侍卫，胆大刚强，又忠心耿耿，对于保护女人和小孩训练有素。两人为了逗新娘开怀，特意拣了许多趣事讲给她听。新娘与两人谈天说笑，闲话许久，将恐惧几乎忘得一干二净。待到就寝时分，侍卫们在屋角摆好兵刃，坐在屏风之后弈起棋来，为免打搅到新娘，一直压着嗓门低声轻语。不久，新娘便如孩子般沉沉睡去。

哪知丑时一至，铃声复又响起，新娘毛骨悚然地自睡梦中惊醒，听到那铃声近在咫尺，正向自己的床边逼来。她跳起身来凄声呼救，房中却鸦雀无声，只余死一般的寂静沉沉笼罩在每个角落。

她奔向甲胄加身的侍卫，却见两人端坐于棋盘前，眼神凝滞地彼此呆视，一动不动。新娘尖叫着拼命摇晃他们，但两人如同被冰封雪冻一般，身子硬邦邦全无反应。

事后，据侍卫们回忆，两人的确都曾听到铃声，继而听到了新娘的呼喊，也感觉到她用力摇动自己的身体……可二人当时既无法动弹，喉中也发不出声音，蓦然一个瞬间，耳边所有声音皆遁去了，眼前亦一片混沌，便堕入了漆黑无际、无知无觉的昏睡之中。

天亮以后，回到家的武士一进新娘卧房，但见灯火暗弱，将熄未熄；妻子身首异处，横尸于一片血泊之中；两名武士端坐在一盘残棋跟前，依旧深眠未醒，听到主人的呼喊才惊跳起身，茫然瞪视着地上骇人而狼藉的惨状……

新娘的人头不翼而飞，遍寻不获。武士检视尸体断颈处血肉模糊的伤口，发现头颅并非为利器斩下，根本是硬生生被拧掉的。地上滴落的血迹，自房中一直延续到廊下的角落，在那里，木板雨窗已强遭劈裂。武士与侍卫三人循着血迹来到后园，穿过草地，越过砂庭，沿着开满菖蒲的水塘，钻过杉树与翠竹的小片林荫，就在小路转角处，却冷不丁，猛地冒出一只面目狰狞的恶鬼，与三人迎面撞了个正着。

原来，这恶鬼正是昔日早已入土的前妻，此刻却跳将出来，立在墓前，一手握着摇铃，另一手则拎着只血淋淋的人头。三人登时浑身一麻，怔在了原地。幸好其中一个武士，反应最快，口中念起佛咒，拔出太刀向那女鬼劈去。手起刀落，顷刻间女鬼身形溃散，轰然泻地，寿衣、骨骸、头发，皆碎作齑粉残片，四溅开去。自一堆零落的残骸之中，则丁零零滚出一只小摇铃在地上。然而，女鬼早就肉溃骨腐的右手，虽已自手腕处断裂，却仍垂死挣扎着，指尖如同夹住果实死死不放的蟹钳，牢牢抓着那颗血肉淋漓的人头……

"这故事未免太残忍了！"我冲讲故事的朋友抱怨道，"那女鬼存心复仇的话，也该冲着背信弃约的丈夫去啊！"

"男人都这么想，"朋友答，"可女人们显然不啊！"

的确如此。朋友是对的。

阎魔殿内

佛教净土真宗高僧存觉上人①，曾在其著作《教行信证·六要钞》中训诲道：世俗人所奉之神，多为不正邪神。是以，凡虔心皈依三宝者，皆不崇信邪法邪道。即便那些求庇于邪力而暂得利益者，也终将悔悟：因邪受益，必致反噬，益之而损，自招不幸。

圣武天皇②在位之时，赞岐国③的山田郡住着一个名叫布敷臣的人。其人育有一独女，唤作衣女，生得容颜姣好，健康可爱。哪知到八岁那年，一场瘟疫蔓延当地，衣女也不幸染病。布敷臣夫妇与亲戚朋友日日向瘟神烧香叩拜，又是布施供养，又是赌誓发愿，祈求瘟神保佑女儿病愈。

衣女一连数日不省人事之后，有天，忽然悠悠醒转，向双亲说起了梦中所见。梦里瘟神显灵，如此交待衣女道："你家父母亲朋为了你的康复，诚心诚意向我祈祷，又奉上祭祀供养。因此，我决意救你一命。不过，为此便须以他人的性命作为抵换。本国另一处有位姑娘与你同名，你可知道？"

"知道。"衣女在梦中答，"鹈足郡有个姑娘与我同名。"

"带我去见。"瘟神拍拍她肩膀，衣女便自梦中起身，与瘟神一起飞至空中，转眼来到了鹈足郡另一位衣女的家门前。其时虽已入夜，但一家人尚未睡下，那姑娘正在厨房里洗涮。

"就是她。"山田郡的衣女指道。

话音落，就见瘟神自系在腰间的一只绯色锦囊中取出一把又长又尖、状似凿子的利刃，闪进屋内，将之狠狠刺进了鹈足郡衣女的额头。那姑娘顿时痛苦地瘫倒在地。

随后，山田郡的衣女便醒转过来，将梦中情景一五一十告诉了父母。只是才刚讲罢，就再度陷入了昏迷，三天三夜人事不知。当她双亲以为女儿已然无望，正自悲痛时，她却又一次睁开双眼，说起话来。她起床下地，环

---

① 存觉上人：日本镰仓时代后期至南北朝时代佛教净土真宗高僧，为亲鸾大师的玄孙。一生博闻强记，广览众经，著述颇丰。《六要钞》，全名《教行信证六要钞会本》，乃其亲自对亲鸾大师的著作《教行信证》进行注解的权威之作。

② 圣武天皇（701—756），日本第45代天皇，724—749年在位，虔信并致力于保护佛教，兴建了著名的东大寺等多座寺院，曾两度派遣唐使赴大唐学习文物制度。

③ 赞岐国：日本古时令制国之一，如今仍作为香川县的别名被使用。

视家中四下，喊了声："这不是我家！你们不是我爹娘！"便奔出了屋去。

此事说来当真离奇。

鹈足郡的衣女被瘟神刺死后，她的父母伤心欲绝，请来檀那寺的和尚做了场法事，便将遗体送到野外火葬了。衣女的魂魄下往阴间，被带到了阎罗殿内。谁知阎王将她打量了几眼，批道："此女明明是鹈足郡的衣女，尚且不该前来报到。快把她放回娑婆界①去，带另一个衣女来见！"

闻言，鹈足郡的衣女却在阎王面前哭诉道："大王啊，我今已死去三日，肉身都已火葬。您此时把我送回阳间，可教我如何是好？我肉身早已化灰化烟，该何去何从啊！"

那阎王虽面目狰狞，却好言好语安慰道："姑娘不必伤悲。我可将山田郡衣女的肉身赐予你。此刻，那位衣女的魂魄即将被带往我殿内，因此你毋需为火葬之事忧心。比较起来，另一位衣女的肉身更完好无损。"

阎王言罢，鹈足郡衣女的魂魄便飞进山田郡衣女的体内，苏醒了过来。

---

① 娑婆界，佛教名词，常被误写为"婆婆世界"，是指堪忍、能忍，意为释迦牟尼进行教化的现实世界。此界众生安于十恶，忍受烦恼，不肯出离，故为"忍"。

那山田郡衣女的双亲，看到病中的女儿忽而坐起身来，喊了声："这里不是我家！"就狂奔而去，还当她失心疯了，便慌忙在后面追赶，口中一面呼唤："女儿啊，你这是要上哪儿去？等一等，你大病未愈就这样乱跑，对身子可不好啊！"

然而衣女却摆脱了父母，一刻不停地狂奔不休，终于跑到鹈足郡，来到了刚死去女儿的那户人家。进屋后，见两老都在，便拜在膝前，问候道："啊，能再次回到家中，女儿真是高兴！爹啊，娘啊，你们都还好吗？"

两位老人却未认出眼前的姑娘，一脸疑惑之色。但母亲仍慈颜问道："孩子，你是打哪里来的啊？"

"我是衣女，刚从阴间回来。娘，我是您的女儿啊！死了一回，又醒来，换了一副新的身子回来了。您可明白？"说完，姑娘便将自己的遭遇，从头至尾讲了一遍。

此时，山田郡的父母为了寻找女儿也尾随而至。两位父亲与两位母亲互相打了商量，令衣女将自己的身世经历重新讲过，仔细询问再三，见她皆对答如流，可知所说一切必然全是真的。

最后，山田郡的母亲也讲述了自家女儿病中所梦之事，遂向鹈足郡的父母道："我二人都觉得这姑娘能拥有你家女儿的魂魄，是件幸事。不过她的身体发肤，却是我生的养的，在我家长大，出落成如今的模样。她属于我们两家所有。因此，不知你们是否愿意把她看作我们共同的女儿？"

鹈足郡的父母欣然同意了这个请求。据记载，后来这个衣女继承了两家的遗产。

本故事为《通俗佛教百科全书》的作者所写，可在《日本灵异记》上卷第十二页的左侧找到。（小泉八云按）

果心居士的故事

天正年间①，京都北部住着一位老人，人唤"果心居士"。他白髯飘飘，一副神官②打扮，以展示佛画、向人讲经授法为生。天气晴好之日，则必到祇园的神社中去，将一幅巨画挂在树间，上绘森罗可怖、凄厉惨绝的地狱景象，画功逼真精湛，观之如同身临其境。老人向那些前来围观赏画的人们宣说佛法，用总是随身带着的如意棒——指点画面之中各种地狱苦刑的细节，解说因果报应之理，劝人信佛向善。听老人讲法的百姓，里里外外围得水泄不通，老人面前用来收集功德钱的草席，都被人们丢出的铜钱堆得满满的，埋到看不见的程度。

当时织田信长③统御了京都及周边的诸国。其属下有个叫做荒川的家臣，某日前往祇园的神社参拜，看到了展示中的地狱图，随后便来到信长府邸，谈起了此事。信长听完荒川所言，面露心动之色，遂下令传召果心居士即刻携画来见。

画卷呈上，信长只看了一眼，便无法按捺内心的惊异：牛头狱卒、马头罗刹、恶煞鬼畜、身堕无间地狱忍受极刑凌虐的亡魂……纷然满纸，跃于眼前；一时间凄嚎呜咽，依稀可闻；血海滔天，仿佛要涌出画面……信长情不自禁伸手触摸，想瞧瞧纸面是否果真已被血水浸湿，然而触手之处明明是干的，指尖亦并不见血迹。信长愈加叹为观止，便问此画出自于何人手笔。果心居士答："此乃著名画僧小栗宗湛④在行过百日斋戒，向清水寺观音菩萨祈得灵感之后所作。"

　　从旁察言观色的荒川，看到信长面露想要占有此画的神色，便问果心居士，愿不愿将画作敬献给信长大人。谁知老人坦然自若地答道："这画乃是我所拥有的唯一宝物，平日挂出来供百姓瞻仰，聊以赚些银钱度日。倘若今日将它呈送给殿下，老夫就失去了谋生的手段。不过，大人若果真迫切想要拥有此画，只消付我黄金百两，购下即可。如此一来，

----

① 天正年间（1573—1592），日本安土桃山时代，正亲町与后阳成两位天皇的年号。

② 神官：在日本神社中供职、执事的人，负责主持祭祀参拜等。

③ 织田信长（1534—1582），日本战国及安土桃山时代的著名武将、大名，安土时代的开创者，信秀之子，堪称日本历史上绝无仅有的一代枭雄。

④ 小栗宗湛（1413—1481），日本室町时代中期的画僧，亦名"宗丹"。在京都相国寺跟随画僧周文研习水墨画，以相国寺松泉轩的屏风画为室町幕府第8代将军足利义政所赏识，成为御用画师。

我也能拿这笔钱去做个生意买卖。否则，老夫绝不会交出此画，还望见谅。"

信长对这番回答貌似甚为不悦，但也并未多言。荒川附在主公耳畔低语了几句，信长点点头，表示赞许。随后，便赏了果心居士几个小钱，将他打发走了。

老人方才离开信长府邸，荒川就蹑手蹑脚尾随于他身后，欲图以阴险的手段夺取此画。机会很快来了。果心居士选了一条直通洛北①山间的小路，拐过一道急弯，正走到山谷一处人迹罕至的地段时，荒川自后面追了上来，向老人道："你这贪心不死的老贼，区区一幅画竟敢索价黄金百两。好，现在我就赐你三尺铁刃，抵那黄金给你！"说完拔刀，劈死老人，夺下了那幅地狱图。

次日，荒川将画轴呈献织田信长——它仍旧卷得好好的，保持着昨日果心居士离开宅邸时的模样。信长下令即刻将画作挂起，孰料，展开卷轴一看，却与一众家臣惊得直眨眼睛——画上空空如也，什么内容都没有，白纸一张而已。荒川大惑不解，不知好好的一幅地狱图怎么竟凭空消失了踪影。无论他有意或无意，都犯下了欺君之罪，因此而被问了罪，判处监禁一段时日。

---

① 洛北：京都的北郊。京都古时原是仿唐都洛阳与长安而建，因此许多地名，皆为仿拟洛阳而取。

荒川这边牢期仍将满未满时，已经听到消息说，果心居士正在北野天满神宫内向人展示和讲解那幅地狱图。他简直不敢相信自己的耳朵。不过，这则消息也使他找回了一线希望——这次可非要将那幅画弄到手，以弥补先前的过错。刑期一满，他便匆匆召集了手下向天满神宫奔去。然而待他赶到一看，果心居士早已人去无踪。

数日后，又有消息报说，这次老人在清水寺展画，并当着大庭广众宣说法要。荒川再度飞速赶至，可依旧扑了个空，只见到围观百姓四散而去的场面——果心居士又一次消失了踪影。

终于有一天，荒川在某间酒馆里与果心居士不期而遇，并当场将老人抓捕。对此，老人则报之一笑，浑不在意地哈哈乐道："放心，老夫今日会跟你走，不过，且让我再喝几杯不迟。"

荒川并未废话，答允了这个要求。果真，老人在身边众人的惊叹声中，旁若无人连饮了十二大碗，才满足地表示已经喝够了。荒川将老人五花大绑，押到了信长公府上。

在中庭内，果心居士接受了诸位法官的裁问，并遭到了严厉的斥责。最后，法官对他宣判道："经判明，尔犯善用妖术魔法诳骗民众之罪，罪当重罚。不过，若尔能认罪伏法，将那幅画作进呈主公殿下，则可从宽发落，下不为例。否则，将以严刑处置。"

面对这番恫吓，果心居士脸上浮起一抹神秘微笑，答曰："诓骗世间的，岂是老夫！"随即，转身面朝荒川，厉声喝道："你才是骗子！你为了献媚主公，奉画给殿下，便欲图将我杀害，夺走画卷。若说这世间有何事可称为罪行，这便是了！万幸在于，当日你并未得逞。否则，若果真如你所谋，将我杀死，更不知将会编出何样的谎言来遮掩自己的恶行，我又岂能遂你所愿？无论如何，那幅画已为你窃取。我此刻手中所有的，不过一幅仿作而已。你夺走画作之后又转而反悔，不舍将它献给信长大人，设计想要据为己有。于是才将一张白纸呈给大人，并嫁祸于我，诓骗大人说是我偷梁换柱，将真画掉了包欺骗于你。真画此刻在何处，老夫并不知晓，想必你才应该心中有数！"

　　一番话激得荒川暴跳如雷，向立在白砂庭中的果心居士飞身扑去，若不是担任警护的武士起手阻拦，恐怕早将老人劈成了两半。然而，看到荒川这副勃然大怒的模样，审案的法官却心生疑窦，觉得他必不清白，遂将果心居士暂且押入牢中，转而对荒川开始了盘问。那荒川一向拙嘴笨舌，不善言辞，此情此景下更是激动得说不出囫囵话来。他磕磕巴巴，吞吞吐吐，说得前言不搭后语，看上去更像是心怀鬼胎，有什么不可告人之处。法官当即下令对其处以杖刑，痛打到他吐出实情为止。可他并未窝藏真画，想要交待，却也交待不出。最后直被竹杖痛扁得死去活来，不省人事。

身在狱中的果心居士，听说了荒川受责的消息，不禁哈哈大笑。笑罢，转向狱卒道："你且听好，荒川那厮心计歹毒，做下了伤天害理之事，为了惩其恶行，令他改邪归正，我才设计叫他吃了这些苦头。现在烦请你去告知法官，荒川对真相并不知晓。关于此事，我会将来龙去脉解释清楚。"

　　于是，果心居士再次被带到了法官面前，如此陈述道："一幅真正的好画，自有其灵魂。这样的画作，必定有着它自身的意志，有时甚至会拒绝与赋予它生命的作者，以及正当拥有它的主人分开。有许多民间流传的故事都告诉我们，真正的名画，是有灵魂宿于其中的。例如：法眼狩野元信①所绘的屏风，因鸟雀自其中飞出，而变作了白纸；某幅挂轴中的马儿，竟然会夜夜溜出来吃草等等。至于我那幅地狱图，只要信长大人没有成为它的正当主人，那么打开之际，画中所绘之物就会自行化为乌有。反之，倘若大人能付我当初提出的百两黄金，此刻它虽是白纸一张，空空如也，但转瞬就会回复原本的模样。信与不信，总之您可姑且一试。大人不必担心，若是画作不能重现，百两黄金即刻如数奉还。"

---

① 狩野元信（1476—1559），日本室町时代著名画师，狩野派开山之祖狩野正信的长男，狩野派第二代传人。将大和画技法融于汉画画法当中，为狩野派的繁荣奠定了基础。因技艺卓绝精湛，有"法眼"之号，并被后世之人尊称为"古法眼"。

闻说世间还有如此稀罕之事，信长便下令交予果心居士黄金百两，并亲自莅临庭前观看结果。长卷在信长面前缓缓展开，在场之人无不连声惊叹。画作果真分毫不差，重现了旧貌，只是稍稍减退了些许颜色，且画中亡灵恶煞也都不再如先前那般活灵活现。眼光敏锐的信长察觉了此点，便向果心居士询问原因。

　　居士答道："您最初御览此画时，它尚是宝贵的无价之物。而此刻您所看到的这幅，就只值您所付出的价钱，也就是百两黄金而已，不可能再有更美妙的呈现。"

　　听了这番回答，在场之人皆感到，继续为难这位老人不仅无济于事，说不定还会惹来更可怕的后果，便将果心居士即刻释放了。而那荒川，吃了一顿杖罚，为他犯下的罪错付出了十二分的偿还，因此也得予赦免。

　　只是，那荒川有一胞弟名叫武一，身为武士，也在信长手下供事。家兄遭受毒打，又被投入牢狱，令他左右咽不下一口怒气，便发誓要杀死果心居士为兄报仇。居士恢复自由身后，便径直来到酒馆，要了酒菜在那里小酌。武一随后跟踪而至，将他劈倒，割下人头，又夺了老人的百两金子，跟人头一块儿拿布包了，意气洋洋地提着赶回家中去给大哥瞧。哪知到家解开包袱一看，不见什么人头，只剩一只空葫芦跟一坨粪便……兄弟二人大为错愕，后来又听说：酒馆里的无头尸体也不翼而飞，无人知晓是如何消失的，便更是茫然了。

果心居士自此便下落不明，音讯杳然。直到大约一个月后，被人发现有个醉汉，酣卧在信长公府邸的大门外，呼声如雷，正是居士其人。由于他举动无礼犯上，立即被收押进了牢狱。饶是如此，老人仍未从醉梦中醒来，一直在牢中饱睡了十天十夜，且扯着鼻鼾，声音远远可闻。

正值此时，信长遭遇其部下武将明智光秀[①]的反叛，而死于非命。光秀篡夺了天下后，却仅仅只维持了十二天的统治。

光秀执政于京都时，有人为了果心居士向其进言，因此他便命人将居士自牢中放出，并传来相见。老人来到御前，光秀亲切与之交谈，并待为上宾，摆宴款待。待老人用罢餐饭后，光秀问道："我听说您素来好饮，那请问老人家一顿能喝下多少酒呢？"

果心居士答："酒量多少，老夫自己也不晓得，只是饮醉为止。"

---

① 明智光秀（1528—1582），日本战国至安土桃山时代的武将，曾为战国大名织田信长手下的重臣。于天正十年（1582年）起兵反叛，声称"敌在本能寺"，率军一万三千将主公信长围困于夜宿的本能寺内，致使信长自焚于烈火之中，史称"本能寺之变"。其后，光秀篡位，但其统治仅维持了十二天，便在山崎大败于羽柴秀吉（即丰臣秀吉），败走途中被农民杀死。

于是，光秀便遣人拿来一只大杯，放在老人面前，并交代侍者，任居士爱喝多少，就替他斟满多少。老人一口气连饮了十大杯，还要更多。侍者却答：酒樽已空。举座见之，无不为居士的海量所叹服。

光秀问："老人家还没喝尽兴吗？"

居士答："哪里，已经知足。为了感谢您的盛情厚意，我来为在座各位献上一段表演，以助雅兴。请诸位瞧这屏风。"

老人伸手指向殿内一扇八折屏风，上绘著名的近江八景①，在座的客人都纷纷向屏风望去。画中乃是八景之一：琵琶湖上有位船夫，正在远景处划着一叶渔舟，舟身仅占了屏风不足一寸长的空间。果心居士向那小舟方向缓缓挥了挥手，众人就眼见它掉转了船头，竟开始向着画面的前景徐徐划来。随着距离愈来愈近，舟身也逐渐变大，顷刻间，连船夫的面貌也清晰可见起来。船越划越近，亦越变越大，几乎挨到了众宾客的眼鼻跟前。突然间，湖水仿佛要泛滥似的，自画面漫涨开来。而事实是，屋内地上也的确溢满了湖水。宾客们纷纷忙不迭挽起了衣角，水已涨至了齐膝

---

① 近江八景：日本琵琶湖西南部的八处名胜，为仿照中国洞庭湖的潇湘八景而拟省。分别为：石山秋月、比良暮雪、濑田夕照、矢桥归帆、三井晚钟、唐崎夜雨、坚田落雁和粟津晴岚，因浮世绘大家安藤广重的画作而声名远扬。

深。正当此时，那叶小舟也从屏风中滑将出来，变成了一只真正的渔船。摇橹的咯吱声清晰可闻。屋中的湖水仍不断上涨，直到淹没了宾客们的腰部……渔舟划至果心居士身边，老人抬脚上了船，船夫便把船头打了个漩儿，在众人眼睁睁的注视下向屏风划了回去。随着渔舟悠然远去，屋内的湖水也逐渐退潮，仿佛是重被灌回了画中。待渔舟划过画面前景时，地上的水也不知不觉干透了。但那渔舟依然未停，在屏风的湖面上飘然远逝，最终化成一个模糊的小点，消失在了水天之间。果心居士亦随之隐没，自那后再未有人见过他的踪影。

梅津忠兵卫

梅津忠兵卫是名武勇过人的年轻武士，投效于出羽国①藩主户村十太夫门下。户村氏的主城建于横手附近的一座小山之上，山脚下，家臣侍从们的房屋凑成了一个小小的市町。

梅津被委派为夜间当值的城门守卫。夜警分作两班，早班从日落值到午夜，晚班则从午夜值到日出。

某次，梅津当值后半夜时，碰到了一件怪事。是夜，他登上山坡，走在去执勤的途中。当他来到蜿蜒通往城楼的小路最后一个拐角时，发现有位女子站在那里，怀中抱着一个婴孩，看上去似乎在等人的样子。深更半夜，又是此等僻静之所，一个弱质女流孤零零徘徊在此，定然事有蹊跷。梅津常听人说，有妖灵鬼邪专门化作女子模样，诱惑男人而后取其性命，于是心忖："眼前这女子虽为人形，但究竟是人是鬼，却十分可疑。"因此，看到女子疾步走近前来，仿佛有话要同自己讲，便一言不发与之擦肩而过。孰料，那女子却一口喊出了他的名字。梅津吃了一惊，站住脚，也忘了自己本是打算闷头走过的。

只听那女子声音柔婉甜美，对他道："梅津君，小女子我今晚遇到了些麻烦，有件十分棘手的事情赶着去办。能否请你代我抱一会儿孩子？"说着，便把婴孩朝梅津递了过来。

梅津与这年轻女子素昧平生，觉得她清甜魅惑的嗓音颇为可疑，极可能是什么妖邪鬼灵摄人心魄的伎俩。不，又或许……越寻思越发起疑。然而梅津天性良善，心道："倘若只因畏惧鬼灵，便放弃助人行善，未免太缺乏男子气概"，便默然不语地接过了孩子。

"在我回来之前，请您务必抱好这个孩子。"女子叮嘱道，"我去去就回。"

"知道了，我会的。"梅津答道。

女子立刻转身离开小路，无声无息，身姿轻盈地跳下了山岩，那份飘然、敏捷，看得梅津不禁怀疑起自己的眼睛。

女子走后，梅津这才低头打量怀中的婴孩。孩子十分幼小，看起来似乎初生未久，静静躺在他臂弯之中，不哭不闹。

---

① 出羽国：日本古时令制国之一，位于今山形县，及秋田县除东北部以外的区域。

抱了一会，忽然，梅津觉得孩子好像长大了，连忙定睛一看……不，孩子没变，还是刚才那个小婴儿，动也没动。那为何自己会觉得它长大了呢？

接下来的瞬间，他一下子明白了其中缘由，不由得毛骨悚然，一阵寒意袭遍了全身。孩子并未长大，而是变重了！起初，只有大约七八斤分量，很快就增了两倍、三倍、四倍……此刻，已经不下四十斤了。尽管如此，仍在不停变得更重……八十斤、一百五十斤、两百斤……梅津知道自己被骗了。那女子根本不是凡间之人，孩子也不是！然而，他已经许下了承诺，身为武士绝不可以自食其言。没奈何，梅津只得尽力将孩子继续抱在怀中。可那孩子仍是一刻比一刻更重，二百五十斤！三百斤！四百斤！到底接下来会发生什么，梅津无从想像，只是下定决心："不怕，只要自己还有一丝气力，就绝不会放手。"五百斤！五百五十斤！六百斤！梅津双臂开始剧烈颤抖，孩子的重量仍在增加……

"南无阿弥陀佛！"梅津不禁口诵起佛号来，"南无阿弥陀佛，南无阿弥陀佛！"

三声佛号诵完，本有千钧之重的手腕上，蓦然一松。他低头凝视空空的臂弯，愕然呆立。孩子竟然奇怪地不见了。几乎与此同时，方才那位神秘的女子，以与离去时同样飘忽伶俐的身姿，复又出现在他面前，娇喘吁吁，香汗淋淋，秀色可人。只是，从她两袖都以束带高高扎起的模样来看，似乎是刚刚辛苦忙碌完毕。

"好心的梅津君,"女子道,"你虽然毫不知情,但无意之间却帮了我一个大忙! 我其实是本地的氏神①。今夜,有位氏子的妇人为难产所苦,便祈祷向我求助。谁知过程分外艰难,单凭我自身的力量实在不足以救她性命,这才向你发出恳求,借助了你的力量跟勇气。你怀抱婴儿之时,它尚在母亲腹中仍未出生。你最初感觉婴儿开始变重时,因为产门紧闭,正是最危急的关头。当孩子重到你双臂已无力支撑,即将绝望之际,那母亲也正濒临垂危,全家人都在为她悲叹哭泣。可正当此时,你连诵了三声'南无阿弥陀佛'。你话音一落,佛陀之力骤然显灵,产门打开,孩子降生,母亲也得了救。因此,我一定要酬答你的功劳。对于崇勇尚武的武士来说,没有什么比力量更为有用的本领了。因此,不光是你,我还将赋予你的子子孙孙、世世代代以无比刚强的力量。"

如此承诺后,氏神便遁去了身影。

梅津犹自惊叹着,重新迈步向城楼走去。日出后,结束了执勤的任务,即将做晨祈时,他像往常那样打算洗脸净手,谁知刚要拧干一条手巾,却惊讶地发现,平时一向结实

---

① 氏神:在日本,居于同一聚落、地域的居民共同祭祀的神道神祇,亦为守护神、土地神或某一氏族供奉的祖先神灵。共同信仰此神明的信徒,名为"氏子"。

的手巾竟在自己手中"呲啦"一声断成了两截。他把断掉的两截叠起来再拧，手巾就像两张打湿的纸，再次应声而裂。他又把四层手巾叠在一块儿试了试，结果还是一样。不仅手巾，各色青铜铁器等只要被他一碰，就纷纷碎裂，好似垮落的泥块。梅津恍然大悟：原来，自己获得了氏神所承诺的巨大神力。从今往后，举凡接触任何东西都须得小心翼翼，否则指尖就会将它们碰碎。

回到家中，梅津马上打听，昨夜是否有谁家刚刚生了孩子。果然，恰就在自己经历那番奇遇的同时，町内有人家诞下了一个婴儿，且出生的经过，与氏神所描述的一模一样。

梅津忠兵卫的儿子们，各个都从父亲那里继承了刚猛的力量，而孙辈之中也有几人，号称为大力士。在我记录这个故事的时候，据说他们依旧健在，至今尚居住在出羽国内。

鲤　梦

　　距今大约一千多年以前，近江国①大津城著名的三井寺中，住着一位博识多通的高僧，法号兴义。他不仅遍晓经史，同时亦长于书画，是驰名当世的丹青妙手，笔下的佛像、山水、花鸟无不神形兼备，惟妙惟肖。法师尤擅画鱼，每逢晴天好日，必偷闲泛舟于琵琶湖上，雇一名渔师，小心替他捉几尾活鱼，鳞片不伤地带回寺去养在缸中，仔细观察它们游水的姿态，以供描摹写生。画完之后，便喂之以食饵，重新带回湖边放生。渐渐地，兴义法师的工笔鱼绘声名远扬，轰动了四方海岸与渔港，许多人甚至不惜千里迢迢地赶来瞻仰。

　　不过，兴义的鱼图当中，最为精妙灵动的却并非实物写生，而是一幅描摹自己梦中情景的作品。某日，法师坐在湖边，瞧着群鲤竞相游跃，不知不觉沉入了睡梦，与鱼儿一同畅游嬉戏，好不欢快。醒来后，便挥毫将脑中残留的印象如实勾勒于纸上，裱成画幅，挂在了自己禅室的卧榻旁，并取名曰"鲤梦"。

法师对自己所绘鱼图向来珍视，任谁恳求都从不愿卖人。他常说：若是山水花鸟之作，倒还乐意释手，但画中的鱼儿是有生命的，因此绝不肯将它们送到那些心无怜悯，杀生吃鱼的人手上。而那些前来买画的人，也的确尽是些素喜吃鱼的口腹之徒，不管他们如何重金相求，法师都丝毫不为所动。

某年夏天，兴义法师卧病在床，短短七日间已至弥留，口不能言，浑身僵直纹丝不动，仿佛圆寂了的模样。孰料，当众弟子为他操持完法事，准备入葬之时，才发觉法师的身子微温尚存，便决定暂缓下葬，一同在"遗体"旁守候。是日午后，法师忽然苏醒，活了过来，向面前诸弟子问道："我昏迷不醒有多少时日了？"

"已三日多了。"其中一位弟子答道，"众人都以为您已圆寂，今早，便邀来您的友人与施主信众，齐聚寺内为您做了凭吊法事。仪式完毕后，方才觉察您身体尚有微温，便决议延迟入葬，看来此举果然不错。"

法师点头称是，道："你们赶紧派个人，往平之助府

---

① 近江国：日本古时令制国之一，位于现今的滋贺县。

上走一趟。他家此刻正有几人摆宴聚饮，席间有鱼肴款待。你们去告诉他：'兴义法师刚刚死而复生，请即刻停下宴饮，到寺中来，法师有件闻所未闻的稀罕事要讲给诸位听。'……你们此去，不妨亲眼瞧瞧，那平之助兄弟正做什么，是否如我所言在大摆筵席。"

一位弟子领命即刻动身，赶到平之助家一瞧，不禁大惊。果真如法师所料，平之助与其弟十郎，同另一位名叫扫守的侍从摆酒设席，痛饮正酣。三人听闻法师所言，便掷下酒菜，匆忙向寺中赶来。

兴义法师此时已被移至卧榻之上，淡然笑迎客人的到来。彼此问候致礼完毕，法师向平之助道："老僧有一事相问，还请施主如实作答。你今日是否从渔师文四手中买过一条鱼？"

"诚如所言，的确买过。"平之助答，"不过，此事大师又是如何知道的呢？"

"好吧，老僧这就讲与你听。"法师道，"渔师文四今日提着鱼篓，将一条三尺来长的大鱼送到了你府上。其时方过正午，你与令弟十郎正在下一盘棋，侍从扫守则吃着桃子在旁观战，我说的可对？"

"没错，正是如此！"平之助与扫守大为惊讶，不禁齐声高叫。

"扫守看到篓中的大鱼，当即决定买下，不止付了鱼钱，还赠了文四几只桃子，赏了他三盅酒喝。随后，便喊来了厨子。那厨子一见大鱼，心中十分欢喜，就遵照你的吩咐，将鱼烹为佳肴，备起了酒宴……老僧所说这些，想必与事实不差分毫吧？"

"哎呀，确实如此！"平之助答道，"今日我家发生之事，大师竟了如指掌，实在叫人叹服。请问您是怎样知晓的呢？"

"嗯，我这便话入正题。"法师道，"正如诸位所知，所有人都以为老身我已经圆寂，连同你在内，全都来参加了我的丧礼。其实三日之前，我尚不知自己的病情会如此危笃，唯觉得身子乏力，五心烦热难耐，想到外间走走，去去火气，于是硬撑着拐杖，好容易自床上起身，来到了禅房外……或许，这一切不过是我的梦境而已，但真相究竟为何，可请各位自行判断。我只能做到将发生的事情，原原本本讲述出来……我踱出屋外，顿觉得神清气爽，周身上下分外舒坦，仿佛刚被放出樊笼的鸟儿，即将飞起时的轻盈松快。我四处信步，来到琵琶湖畔，看见清澈碧绿的湖水，一时心动难捺，便褪去了衣物，跳入湖中畅游起来。卧病以前，我不过粗识水性而已，可那日，却游得轻巧灵活，穿梭自如，连我自己都禁不住诧异。恐怕诸位会觉得老僧我在发昏胡话，不过，还请耐心听下去……我虽为自己的泳技感到纳罕，但环视四下，见美丽的鱼群游来游去，也不禁羡慕起它们的悠然自在。只要生而为人，哪怕泳技再高超卓群，也无法如鱼儿那般享受嬉水之乐。正当我目眩神驰之际，一尾大鱼游到我的眼前，口中发出人声，抬头向我道：'你的愿望，实现起来十分容易，请在此稍候。'说完，便向深处潜去，不见了踪影。

"片刻之后，却见一位衣履华贵，冠带巍峨，颇有帝王风范的男子，驾着方才那尾大鱼自湖底升起，向我道：'龙王有旨，念你平日有好生之德，所救鱼儿无数，今特来满足你的愿望，赐你金缕鲤衣一件，令你享受化身为鱼，畅游水府之乐。但须谨记，不论闻之如何鲜香，切不可吞吃小鱼或食饵。否则，必会被钓钩所伤，或被渔师捕去失了性命，切记切记。'言毕，那使者便驾鱼潜回了水底。

"我低头打量，发觉全身上下都覆满金光灿灿的鳞片，且生出了鱼鳍，知道自己已化作了一尾锦鲤，今后可以在水中任意逍遥，想去哪里，便去哪里。随后，我便尽情畅游，到访了许多美丽的名胜（此处，上田秋成[①]的原作之中，列有歌咏近江八景的山水诗——小泉八云按）。我时而眺望碧水之上粼粼漾动的波光，为之心驰；时而凝视静谧水面上倒映的山姿树影，为之神迷……而印象最深的，还数冲津岛与

---

① 上田秋成（1734—1809）：日本江户时代后期著名的话本作者、歌者、茶道师、俳句诗人、国学者，因志异小说《雨月物语》而闻名。小泉八云撰写本故事时，参照的即是上田秋成的著作。

竹生岛的礁岸如同一道红墙垂映在湖面之上的景象。有时，当我离水面过于接近，甚至能听到途经的人声，看到他们的模样；又有时，我在水下小憩，也会被附近的划桨声自睡梦里惊醒；月白风清的夜晚，我不止一次为途经身边的渔船上闪亮的篝火而暗自惊奇；风雨如晦的日子里，我便潜入幽深的水底，在缤纷绮丽的世界里戏耍。可惜，如此纵情嬉戏两三日后，我开始觉得饥肠辘辘，不得不返回本地觅食。恰好渔师文四正在此垂钓，我游近鱼钩，瞧见上面挂有喷香的食饵，瞬间想起了龙王的警告，便连忙远远游走，同时告诫自己：'我乃佛门之人，无论如何，也万万不可吞吃那些混有荤腥的鱼饵。'

"然而，过了半晌，实在腹饥难忍，我终于禁不住诱惑，游回钓钩旁，心中盘算：'我与文四为多年旧友，即便被捉去，想必他也不会加害于我。'我想要将那鱼饵从钩上衔下，却未能办到。闻着那香气，再也按捺不住，便连饵带钩一口吞进了嘴里。说时迟那时快，文四一下子收紧了鱼线，将我提了上去。我向他纵声高呼：'你要做什么？痛死老身了！'哪知他却充耳不闻，飞快拴了根绳在我腮帮，将我投进鱼篓，送到了你府上。

"当鱼篓被掀开后，我眼见你与令弟十郎正在朝南的大屋里弈棋，而扫守边啃桃子、边在一旁观战。你三人立刻来到廊下，伸头向鱼篓中探看，见有如此一条大鱼，全都喜

不自胜。我使出浑身气力向你们大喊：'我不是鱼！是兴义啊！兴义和尚！拜托快送我回寺里去！'

"然而你三人抚掌大笑，对我的呼救听若罔闻。接着还唤来厨子，将我带到厨房，粗暴地扔在砧板上，那上面还扎着一把锋利的菜刀。厨子左手死死摁着我，右手举刀便砍，我吓得向他嚎叫：'救命啊！你为何杀我？我乃佛门弟子，救命！救命！'

"瞬间他手起刀落，我感到利刃穿身，被割得皮开肉绽，痛不可当！正此时，却猛然睁开眼睛，醒了过来，发现自己已置身于寺内……"

兴义法师的故事讲完后，兄弟二人都咄咄称奇。平之助道："话说当时，我们瞧着那尾大鱼，见它嘴唇一张一合不停翕动，却听不到任何声音……我得赶快派仆人赶回家去，将剩下的鱼肉都撒回湖里去！"

兴义法师的病，很快便痊愈了。大难不死之后，从此挥笔不辍，画下了大量的画作。直到他圆寂后很久，某次他所绘的鱼图偶然落入湖中，那画里的鱼儿竟倏地自绢纸上游了出来，摆尾潜入湖水，不见了踪影。

幽灵瀑布的传说

伯耆国①黑坂村附近有一座瀑布，人称"幽灵瀑布"。其名的由来，我无从知晓。瀑布下面深潭的一侧，有座小小的神社，里面祭奉着当地人口中所称的"瀑布大明神"。神社门前，置有一只用来收取功德钱的木造小箱。关于这只功德箱，还有一段民间传说。

距今三十五年前，某个深冬寒宵，黑坂村一个织麻作坊里，劳作了一天的老板娘与姑娘家们，结束了手边的活计，围坐在织机间的火炉旁，兴致勃勃地讲起了鬼故事。一连讲了十几条后，在座的女人们纷纷觉得毛骨悚然。其中一女为求更强烈的刺激，便大声怂恿道："今晚，有谁敢孤身一人往幽灵瀑布走一遭吗？"

话音一落，大家都异口同声尖叫喧闹起来。接着，有人发出狡黠的一笑，道："谁要是敢去的话，我就把今天纺的麻全都送给她！"

另一人也跟着起哄道:"算我一份。"

"我也算一个。"

"我的也全给她!"

女人们一个接一个地随声附和着。这时,木匠的老婆安本阿胜自座中站起身来,背上背着她不到两岁的独生儿子。婴儿被襁褓暖暖包裹着,鼻息沉酣,睡得正香。

"喂,听着,你们如果真的肯将今日纺的麻全给我,我现在就敢到幽灵瀑布去。"阿胜道。

此言一出,大家有的惊叹,有的一脸质疑。但阿胜却再三声明着,女人们这才肯严肃起来好好听她讲话,并一致承诺,若阿胜当真敢到幽灵瀑布去,就将自己今天纺的那份麻全数送给她。

"不过,我们怎么知道你真的去了呢?"一个尖尖的声音质问道。

"没错。那就让阿胜把功德箱搬回来好啦。"当中年纪最老的一位婆婆道,"这个证据总可以吧?"

"好,搬回来就搬回来。"阿胜高声立下保证,说完便背着熟睡的孩子,冲进了黑夜。

天寒地冻的晚上,夜空却一片湛晴,阿胜独自走在寂寂

---

① 伯耆国:日本古时令制国之一,位于现今鸟取县的中部与西部。

无人的街道。刺骨寒风之中，家家户户都大门紧闭。不一会儿，她便出了村口，来到野外。旷野阒寂，小路两旁是一片片霜冻的田圃，阿胜在寥寥星光的指引下向前走着，只听见脚下"呱哒呱哒"的木屐声。大约走了三十分钟，拐过一道弯，来到一条通向山崖边的蜿蜒小道。路愈走愈窄，脚下愈崎岖不平，四周也越发黑暗。但这条路阿胜十分熟悉，走没多久，便听到了水流自高空倾泻而下的回响。两三分钟后，道路豁然开朗，她来到一处空旷山谷，方才尚且是潺潺低鸣的水声，忽而变得震耳欲聋。阿胜眼前赫然出现了一条巨大的瀑布，宛如闪闪白练，垂挂于漆黑的山崖之上。朦胧夜色中，可以模糊看到瀑布边的小神社与功德箱。阿胜急步奔到跟前，伸手过去正欲……忽然此时……

"喂！阿胜！"隆隆水音之上传来一声低沉的怒喝，仿佛在告诫什么。

阿胜吓得如同被恐惧捆住了手脚，愣在当地，不知所措。

"喂！阿胜！"那声音再度轰然响起，语气中恐吓的意味尤甚于前次。

可阿胜素来是个胆大的女子，瞬间便回过神来，一把抱过功德箱，转身就跑。她一路狂奔，直跑到村口，好在有惊无险，并未发生什么可怕之事。她站住脚，喘了口气，继续跑了起来，木屐呱哒呱哒……终于跑进了黑坂村，来到麻作坊外，"咚咚咚咚"大声擂起门来。

　　怀抱功德箱，气喘吁吁的阿胜一迈进作坊，等在那里的女人们纷纷惊叹起来。她们屏息静气听阿胜诉说着一路的经过，当听到在幽灵瀑布旁阿胜曾两次被某个恐怖的声音呼喊名字时，又是同情，又是钦佩，你一言我一语地称赞道："好一个了不起的女人啊！"

　　"阿胜太勇敢了！"

　　"绝对有资格拿到所有的麻布啦！"

　　……

　　这时，上年纪的那位婆婆搭腔道："先不说别的。阿胜，你出去一大圈，别把孩子冻坏了。快，抱到火炉边来暖和暖和。"

　　"肚子恐怕也早就饿了吧。"阿胜道，"我这就给孩子喂奶。"

　　"真不容易啊，阿胜。"婆婆口中絮叨着，一面帮阿胜解下背上的襁褓。

　　"哎呀呀，你瞧你这背上，都湿透啦。"刚说完，阿婆却凄声尖叫起来，"啊！是血啊！"

　　从解开的襁褓中，跌出了一团浸满鲜血的婴儿衣物，掉落在地板上。衣裳里，伸出两条黑黢黢的小腿跟两只黑黢黢的小手，仅此而已。而孩子的头，却不知何时，给掐掉了。

茶 碗 中

你是否曾登上某处的某座古塔，沿着光影晦暗的螺旋楼梯拾级而上，在尽头处无所凭依的漆黑混沌之中，唯见蛛网盘绕？又或许，你来到海岸边耸峙的断崖，走过曲折小径，攀过嶙峋的岩角，一瞬间发现自己正立足于千仞绝壁的边缘？——这种体验，所具有的情感效果究竟价值几何？从文学化的角度来讲，正是这种"尽在不言中"的戛然而止，所能体味到的感觉强度，以及其后残留于记忆之中的鲜明度，最为惊心动魄，也犹胜于千言万语。

日本的古书当中，不可思议地保留了许多能唤起读者类似感受的断章残篇——或许是因为作者的疏懒；或许是他与出版者之间发生了什么龃龉；也或许是奋笔疾书之时突然被人自书桌前喊走，从此未再回来；又或许是突如其来的猝死，使他文至半途意外辍笔……然而，事实上，这些故事为何停留在未完成状态，则无人知晓。此处，我举一个典型的例子。

天和三年①正月初四，亦即距今大约二百二十年前，丰厚国②冈藩的第四代藩主中川久恒③率领家臣四处行走，向亲友进行新年的问候，途经江户的本乡区白山町时，见有一间茶屋，便领着随众入内歇脚。　一行人正休息时，属下中有位名叫关内的年轻底层侍卫④，忽感口中焦渴，便斟了一大碗茶，端起来，举到嘴边。正待喝下时，他蓦然发觉透明的黄色液体中映出一张面孔，竟然不是自己的！他吃了一惊，连忙转身四顾，但左右并无他人。茶碗中映出的那张脸，从发式来看，似乎是个身份高贵的青年武士。它清晰地浮现于茶水之中，端正俊秀，轮廓纤细宛若少女，且眼波顾盼，嘴唇翕动，栩栩如生，犹如真人再现。这谜一般的幻影，使得关内大感困惑，忙泼掉茶水，仔细查看碗底。但那茶碗并无异状，只是随处可见的一件便宜货而已。他另换了一只碗

---

① 天和三年：1683 年。天和，为日本年号之一，指的是 1681—1683 年之间。

② 丰厚国：日本古时令制国之一，位于今大分县除宇佐市、中津市之外的大部分地域。后文的"冈藩"，为当时丰厚国中最大的一个藩。

③ 中川久恒：小泉八云原著中将此人称作"中川佐渡守"，意为"佐渡国的国守"。但据维基百科资料显示，佐渡国历任国守中并无此人。小泉虽未详述其身份来历，然而资料指称，并且从时间上考证，此人应当是丰厚国冈藩的第四代藩主。故事发生于他因身体病弱而自藩政隐退，让位于其弟的次年（即天正三年）。但丰厚国位于今日本大分县境内，而故事的发生地却在江户一带，即今日东京都文京区白山町内。无论是时间上、地点上、情节上，多处显得互相矛盾，无法自圆。小泉八云只是简单记录了一则古代未曾最终完笔的传说，细节上的抵牾已难以梳理。

④ 本篇故事的主人公关内，虽身为武士，但层阶较低，平时跟在身份较高的武士身边做其侍从。两者的关系，类似于西方中世纪的骑士与其仆从。日语中有专门的称谓，作"若党"。

来，重新把茶满上。谁知，先前那张脸复又浮现于茶水当中。他赶紧重沏了一轮新茶，再次斟入碗中。结果，那张神秘的脸依旧映在水中，还带着一抹嘲弄的笑意。关内极力克服着心中的恐惧，冲那水中的人影吞吞吐吐道："敢问你究竟是何人？我是绝不会被你迷惑的。"说完，便将碗中茶水连那面孔都一饮而尽，跟随伙伴身后出了茶屋而去，却也兀自惴惴，疑心自己是否将水中的鬼魂也一并吞进了肚内。

是日晚间，关内被安排在中川下榻的屋外当值，一位不速之客却悄无声息地不请自来，吓了他一跳。来客是位仪表堂堂的年轻武士，在关内对面闲闲落了座，轻描淡写地打了个招呼后，便道："我名叫式部平内，今日初次见面，还望多多关照。"

男子声音虽十分低沉，却清晰可闻。关内一眼认出，面前此君相貌清俊，正与白天映在茶碗之中，被他一口气吞下肚去那恐怖的幻影同为一人。且眼前这张脸上泛着一抹淡淡的嘲笑，也与之前如出一辙。唯一不同的是那一瞬不瞬紧迫盯人的眼神，却含着挑衅与轻蔑之色，令他不由倒吸了口凉气。

"说来得罪，我并不认得你。"关内强压心头的怒气，冷冷答，"闲话不提，还想请问，你是如何潜进藩主宅内的？"

（封建时代，藩主的屋宅时刻都有重兵严守，若非警

备出现重大失职，未经事先通报，是任何人都无法进入的。——小泉八云按）

"哈，竟然说不认得我了！"来人语带讥诮，高声说道，同时缓缓逼上前来，"不认得！？你明明今早还曾有意要加害于我嘛……"

关内闻言，飞快地拔出腰间短刀，向着男子的咽喉刺去。不料，刀尖所到之处，却刺了个空。与此同时，闯入者也倏地飞身退至墙边，无声无息地穿墙而去……而墙面上，竟找不到任何被穿透的痕迹，就仿佛是烛光射透了纸灯罩一般。

当关内将此事通告诸位同僚时，众人闻之莫不惊讶，都甚为纳闷：昨晚出事时分，不曾有谁见到可疑人物出没，而且也无人听说过中川的家臣当中，有什么名叫式部平内的武士。

翌日晚间，关内不用当值，便同父母一道待在家里。谁知深更时分，仆人通报，说来了几名陌生的访客，自称有事与关内一叙。他忙将太刀提在手上，来到玄关处，却见门口立着三个佩刀男子，貌似武士。

三人见关内出来，恭敬低头行过一礼，而后其中一人道："在下分别是松冈文五、土桥文五与冈村平六，皆为式部平内大人府上家臣。我家主公昨夜前来拜访阁下，您却拔刀相向，致使他身受重伤。此刻他不得不往温泉去疗伤，来月十六日方能返回。主人交代，届时，他定会上门，一报昨日之仇……"

未等来人说完，关内已挥起太刀，纵身扑去。他向三个可疑的造访者当头一顿左劈右砍，然而，却见他们身轻如影，盘旋而上，相继向旁边建筑的檐壁飞去，而后……

这则古老的故事，到此便中断了。接下去的情节，想必保存在某人的头脑之中，但早于百年之前，也已化为了尘灰。

其后的结局，我大可随意杜撰几种，不过，应该没有一个能够满足西方人的思维喜好。因此，倒不如留给读者们自行想象，到底吞下灵魂后，会发生什么……

常　识

　　古时候，京都附近的爱宕山上，住着一位潜心修行的学僧。他勤勉精进，从早至晚打坐诵经，向无懈怠。不过，该僧所居的小小寺院，远离村落，位于人烟稀少的深山之中，他不只诸事缺少帮手，连日常生活的必需品也时有短缺。幸好，几位虔心向佛的乡民，每月都会按时送些蔬菜粮米到寺中来，生计才得以维持。

　　这些善良的乡民中，有一位猎师，常需入山狩猎。某天，他装了一袋米背来寺里时，僧人对他道："上次你来过之后，寺里出了件殊胜的异事。如我这般鲁钝无明之人，却有幸得见此等妙事，其中缘由，我亦不知。不过，想必你也有所了解，贫僧我几年如一日，勤于观照拂拭，每日诵经不辍，因此发生在我身上的事，或许正是平日所积功德的一种福报和示现。当然，也有可能并非如此。但不管怎样，我确实亲眼所见，普贤菩萨每夜都驾乘白象临降本寺。今晚，不如你便留宿在此，与我一同瞻礼菩萨圣驾罢。"

"在这末法之世，还能有幸得见菩萨圣尊显现，实在是无上的机缘福惠。我深以为幸，愿同法师一道瞻仰。"猎师如此答道，并留在了寺内。只是，晚间，当僧人专注于念佛三昧之际，猎师却开始起了疑心：如此奇迹，当真会发生么？思来想去，愈发觉得不可置信，便拉住寺内奉职的一个小沙弥，打听道："我听法师说，在这寺中每夜都有菩萨显现，你可曾亲眼见过？"

小沙弥答："已经有幸拜见过五六回了。"

尽管得到了肯定的答复，猎师却疑心更炽。当然，他也心知那小僧不会欺骗与他，便思忖道：小沙弥都能看到的事，想必自己也没问题。于是一直不睡，只等僧人口中菩萨现身的一刻。

将至午夜时，僧人道："菩萨圣尊即将显现，快做恭迎的准备。"他打开寺门，面向东方跪于禅房内。小沙弥跪在了僧人左手边，而猎师则恭谨地正跪于僧人背后。

这天是九月二十，荒凉暗夜中，大风呼啸。三人一动不动，长久跪候着普贤菩萨的光临。终于，一点白光闪现于东方，宛如孤星，悬在天际。那光点飞速驰来，渐渐变大，照得整面山坡都豁然明亮。俄顷，只见那灵光开始有了形状——一尊菩萨，宝相庄严地驾乘着一头如雪的六牙白象显身了。紧接着的瞬间，白象载着通体湛然的普贤至尊降临于寺前，仿佛一座月光凝成的小山，耸立在三人眼前，法相殊胜，无与伦比。

僧人与小沙弥伏身便拜，口中殷殷称颂着菩萨法号。而那猎师，却在二人身后冷不丁噌地站起身来，张弓搭箭，拉个满怀，向着光明皎洁的菩萨，嗖的一声射了出去。长箭直贯菩萨胸口，连箭尾羽毛也深深没入了其中。

一阵隆隆巨响，宛如雷音滚过之后，白光消逝，菩萨也遁去了踪影。寺门前整片天空都沉入黑暗，只余风声猎猎作响。

"啊！你究竟在做什么！"僧人流下了绝望而愤慨的泪水，高声叫道，"你这个没人性的，可悲可恨的无耻之徒，究竟是要造什么孽啊！"

然而那猎师脸上，却丝毫不见悔色，亦不曾动怒，只静静听着僧人的痛斥，片刻后，方才从容不迫开口道："法师，请您少安毋躁，且听我说。您自年轻时起便诵经念佛，虔心修行，因此才积下功德福报，能够亲眼见普贤菩萨现前。但倘若果真如此，那也只该您一人可以看到，我与小沙弥是绝无同享之理的。我本是一介猎师，胸无点墨，只以杀戮为业。杀生害命，在佛菩萨面前是何等深重的罪孽？那么，我这样造业甚多的人，又如何得以拜见普贤菩萨真身呢？实在是说不通，想不明。我常听教诲说，佛菩萨虽会作种种身，现种种形，但却绝不是我这样粗陋无学的俗人能够有缘眼见的。或许法师您饱读经书，清修度日，才最终抵达悟境，得与佛菩萨相见，而我这样一个每日为谋生计射鸟杀兽的人，又凭什么福分可以拜见呢？可方才，我与小沙弥明明也跟您一道见识了菩萨的尊容。这也便是说，您眼中所见，必非普贤菩萨真身，而只是一些作恶的妖灵鬼怪为了迷惑您所化成的幻象。请您平心静气等待天明，到了早上，事情就会真相大白了。"

日出之后，猎师与僧人一同来到了昨夜菩萨现身的地点，发现地上洒落着斑斑血迹，循着那串血迹走了几百步，却见山谷底部趴着一只被长箭射穿了胸膛的巨狸，早已死去。

僧人一向因精通佛法、博学多识而受尊奉，却轻易被狸精所蒙骗；而猎师虽无知亦不虔信，却富于常识，凭着天生的才能，看破了妖精的原形，打碎了僧人所执著的可怕幻象。

生　灵

　　很久以前，江户的灵岸岛上有位名叫喜兵卫的富商，开了间经营瓷器的老店。喜兵卫长年都雇着一名掌柜，负责店里大小事务，名唤六兵卫。在六兵卫的精明打理下，店铺的生意日益隆盛，渐渐感觉人手不足，单凭一己之力已应付不过来了，便讨了喜兵卫的示下，决定再雇一名有经验的帮手。他心中看好的，是自己的外甥，时年二十二岁，曾在大阪的瓷器店里当过学徒。

　　这位外甥，是个颇为能干的二掌柜，富有从商经验，比舅舅还有眼光魄力，不仅深谙经商之道，直觉也很灵光，因此在他的帮手之下，店里的生意蒸蒸日上，深获店主喜兵卫的赏识。不料，年轻人来到店里七个月后，却忽然害起急病来，命已垂危，眼看就快死的模样。六兵卫跑遍江户城，请来名医为他诊治。可每个瞧过病的大夫却连药方也不肯开，只众口一词道：这病乃是由不为人知的愁思所致，并非医术汤药所能调治。

六兵卫心忖：莫非害的是相思病？便对外甥道："我思来想去，你正当年少，是不是暗中恋慕谁家的女子，因而一味烦恼，才害了相思病？如果我猜得不错，你千万要把心底的烦恼毫无保留地全说给我知道。你双亲远在异乡，此地，我就如同是身兼父职，要妥善照管与你。你心中若有什么忧愁苦痛，但凡一个父亲所能为你做的，我都在所不辞。倘若是急需用钱，不管数目大小，不必害臊尽管开口。不只我愿意尽力帮你，就连喜兵卫老板，只要能看到你身子一天天好起来，也会乐意相助的。"

病榻上的年轻人，听了这番恳切的劝慰之语，却面露难色，沉默良久，方才开口道："舅舅的大恩，我会一生深铭在心。只是，我倒并不曾偷偷恋慕谁家的女子。再者，任是怎样的绝色美人，我也不至于渴念到如此程度。我这病，不是医生能治得了的，钱财也管不了什么用。索性就实话实说罢：我在这个家里，时常被邪灵折磨，几乎已经活不下去。不分白天夜晚，不论置身何处，是在店内还是自己房中，更不管是与人相伴或一人独处，总有一个女人的阴影，无时无刻不纠缠着我，使我不胜其苦。多少日子以来，我不曾睡过一晚安稳觉，只要闭上眼睛，那女人的阴影便会缠上来，死死掐住我的咽喉，令我一眼也不能合……"

"你啊，这些事情为何不早点告诉我？"六兵卫问道。

"因为我觉得纵然讲出来，也无济于事。那阴影不是死者的幽魂，而是出自于在生之人的怨恨。况且，这个人你还相当熟悉。"

"究竟是谁啊？"六兵卫吃惊地问道。

"就是这家店的老板娘，东家喜兵卫的夫人……那个女人，一直想要杀死我。"

六兵卫听了外甥这一番诉说，不由犯起难来。他也相信，外甥口中所言句句属实。只是，喜兵卫之妻的生灵为何要死死纠缠这位年轻人，却找不出可信服的理由。所谓生灵，通常是那些不得回报的爱转化而成的怨憎，或是炽烈的恨恶之念。有时，在怀抱这种恶意的当事人自己都不知觉的情形下，便附在了对方身上。可如今外甥所遭遇的情况，很难说是起因于恋情，毕竟喜兵卫的夫人早已年过五十。若说身为二掌柜的外甥做了什么招人厌憎的事，就算如此，也不至于有什么行为过分到足以惹来恶灵缠身。更何况，他一向品行端正，无可挑剔，是个正直勤恳、忠于职守的年轻人。

这谜一样的难题，令六兵卫苦恼不已。思前想后，终于向老板喜兵卫如实奉告，恳求他出面调查一下。

喜兵卫听完禀告，大为震惊。四十年来，六兵卫为这间店尽职效力，对他的话，喜兵卫一向深信不疑，于是马上喊来妻子，将病人的一番话转述之后，小心翼翼盘问起原委。

初时，妻子脸色煞白，啜泣不语，犹豫了片晌之后，才将实情直言道出。

"二掌柜所说生灵一事，皆为属实。虽然平日里没有挂在脸上，说在嘴上，但我内心当中对那个年轻人痛恶已极。你也知道，那小子做生意十分在行，手脚勤快，又有眼色，不管干什么都挑不出毛病。因此你对他委以重用，给了很大的权力，家中女仆、学徒全都可以任意差遣。而你我的独生儿子，将来可是需要继承家业的，就会因为单纯善良，很容易受那小子的蒙骗和摆布。我时常忍不住担心，那个新来的精明伙计会花言巧语诳骗儿子，谋夺咱们的家产。岂止如此，事实上那小子随时都可以轻轻松松，不冒任何风险就把咱家的生意搞垮，让儿子身陷绝境。我一旦确信了这点，就对他又憎又怕，无数次巴望着，恨不得他赶紧死掉，甚至想过亲手杀了他……是啊，我也知道，如此去憎恨一个人是错误的，但就是无法抑制心头的恨意，日日夜夜对他诅咒不休。至于六兵卫口中所说的'生灵'，我想那年轻人应该的确曾有见到。"

"你竟然为一个邪恶的念头，如此苦苦纠结，何其荒谬！何其愚蠢！"喜兵卫斥责道，"那年轻人自打来到店里，直至今日，从未做过一件惹人非议的事。你却要对这样一个无辜之人痛下毒手，令他受尽苦楚……好罢，你看这样如何？我在别的城市另起一间分号，将他与舅父二人派过那边去经营，如此一来，你便无需继续折磨他了吧？"

"只要不看见那张脸，听不到他的声音，让他离开我们家，走得远远的，"妻子道，"我大概就不会那么憎恨了。"

"你可不许食言啊！"喜兵卫道，"若今后你还照往常那样继续诅咒，那他可是必死无疑。你就将一个诸善奉行，与一切恶事无缘的好人逼上了死路，犯下了深重的罪业。那孩子，无论从哪方面来看，都是无辜的。"

随后，喜兵卫立即着手，做起了在其他城市开立分店的准备。他将六兵卫与外甥一道调了过去，打理所有生意。自那以后，年轻人再不曾为生灵纠缠所苦，身体很快便恢复了元气。

阿龟的故事

古时，土佐国①的名越有位富翁名叫权右卫门，他膝下有一千金，唤作阿龟。阿龟二十二岁时，嫁与二十五岁的八佑卫门为妻，对夫君可谓一往情深，痴心不渝。因此世人都道：只怕她是个妒心炽盛的女子。不过，八佑卫门倒也从不拈花惹草，做那些会令妻子吃醋嫉恨的事。夫妻二人相敬如宾、举案齐眉，从未吵过架、红过脸。

可惜不幸的是，阿龟一向身体孱弱，结婚尚不足两年，便染上了当时土佐流行的恶疾，虽看遍名医，结果却不如人意。凡身染此病者，皆粒米难进，滴水难咽，形容渐渐枯槁，镇日昏睡不已，且时为梦魇所苦。即使不分昼夜悉心照料，病情也毫不见起色，阿龟身子日复一日憔悴下去，自己也心知命不久矣。

她将丈夫唤至病榻边，说道："奴家身染重病这些时日，夫君衣不解带常伴左右，尽力看顾，我心中感激不已。夫君这般知疼知热的贴心人，世间打着灯笼也难寻第二个。正因如此，死别在即，才更叫我肝肠寸断……想必夫君也懂，奴家方才二十五岁不到的好年纪，又幸得良夫为伴，如今却不得不撒手西去，实在心有不甘……唉，你也不必好言宽慰，再说什么也无济于事，就连汉方名医也对此病束手无策。我原曾想，至少还有数月性命。谁知早间揽镜一照，方才醒悟，今日即是大限之日……是的，死期就在今日。因此，奴家有件心愿还盼夫君成全。若能如愿，我也可安心瞑目，笑赴黄泉了。"

"爱妻啊，你受苦了，"八佑卫门答道，"有什么愿望尽管直说，但凡我力所能及，一定尽心尽意去满足。"

"不不，这件事，夫君恐怕是很难心甘情愿去办的。"阿龟道，"你尚还年轻，这愿望说来难以启齿，因为太过强人所难。不过它就像一团烈火，燃烧在我胸中，临死之前，无论如何是不吐不快……在我死后，或早或晚，总会有人劝你另娶妻室。因此我希望夫君能立下约定，发誓今后绝不再娶——你，能做到吗？"

"就只这件事吗？"八佑卫门叫道，"我还当什么了不得的大愿，如果只是这点小小心愿，满足起来轻而易举。我由衷发誓绝不另娶，没有任何人可以替代你。"

---

① 土佐国：日本古时令制国之一，位于今四国南部的高知县，面太平洋，亦称"都佐"或"土左"。

"啊，那我就心满意足了。"阿龟蓦地从病榻坐起身来，欣喜地叫道，"啊，奴家太幸福了！"说完便身子一软，瘫倒在床上，气绝身亡了。

阿龟死后，眼看八佑卫门的身子也骤然衰弱下来。最初，村人们瞧他容颜憔悴，以为是丧妻之痛过于深切所致，都纷纷议论：八佑卫门对亡妻真是痴情啊！谁知，两三个月过去，却见他气色越发晦暗，身子也日趋消瘦，到最后，形销骨立简直失了人样，看上去如同幽鬼一般。村人们这才渐生疑窦：一个正当年轻的男人，枯槁委顿成这般模样，绝不可能单纯由于思念所致。医师们瞧过八佑卫门的病，也说不出所以然来，只道："此乃一种世间罕有的怪病，恐是缘于内心烦恼甚巨，积郁而成疾。"八佑卫门的双亲对儿子盘问再三，也一样没有答案。用八佑卫门的话说：自己之所以悲伤憔悴，原因父母应当都很清楚，除此之外，再无隐瞒。于是，夫妇二人便力劝儿子再婚，但八佑卫门二话不说便拒绝了，称与亡妻早有约在先，绝不食言。

之后，八佑卫门眼看一日比一日病入膏肓，家人们只当他早已没救，都死了心断了念。尽管如此，一直感到儿子对自己有所隐瞒的母亲，某日，仍旧苦口婆心再三劝说，哀求他讲出患病的真正缘由。看着母亲涕泪交加的面容，八佑卫门终于经不住恳求，开口道："母亲，此事无论对您还是对任何人，都极难启齿。就算儿子如实相告，恐怕也无听者愿意相信。事实上是这样的：阿龟虽已身在九泉，但仍未能转世投胎。纵使做再多场法事，也无以超度她升天。大概我一日不随她共赴黄泉，相伴走那条漆黑的轮回路，她的魂灵就一日徘徊不去，难获安宁吧。之所以这么说，是因为阿龟每晚都会回到我身边来，与我共寝。有时我甚至怀疑，她是否真的已经去世。除了说话声音不同于往日，总是窃窃低语之外，她的容颜、举止，都与生前全无两样。她一再交待，万万不可将她回来与我同寝之事告知他人。或许，是期望我能够陪她一起死吧。倘若我只为自己考虑，那么对此世倒也无所留恋，大可随她而去。只是，正如母亲所言：身体发肤，受之于父母。我须得首先奉行孝道，尽到身为人子的责任。此刻，我已将真相原原本本告诉了母亲……是的，阿龟确实每晚回来。一到就寝时间，就会前来，待到天明，听见寺里晨钟响起方才离开。"

听完儿子一席话，做母亲的震惊无以复加，立即往自家供养的菩提寺赶去，将儿子口中所言悉数转告了寺中住持，并请求佛法的帮助。住持是位饱阅世事的年迈高僧，淡然听过叙述之后，如此向八佑卫门的母亲说道："这种事情，已有先例，从前老僧也曾有听闻。想来，救令郎的办法也未尝没有。不过，令郎此刻已经一脚踏在鬼门关内，危险至极，面上也早有死相显露。那阿龟的鬼魂若再来哪怕一次，令郎恐怕就无缘得见明早的太阳了。此事刻不容缓，须得尽早设法。请先瞒住令郎，将两家族人都召集到寺中来。为了救令郎性命，须即刻将阿龟的坟墓开启查验。"

于是，两家的亲属齐齐聚到了寺内。得到双方族人的共同许可后，住持领着众人急急赶至墓地，吩咐下人移去墓石，刨开坟土，抬出了阿龟的棺木。当棺盖被掀开之时，在场的诸位都惊得目瞪口呆。

阿龟的容颜，仍保持着患病之前的姣好模样，面上还浮现着一抹淡淡的微笑，丝毫看不出早已死去多日。然而，当住持命人将遗体抬出棺枢之际，众人的惊诧瞬间化为了惊怖。尽管下葬已久，那具遗体轻触之下，肌肤仍柔软润泽，竟还保有暖暖的余温，在棺桶①之中保持着端正的坐姿，宛如生者。

---

① 棺桶：亦称"坐棺"或"座棺"，日本古时丧葬使用的一种樽形棺木，使死者在入土时维持垂直的坐姿。坐棺在火葬成为主流之前，为土葬所常用，在镰仓时代最为普及。

遗体被运至灵堂。住持提笔在其额头、胸前、手足等处写下了一些具有殊胜法力的梵文字符，又为阿龟持办了一场施饿鬼的法事，而后，才将之重新安葬。

　　自那后，阿龟的魂灵便再也不曾回来过。八佑卫门的身子也逐渐恢复了体力与元气。只是，他是否始终坚守着与亡妻的誓约，日文原著的作者对此却只字未提。

蝇的故事

距今大约二百年前，京都有位名叫饰屋九兵卫的商人，在岛原道稍往南边的寺町街上开了家店，店中聘有一位使女，唤作阿玉，出身于若狭国①。

九兵卫夫妇待阿玉素来亲厚，阿玉也对两位东家发自内心地敬重。不过，阿玉却与别家女子不同，从不穿什么漂亮衣裳，明明手边有好几身夫人为她置办的值钱和服，但即使在休假之中，出门时也总穿着平日干活的粗衣布服。

直到阿玉在店中工作的第五个年头，某日，九兵卫问她：你为何在仪容衣着上这样不修边幅呢？

东家的问话中，隐隐含着责备的意味。阿玉一下子羞红了面颊，毕恭毕敬地答道："双亲过世之时，我年尚幼小，上面又无兄无姐，丧葬法事的操办便落在了我一人肩上。当年我筹措无门，拿不出钱来，便下定决心：有朝一日攒够了钱，一定立即将双亲的牌位安放在常乐寺内，为他们办一场体面的超度法事。多年来，为了这个誓愿，我省吃俭用，节衣缩食，在吃穿用度上能省则省。或是我过于俭朴之故，以至令老爷感到我疏忽了仪容。不过，现在我已为安葬双亲攒下了百两银子。今后，在老爷面前出现时，我一定会用心装扮，多多注意体面。请老爷原谅我过去的粗疏与失礼。"

听了这番直言坦白，九兵卫心下大为感佩，对阿玉的一片孝心赞许有加，并亲切地宽慰她道："今后你尽可随心装扮，全然不必以我为意。"

事情过去不久，阿玉便从积蓄中拿出七十两银子，将双亲的牌位安置到了常乐寺，并将一应佛事操办完毕，剩下的三十两，则交托给夫人暂为代管。

谁知入冬未多久，阿玉便身染重病卧床不起，缠绵不治一段时日后，终于在元禄五年（1702 年）元月十一日病逝。九兵卫夫妇为此哀痛不已。

话说，阿玉过世约十日之后，突然有一只巨蝇飞进了九兵卫家中，在九兵卫脸前绕来绕去，令他吃了一惊——数九寒天里，竟然冒出如此硕大的一只飞蝇，实在稀罕。按理说不到春暖时节，是很难见到这东西的。巨蝇在屋内嗡嗡地飞来飞去，扰得人心神不宁。虔心敬佛的九兵卫不

---

① 若狭国：日本古时令制国之一，位于今福井县南部。

愿杀生，小心翼翼挥赶着，尽量不伤害到它，将它逐出了屋去。可过不多久，那只蝇便飞了回来。九兵卫只好将它捉住，重新放飞出去。然而，那蝇却再一次飞了回来。九兵卫的夫人不禁感到此事蹊跷，因道："这只蝇，莫非是阿玉的亡魂？"

（死去之人，尤其是堕入饿鬼道的亡魂，有时会变为虫类重回阳间。——小泉八云按）

九兵卫笑答："在它身上做个记号，或许就明白了。"

他捉住巨蝇，用剪刀在它翅尖上剪了道小缺口，而后将之带到离家远远的地方放了生。

翌日，巨蝇再度飞回了家中。但九兵卫心中尚还半信半疑，不相信此事有什么特别的神秘意味，能跟阿玉的亡魂扯上什么关系。他又一次将巨蝇捉起，将它的身体和翅膀都涂成了红色，而后带到比上次更远的地方放掉。谁知一到第二天，巨蝇依旧执拗地飞了回来，浑身涂满了红色。

九兵卫终于不再怀疑。"肯定是阿玉。"他道，"大概是有心中放不下的东西。可那到底是什么呢？"

夫人答道："阿玉还有三十两银子保管在我手中。她一定是希望我将这笔积蓄捐给寺里，为她的亡魂供养超度。对转生投胎之事，阿玉一向都看得很重。"

夫人话音方落，那只蝇便从纱幛上"啪嗒"掉落在地。九兵卫拾起一瞧，发现它已死去。

夫妇俩将巨蝇的亡骸盛进一只小木匣，决定即刻动身赶往常乐寺，将阿玉剩下的银子交给寺中的住持。

　　住持自空上人听完蝇的故事，直言称许二人所虑周全、心行端正，并亲自为阿玉的亡灵持办了一场施饿鬼的法事，对巨蝇的尸骸念诵了八卷《妙法莲华经》为之超度。而后，将盛有尸骸的木匣安葬在了寺境之内，立了一座墓塔，并刻上了追记的戒名。

忠五郎的故事

往昔，江户小石川一带有位叫做铃木的旗本。其人的府邸，坐落在江户河岸边的中之桥附近。铃木的家臣当中，有位兼做杂役的步卒①名唤忠五郎，年轻俊秀，头脑机灵，性情随和可亲，在同僚之中人缘颇好。

忠五郎在铃木门下奉职数年，素来品行端正，从未有半点惹人非议之处。不过，近来一段时日，有其他同僚发现，忠五郎每晚必潜过庭院，偷偷溜出府去，直至破晓时分方才回转。起初对他这种奇怪的举动，众人本默然在心，并未多言。一来，他不曾耽误过日间的勤务；二来，大家都认为，恐怕他是外出与谁家女子幽会，自有难以告人的缘由。谁知未过多久，忠五郎气色愈来愈差，身子也日渐羸弱，诸位同僚都心感不妙，觉得此事必有蹊跷，不可再坐视不管，听之任之下去。于是某夜，当忠五郎正欲溜出府去时，有位年长的家臣唤住了他，将他拉过一旁，问道："忠五郎君，你每夜外出，天明方归，此事大家都已知晓。近来，你形容气色日见憔悴，兄弟们都为此担心，你莫非结交了什么恶友，搞坏了身子？若你能够就自己的行为有个合情合理的解释，那便罢了。若非如此，我等身为同僚，免不了要将此事去跟头领从实禀告。毕竟你我一向意气相投，情如手足，你究竟为何违背府中的规矩每夜外出，看在同僚之谊的分上，也该将缘由略微透露一二才好。"

听前辈如此责问，忠五郎不由一惊，面露窘迫之色。沉默片晌后，方才引着前辈来到庭院内，找到一处毋需当心隔墙有耳的僻静所在，站住脚，说道："那么，我便将实情悉数告知前辈罢。不过，还求前辈能为小弟保密。此事若被他人知晓，恐怕我将会有灭顶之灾……"

如此叮咛完毕，忠五郎才继续交代道："大约五个月前，尚是初春时节，我结识了一位相好的女子，自那起才开始每夜外出的。一天晚间，我回家探望双亲，在返回旗本府的途中，看到离府门不远处的河岸边立着一位女子，从其衣饰装扮来看，似乎出身门第颇为高贵。我见如此衣衫华美的女子，竟然深宵时分独立在河畔，心中深觉怪异，但因与她素昧平生，也不便上前探问，便一言不发，打算从她身畔径自走过。谁知，那女子却来到我跟前，牵住了我的衣袖。我放

---

① 原文作"足轻"，是日本自平安时代至江户时代的一种下级武士，等级最低，平时从事杂役，战时则充任步兵。在战国时代，接受弓箭、枪炮的训练，编成部队。

眼打量，只见她容颜姣好，十分年轻貌美。

　　"那女子面带浅笑，温婉可人地柔声向我问道：'小女子有话要同公子讲，可否请您陪我一同走到桥边？'

　　"在那笑意盈盈的恳求之下，我实在难以推拒，便伴着她一同往桥边行去。途中一面走，一面听她坦陈道，因平日常见我出入于旗本府邸，不由对我萌生爱慕，芳心暗许。她随即请求道：'若蒙不弃，小女子望能与公子结作百年之好，从今往后，两人恩爱携手，必可幸福美满。'

　　"我闻言不知如何作答才好，不过倒也确实为她倾心不已。

　　"两人来到桥边，女子再次牵起我的衣袖，引着我步下河堤，向水边走去。她一面将我往河里拉，一面在我耳畔喃喃低语：'请随我来。'前辈你也知道，那地方河水颇深，我忽觉眼前女子言行可怖，连忙掉头后退，想要返回岸边。可她仍挽住我手，嫣然笑道：'只要跟着我，公子完全不必害怕。'

　　"也不知怎的，我只要被她牵住，便顿觉浑身无力，像个身不由己的孩子，对她言听计从。想要逃走，手脚也力不从心，情形宛如置身梦中。

　　"女子牵着我的手，向深水之中一步步迈去。我眼前一无所见，耳中一无所闻，周身无知无觉，渐渐不省人事。待到醒转过来时，才发觉自己与女子携手并肩置身于一座瑰丽的宫殿之内，四周明亮炫目，全身上下丝毫未曾被河水打湿，亦不觉寒冷，举目四望，处处干燥温暖，是个富丽堂皇的所在。我不知自己究竟身在何处，至于是怎么来到这里，亦全无头绪，只任由女子牵着手，穿过一间又一间厅堂。那里虽有数不尽的殿宇，间间奢华气派，却不闻一丝人声，不见一瞥人影。最后，我俩终于来到一间无比宽敞的客室内。对面厅堂尽头的壁龛前，燃着盏盏华灯；一桌宴席旁，整齐铺设着坐垫，然而四下却不见宾客的身影。女子领我来到壁龛旁，将我引入上座，而后在我面前坐下，问道：'此处便是小女子的家了。公子愿意从今与我双宿双栖，同享富贵喜乐吗？'说时语笑嫣然，百媚千娇，可谓绝色倾城，举世无双。我不禁由衷答道：'愿意！'与此同时，脑中浮现起浦岛太郎游龙宫①的民间故事，暗自感叹：'莫非眼前女子，便是传说中的龙女不成？'只是我心中忐忑，什么也未敢追问。片刻后，婢女们将一道道美味珍馐、琼浆玉液呈上席来。女子道：'既然郎君亦对我心中有意，那么今夜，便是你我洞房花烛之夜；这酒宴，则当是你我成婚的喜宴罢。'于是，

---

① 浦岛太郎：日本古代民间传说中的人物。某日，渔民浦岛在海岸边见一群孩童正围着只海龟折磨戏谑，便上前将其救下。海龟知恩图报，驮着他潜入了海底，遨游龙宫。在龙宫中，浦岛受到了龙女乙姬的殷勤款待。当他携着赠礼——一只精美的玉匣上岸回村时，才恍觉龙宫中短短的三日，世间已度过了三百年。他难捺好奇，打开了乙姬曾切切叮嘱绝不可开启的宝盒，只见一股白烟从中袅袅升起，瞬间，他也沐着白烟变成了一名耄耋老翁。

我二人互许终身，立下了山盟海誓，七生七世永结同心。婚宴过后，双双步入早已布置焕然的洞房，一宿欢好。

"当女子将我自睡梦中唤醒时，已是次日凌晨。

"她道：'如今你虽已是我的夫君，但我俩成婚之事，你须得当作秘密守口如瓶，切不可告知他人。这其中的缘由，我无法对你讲，你亦不许多问。此刻，你必须立即起身赶回府去，若我留你到天明，我二人便会有性命之忧。请夫君莫要气恼，今夜你可再来与我相会。以后每晚，你只需在我俩初次见面的时辰，到桥边去候着便可。我不会叫夫君久等的。切记切记，要谨守你我成婚的秘密，若是泄露分毫，你我便将永远分离，再无相见之日。'

"我想起浦岛太郎的遭遇，便与女子立下约定，誓言听从她的嘱咐。而后重新在她的引领下，穿过无数华美空洞、寂寂无人的屋宇，来到宫殿的大门前。女子挽起我的手，刹那间，周遭陷入漆黑混沌，我又一次失去了所有知觉。再度苏醒时，发现自己孑然独立在中之桥附近的河岸边，及至赶回府邸，寺院的晨钟尚还未敲响。

"第二日晚间，我遵照女子的交待，依时去往桥边，见她已在那里守候。于是仍同前晚一般，在她的引领下步入幽深的水底，回到我二人拜堂成亲的那座豪华殿宇。接下来的日子里，我夜夜前去，与女子幽会欢好，又在相同的时辰赶回府来。今夜，想必她也会在老地方等我。若我失约，令她伤心，那倒还不如一死。因此，我现在便得动身前去了……
不过，还请前辈千万莫将此事泄露给旁人，拜托了！"

年长的家臣听完忠五郎一席话，不禁大惊，亦深觉痛
心。忠五郎所言，貌似句句属实。若情形当真如此，那么其
中必有蹊跷，此点毋庸置疑。只怕忠五郎的遭遇，乃是一种
痴迷幻象，皆因受某种妖邪之力恶意蛊惑所致。并且，忠五
郎若果真被邪灵所诳骗，也不该责怪与他，倒不如说更值得
怜悯。不过，假如自己轻率插手此事，只恐会给他招来灾
厄，因此，老家臣语气慈和地应道："你今日所言，我绝不
会透露与他人。总之，只要兄弟平安无事，我便绝不多嘴。
好了，你去见那女子罢。不过要多提防，切莫对她全然交
心。我担心你大约是被什么恶灵所蛊惑了。"

听了前辈的忠告，忠五郎报以淡然一笑，便匆匆出门而
去。谁知不出几个时辰，却又神色沮丧，失魂落魄地回来了。

老家臣见之，悄悄问道："你见过那女子了？"

"没有，她不在那儿。"忠五郎答，"这可是她头一次失
约。恐怕我今后将再也见不到她了！我实在不该违背誓约，
将秘密告诉与你，真是愚蠢至极！"

老家臣试图好言劝慰，却也无济于事。忠五郎一头栽倒
在床上，而后便一语不发，浑身抽搐，哆嗦不止，仿佛发了
恶寒之症一般。

寺院报晓的晨钟响起时，忠五郎曾勉强想要起床，却身子一瘫，再度昏迷过去，显然，是染了什么发作凶猛的恶疾。同僚们急忙请来汉医为他诊治。

医师仔细察验一番后，忽而惊叫道："啊！这位公子浑身已无一滴血，血管中尽是清水，无论如何是救不活了。这究竟是怎么一回事？"

为救忠五郎的性命，医师想尽千方百计，却终究枉然。日暮时分，忠五郎终于咽了气。此时，年长的那位家臣才将事情的原委向众人和盘道出。

"原来如此。"听完老家臣的讲述，医师道，"果不出我所料。纵然医术再高明，像这种邪灵附体的人，也终归无药可救。遭那女子谋害的，他倒也并非头一人。"

"那女子到底是谁？究竟是什么妖灵所化？狐狸精吗？"众人纷纷问道。

"不不，是自古以来就在河中出没的妖精，嗜好吸食年轻男子的精血。"

"是蛇吗？还是龙？"

"非也，都不是。这妖精，你若白天去往河边，常可在桥下等处见到，面目丑陋，令人发瘆。"

"那么，到底是什么呢？"

"是蟾蜍——也就是又大又丑的癞蛤蟆！"

镜之少女

　　足利幕府时期①，南伊势国②的大和内明神社年久失修，业已颓朽。而本国大名北畠公，军戎倥偬，冗务缠身，亦拨不出资财来将之修葺重整。神社的官司③松村兵库便进京向当时势力鼎盛，号称能撼动将军的细川公④寻求资助。细川公对松村善加款待，礼遇周至，并许诺会将大和内明神社的现状上禀将军。然而，幕府为修复社殿调拨款项之前，例必将费时进行相应的考察，细川公因此奉劝松村不妨先在京城羁留些时日，等待事情计议出结果。松村采纳建议，便在京极町一带赁了屋宅暂居，并将双亲妻小都接进京来。

　　租下的大宅气派宽敞，却长期空置，无人居住。有传言说，这是栋不吉的凶宅。宅院东北角有一口井，据闻从前的住家当中，先后曾有几人落井身亡，却原因未明。不过，松村身为官司，对那些鬼邪之说并不畏惧，倒觉得新家住起来颇为舒适惬意。

　　其年夏日，时逢大旱，畿内五国⑤直逾数月皆滴雨未降。河床干裂，井水枯涸，京城之内也用水匮乏。唯有松村家庭中那口井，却一如既往井水充盈，既湛且凉，还微微泛着碧色，仿佛泉水汩汩而出。酷暑之中，城中百姓纷纷从四面八方赶来讨水。松村慷慨地任由来者随意取用，那井水却源源不绝，<u>丝毫不见枯竭</u>。

孰料某日清晨，井中却忽而浮出一具男尸，死者是附近邻家派来汲水的仆人。此人究竟为何投井自杀，松村百思而不解，不禁忆起围绕这口井的不祥传言，疑心莫不是其中藏有人眼所不可见的邪灵在祸害作乱，遂来到井边察看，打算绕着井口架一圈篱垣，将其围起来。正当他独立于井旁凝神思索之际，冷不防，忽瞥见井中有活物隐隐晃动，吃了一惊，忙定睛细看，那动静却瞬间便止息了。接着，渐归平静的水面上浮现出一位少女的姿影，轮廓清晰可辨。那少女约十九、二十岁年纪，最初呈现的只是张侧颜，可见胭脂明媚，丹唇娇艳，随后蓦然回首向松村嫣然一笑，霎时直令松

---

① 足利幕府：日本室町幕府时期（1336—1573），自初代征夷大将军足利尊氏起，历经足利义满、足利义昭等先后共 15 代，代代世袭幕府将军职，号称"足利将军家"。

② 伊势国：日本古时令制国之一，领地于今三重、爱知、岐阜三县之中各占据一部分。

③ 官司：日本古代的官厅及官吏。此处是指负责统管神社事务的官吏。

④ 细川公：此处未详指。细川氏，为日本镰仓时代至江户时代繁荣的武家，本姓源氏，为足利氏的支流。室町幕府时期，追随足利尊氏活跃于以畿内、四国为中心的八国，一门族人占据了八国的大名之职，势力鼎盛。

⑤ 畿内五国：为京都周边的山城、大和、河内、和泉、摄津五国的总称。

村心如撞鼓，头晕目眩，宛如酒酣之际一阵飘然。恍惚间，松村但觉眼前一暗，漆黑之中唯见少女巧笑倩兮，面若皎月，且越发邪魅惑人，仿佛牵着招着，将他往一道黑暗幽玄的深渊中引去……为了抵御这股莫名的邪力，松村竭尽最后一丝气力，拼命闭紧双眼，收敛心神。待他再度睁开眼时，女子的姿容已经消失，四周一片明亮，且惊觉自己竟已俯身探向井中，险些便跌进去了。倘若方才松村不堪诱惑，为那令人目眩神迷的美色再多贪恋一瞬，只怕便无法重见天日了。

回到屋中，松村立即叮嘱家人，无论如何万不可靠近水井，且下令任是何人皆不可再去汲水。翌日，他便在井旁筑起了一道结实的篱墙。

篱墙筑好大约一周后，一连数月的干旱结束了，狂风大作，雷鸣电掣，暴雨忽至。疾风怒号之中，整个京城如历地震一般晃动飘摇。大雨滔滔，直下了三天三夜。鸭川河水以前所未有的势头急急暴涨，冲垮了多座桥梁。及至第三日晚间，丑时三刻，夜已深浓，松村家的大门却被敲响，外间传来一位女子的声音，唤人为她开门。松村想起几日前井边的遭遇，便拦住仆人，吩咐千万莫为女子的哀求所动，而后自己来到玄关前，问道："何人敲门？"

那女声应道："深夜叩扰，请恕冒昧。小女子名叫弥生，有要事相告，烦请开开门罢！"

松村小心翼翼将门拉开半边，向外探看，但见日前井中所见那位笑靥娇媚的少女正立在眼前，不过脸上的笑意消失了，显得神色黯然。

"不许进来！"松村怒道，"你并非人类，是那井中的妖灵……你为何如此邪恶，要诱惑无辜之人，谋害他们的性命？"

井中少女操起如珠玉洒落般清脆悦耳的声音，答道："不错，我要跟您说的正是此事。小女子我本无意害人，只是那井内自古便栖有一条毒龙，乃是井中之主①。井水之所以长年取之不尽，用之不竭，皆因此故。多年以前，我不慎坠入井中，从此便被迫做了毒龙的婢女。它逼使我勾引男子，将他们诱入井中，以供其吸食精血。只是，近日毒龙得奉天神诏谕，从今往后将迁往信浓国鸟井湖中栖居，永不可再返回京都。因此，今夜毒龙一去，我才出得井来，向您乞求帮助。那井中此刻已几乎无水，您若派人前去搜寻，应该能找到我当年的尸骨。求求您，立刻帮我打捞出来罢！大恩大德，小女子来日必定相报！"

说完，少女便遁入暗夜之中，不见了踪影。

---

① 井中之主：古时日本人认为每个泉、池都有其守护者，通常为栖居于其中的蛇或龙等灵物。池主，亦称池灵，本篇故事中是一条邪龙，而池的真正守护者，其实乃为水神。（日文译者注）

天光未亮时，风止雨歇，云开日出，碧空如洗。松村唤来扫井人下井搜寻。令人称奇的是，井底无水，已近乎干涸。扫除很快便完毕了，只找到一支古色古香的发簪和形状殊异的古镜，不必说人的骨殖，就连具动物的尸骸也未曾发现。

然而在松村看来，这件灵异的怪事，或许可从古镜着手找到解谜的头绪。此类古镜，往往是栖宿灵魂的载体，具有不可思议的魔性，而其中封存的魂魄，也大多来自于女性。而眼前的这面，因代远年湮已锈迹斑驳，覆满了苔痕，但仔细清洗打磨之后，便露出了精雕细琢、高贵典雅的花纹。镜子背面镂有一些形态俊秀的字符，虽多数已模糊难辨，但尚能依稀认出一行日期：三月三日。三月，古时又称"弥生"，意为草木萌发茂盛的时节。而三月三日，亦是一个延存至今的传统祭祀日，称为"弥生节"。松村想起井中少女亦名唤弥生，更加确信昨晚的来者，正是一位"镜魂"。

松村决定要妥善对待镜中的魂灵。他命人将古镜小心擦拭干净，重新镀了银，收入一只香木匣内，而后特意布置出一间屋子，将木匣郑重供奉于其间。置放好铜镜的当晚，松村独坐在书斋内，却见少女弥生忽而现身于他面前。她容颜姣美，犹胜前日，宛若夏夜的月色，温柔皎洁，清辉直透云隙。

少女向松村恭谨地深纳一礼，再次以珠玉般圆润清甜的嗓音说道:"大人,蒙您大恩,将我自孤苦凄凉之境中救出。今日小女子特为报恩而来。如您所察,我正是栖宿在古镜中的旧精魂,齐明天皇①在位时,从百济被带到京都,自那起曾一直身居皇宫。后在嵯峨天皇②治世时,被赐予加茂的内亲王③,其后不久,便被奉作了藤原家的传家之宝。到了保元年间④,时局动荡,战乱频生,我被人扔进了您家的井中,直至源氏与平家争战不休的年代,都寂然躺在水底,慢慢被世人所遗忘。井的主人原为一条毒龙。古时这一地带曾是片大池,毒龙自那时起便一直栖息在池中。后来,因为要在此处建造屋舍,大池因官命而被填平,毒龙无处可去,便转而占据了水井当作栖身之所。我落入井中之后,便不幸沦为毒龙的婢女,遭受它的胁迫,而以美色诱人入井,谋取性命。如今,毒龙已被天神逐出井去,永远流放至他乡。因此,小女

---

① 齐明天皇(594—661),日本第 37 代天皇,女帝。原为舒明天皇的皇后,曾两度登基。首度治世时,名号为皇极天皇,后让位于其弟孝德天皇。二度登基时改号为齐明。大化改新后,曾三度举兵征讨虾夷(今关东北部至北海道地区,古时被大和政权视为异民族)。后在百济(古时朝鲜三国之一)被唐所灭时,为支援作为人质滞留在日本的百济王子及其遗民,亲赴今大阪难波一带督造战船武器,后率远征军至九州时,病殁于当地。
② 嵯峨天皇(786—842),日本第 52 代天皇。在位期间大力推行"唐化",擅文章诗赋,号称"三笔"之一。
③ 内亲王:日本古时皇族女子的一种身份称号。在皇室族谱中,为天皇的直系二等亲属方可获封,通常为天皇的女儿或姊妹。此处指的是嵯峨天皇的皇女源洁姬,后下嫁藤原良房,成为日本历史上皇族与臣下或非皇室男性联姻的首例。
④ 保元:平安时代后期(1156—1159),历史上以争夺皇位继承权而发生在京都的内乱(即"保元之乱")而著名。

子另有一不情之请，可否麻烦大人将我呈献给足利义政将军？义政公与我当年的主人有血脉渊源，若您能够满足我最后这个愿望，必将会有好运临身……此外，我还有个忠告：明日之后，这座大宅便会房倒屋塌，您与家人万万不可在此久留，赶快另觅居所罢。"

言毕，少女弥生便遁去了身影。

松村得此警告，忙携着家眷与家财迁往他处躲避，终于幸免于一难。几乎与此同时，风暴骤然再度来袭，以更加猛烈的势头，掀起滔天洪水，将他之前的屋宅冲毁，卷裹而去。

洪灾过去后不久，松村经由细川公的悉心安排，获得了进宫谒见幕府将军的机会。他将这件奇事的始末写成文书，连同古镜一起呈给了义政公。镜魂的预言成了真。将军得此珍宝，大喜过望，不仅赐予松村大笔的贵礼，还拨给他充足的资金，用于大和内明神社的修葺与再建。

伊藤则资的故事

　　去今约六百年前，山城国①的宇治郡内，住着一位平家的子孙，是个名叫伊藤带刀则资的青年武士。伊藤性情温和，仪表不凡，且博学多识，武艺高强，只是家境贫寒，又不曾结交什么高官贤达，缺少贵人提携，因此仕途相当黯淡。他转而潜心治学，钻研诗赋文艺，只以风月为友，清寂度日。

　　某个秋日黄昏，伊藤独自漫步于琴弹山间时，偶见前方有位同路的少女，衣衫华美，约十一二岁年纪，便走至她身畔，微微点头致意后，问道："眼看天就快黑了，这一带山间僻静少人，姑娘该不是迷路了吧？"少女抬眼瞧瞧他，明媚一笑，全然不以为意的样子，应道："无妨，我本是这附近府邸中奉职的宫女，再走片刻便到了。"

　　少女谈吐文雅，操着一口官话。伊藤虽知对方必是在某位达官贵人身边侍奉的高级侍女，心中仍不免惊讶，从未听说这附近一带有什么贵族官邸，便道："我家住宇治，此刻正在返家的途中，这地段荒凉偏僻，不妨由我陪伴姑娘走上一程罢。"

少女闻言，面露悦色，端庄地行礼道了声谢，两人便边走边聊，向前行去。少女爽朗健谈，从天气、花鸟、蝴蝶，谈到曾经一度到宇治游玩时的见闻，以及家乡京城的名胜美景。伊藤听得兴致盎然，心情愉悦，时间转瞬即过，不觉路途乏味。片刻后，转过一道弯，二人走进了一座草青叶嫩、绿树荫荫的小村落。

（故事讲到此处，我须得中断一下。在日本，不论是怎样晴朗无云的盛暑天气，依然有一些村落阴翳重重，光线幽暗。且那种幽暗的程度，非身临其境者，则很难想象。即便是东京附近，也有许多这样的村子，只要稍稍远离村境，便不见一户人家，除了四季常青的茂密林木，四下再无他物。林间多为嫩杉与翠竹，守护着村庄不受风暴的侵袭，同时也源源不绝为村民们供应各种各样的木材。层峦叠嶂的树冠仿若巨大的屋檐，遮蔽了天光。茅檐草舍的农家，悉数建在人为开辟的林间空地上。四周围绕的林木高耸过屋顶数倍，形成一道天然的墙垣。只要步入林荫之中，即便是白昼也光线暗昧。清晨或傍晚，房屋泰半笼罩在浓荫之中。这样的村

---

① 山城国：日本古时令制国之一，位于今京都府南部。

落，给人第一印象大都森然可怖，令人微感惴惴。倒不怪那种透明的薄暗，那样的幽昧却也不失一种独特且悚然的魅力，而是由于气象太过岑寂，无有活力所致。即使村中有五十或百户人家，四处也难见人烟，万籁俱静，唯耳中偶有不知何处传来的几声寂寥鸟鸣与鸡叫，或是蝉声的鼓噪。不过，就连蝉儿似乎也嫌这山林过于昏暗，鸣声显得依稀而微弱。天性喜好日光的蝉儿，似乎更中意在村外的树木上栖宿。我险些忘了提及，时不时，林中还会传来"喀嚓喀嚓"的机杼之声。只是，平素习以为常的织机响，在这一片绿色的深幽静寂之中，听来也仿佛是何方妖灵在鼓弄作怪。村中之所以一片沉寂，主要还是人烟稀少所致——除了那些孱弱的老人，村中的成人皆去往附近的田野劳作；妇人们也背着婴儿出门谋事去了；孩童们则多半到即使距村子最近也要一里之外的学校念书。事实上，来到这样幽暗且寂然的村落前，总会令人油然感慨昔日《管子》一书中所描绘的太古风气，至今仍奇妙地存于世间。

太古之民，享天地之养，无知无求，而天润物泽。圣人渊然清静，安乐无为，则万物化育皆以得，民亦自循，恬愉无忧。[1]——小泉八云按）

---

[1] 此句非直接引用《管子》书中原句，而是小泉八云对其思想内涵的概括。

……伊藤与少女抵达村落时，天光已暮，日头西沉。空中本该余有几抹残霞，然而在林荫遮蔽之下，亦形同于无。

"多谢公子盛情相送。"少女手指山路边一条分叉的小径，"小女子我要往这边去了。"

"无需客气，我还是把姑娘送回府上罢。"伊藤答毕，便与少女一同迈上了小径。前方一片昏黑，几已无法视物，两人近乎于摸索前行。但不出片刻，少女便在一扇小门前停下了脚步。黑暗中，格子木门的轮廓隐约可见，内中灯火闪烁，显然是一处人家。

"此处便是我奉职的府邸了。公子既已到此，也算难得，不妨入内稍事歇息，可好？"少女问道。伊藤便答允了，一为少女淡然随意的相邀而欣喜；二来胸中也有好奇之念，不知是怎样身份高贵的人会僻居在此。"或是得罪了当今朝廷，或是卷入了政治纷争，才不得已隐于乡野，这种人事素有听闻。只是，眼前这座宅邸中的人物，果真如自己所猜测的那种身世吗？"伊藤心中暗自揣想。少女将门打开，伊藤随之步入其内，只见一座意趣盎然、恬适敞阔的庭园现于眼前。仿拟山水之态造就的园中，涓涓溪流蜿蜒而过，虽光线黯弱，但诸般景物仍依稀可辨。

"请公子在此稍候，我进去通报一声就来。"

少女向正屋方向疾步而去。这座家宅轩昂敞阔，古色古香，想来绝非本朝本代所建。门户未掩，但宽廊正面垂挂着华美的御帘，尽管屋内燃有灯烛，却不见其中景象。帘幕后，印出一抹女子的身影，绰绰晃动。忽然间，夜色中流淌出袅袅一缕琴音，曲调轻柔优美，伊藤简直无法相信自己的耳朵，凝神倾听，唯觉神思飘渺，周身被一阵快意缠绕，而那快意之中，又奇异地交织着几丝哀愁。究竟是怎样的女子，竟能有如此曼妙的琴艺？或者说，弹奏之人究竟是不是女子，自己耳中所闻是否为人间曲调……伊藤皆疑惑不已，仿佛那乐曲声中蕴藏着某种魔力，随同音韵一道，潜入了他血流当中。

婉婉琴音悄然休止。与此同时，伊藤才恍觉方才那位少女已奏报归来，正立在他身畔。

"主人请您移步屋内一叙。"

伊藤在少女的引领下，步入玄关，脱去草履。一位观其样貌态度该是侍女统管的年长妇人，来到门槛处恭迎。而后，那老妇穿过重重厢房，将伊藤引至大宅深处一间阔朗的客室，再三郑重致礼后，恭请他入了上席。室内陈设奢豪，珍玩琳琅，伊藤睹之，心下暗自称奇。俄顷，侍女们迤逦而出，奉上茶点果品，所用杯盏器皿件件珍品，价值不菲；其上纹饰匠心曼妙，绘工精奇，显示着主人身份的不凡。究竟是怎样高贵卓群的人物，会隐遁于如此僻静的居所？又是怎样的遭际使然，才会自甘于如此寂寥的处境？伊藤心中疑念愈深。

谁知此时，那老妇却忽然打断他思绪，问道："贵殿便是宇治郡那位伊藤大人吧，伊藤带刀则资大人？"

伊藤微微颔首称是。方才自己并不曾将姓名告知少女，经老妇如此相问，不免一惊。

老妇接着说道："冒昧发问，还请大人勿怪。到了奴婢我这般年纪，即便多有相询，也并非出于无礼的好奇之念。您方才一进门，我便觉得面善，想来曾在何处见过。此刻，因有一些事由须禀知大人，为先释去心头的疑虑，这才探问大人的名讳。奴婢接下来将要禀告的事情十分紧要。实不相瞒，大人您平素常自村外经过，敝府的公主某日清晨恰与您偶遇，一见倾心，自那以来，便对大人朝思暮想，终于不堪恋慕之苦而积愁成疾，令我等下人们也为之忧心不已。因此才想方设法，多方打探您的名讳与住所，甚至考虑过向大人修书一封，陈明情由。谁知呢，未曾想到大人竟与敝府的丫头一道，主动登门而来。我等欣喜之情，无以言表，简直如坠美梦。说实在，我家公主今日能与大人在此幸会，想来定是由于主司姻缘的出云大神从中撮合。正是这宿命的牵引，将您送到了敝府。我家公主为此满心欢喜，可谓溢于言表。如此机缘巧合，失之则难再，因此只要不至于给大人带来烦扰，想必大人该不会推却吧？"

事出突然，伊藤一时词穷，无言以对。老妇所言如若属实，那真是世间难求的幸运。自己不过一介贫寒武士，前途渺茫，无主投靠，且默默无闻。今遇身份高贵的侯门千金主动求爱，未免有受宠若惊之感。利用女人的弱点趁虚而入、图谋利益之类的行径，关乎男儿的名誉，令他不免有所顾虑。然而此事从头至尾太多谜点，又使他胸中骚然，难以平静。

面对这突如其来的请求，该怎样措辞回绝，伊藤甚是烦恼，沉默片刻之后，方开口道："烦扰倒不至于。鄙人独身一人，尚无妻室，亦无媒妁之约，只与双亲相依度日，素与女人无有瓜葛。而婚娶之事，双亲也从未提及。但有一件，须得坦言在先。鄙人乃寒门一介武士，背后又无得势的靠山，因此在有出头之日前，并未作过娶妻之想。今日此事，关乎武士的荣誉，非同小可。同时鄙人亦有自知，最清楚以我身份之微寒，实在不足以蒙受贵府千金的垂顾。除此之外，则再无别事需要相告了。"

老妇对武士这番坦陈，貌似甚为满意，脸上浮起一抹笑意，答道："在见过我家公主之前，大人不必忙于决定。待面会之后，大概您便不会再有顾虑了。好了，请大人移步，奴婢这便带您去见公主。"

在老妇的引领下，伊藤来到一间更为宽阔的客室，只见宴席业已备妥。老妇将他请至上座，道了声："请大人稍候。"便转身离去。待她再回到客室时，则伴着一位千金小姐。伊藤只看了那女子一眼，便浑身一阵颤栗，再度体会到方才在庭园中为琴音恍惚倾倒时，那份莫可名状的感动与喜悦。如此绝色女子，是他梦中亦不曾得见：她周身柔光皎洁，穿透衣裙散发出来，宛如逸出了轻盈云层的月影；举手投足间，乌发随之摇曳漾动，仿佛柳枝在春风中摆荡；双唇娇艳欲滴，譬如桃花，犹带朝露。伊藤为之魂夺，不禁暗叹：莫非自己所见，乃是天河下凡的织女不成？

老妇笑意盈然，转身向双颊羞红，兀自垂头不语的公主道："小姐啊，谁又曾想到，您朝夕念想的人竟凑巧自己登门前来了！如此良缘，必定是天意安排。一想到这，连我也免不了要掬一把喜泪呢！"

言毕，那老妇哽咽而泣，一面以袖拭泪，一面继续说道："此刻，您二人应办之事唯有一件——如果两人你情我愿，便互表心迹，即刻开席，拜堂成亲。"

伊藤一时语塞，不知如何作答，面对着眼前美貌绝世的女子，不禁心意动摇，为之舌结。侍者们端着佳酿美馔鱼贯而入，二人面前珍馐罗列，杯盏交错。而伊藤却依然一副神思不属的模样，仍为这匪夷所思的美事，以及新娘无与伦比的美色兀自困惑不已，胸中充斥着前所未有的喜悦，仿佛沉浸在一片巨大的静寂之中。好一刻，他才缓缓恢复了素有的镇定，泰然自若地侃侃而言起来，又大方地端起酒盏，虽说话语之间难免有过谦之嫌，仍是如实道出了曾如重荷般压在心头的疑惑与畏惧。而坐在他身畔的女子，则依然悄如月影，始终垂头无言，任他如何搭话，也娇羞地但笑不语。

伊藤向那老妇道："以往我独自散步于山间，不知多少次曾打村头走过，却从不知此处竟有这般气派的宅邸。今日虽说有幸在府上叨扰，不过脑中始终有一点疑惑萦绕不去：究竟是怎样身份高贵的人物，又究竟是为了什么，会选择如此清寂无人之地作为居所呢……我虽与贵府千金喜结连理，但却尚不知你家主公尊姓大名，想来未免不合情理。"

闻言，慈颜悦色的老妇脸上掠过一丝阴影；一直缄口不语的新娘也面色倏变，仿佛心中存着什么隐痛。

静默片刻后，老妇答道："看来是不能再隐瞒下去了，大人既然已经成为自家人，那么无论如何，奴家都该将实情加以禀告。大人，不瞒您说，我家公主便是不幸罹难的三位中将①平重衡②公卿之女。"

---

① 三位中将：日本古时武职名。近卫府（天皇的侍卫和警备部门）设有左右各四名中将，官阶四品，上有大将，下则有少将。所谓"三位中将"，则是在四人之中位列第三级者。

② 平重衡（1157—1185），平安时代末期平家的武将，平清盛的五男；时任三位中将，一生骁勇善战，深富武名；为平定反抗平家统治的寺社势力，曾火烧奈良（时称南都）东大寺、兴福寺等佛教寺院；平氏一门灭亡后，在南都势力的讨伐下，于木津川被斩首。

听到那句"三位中将平重衡公卿",年纪尚轻的伊藤登时遍体生寒,血凝如冰。说起这位重衡卿,可是家喻户晓、众口称颂的平家名将、一代名君,其人早已故世,入土恐怕有几百年了。伊藤霎时间恍然大悟——身边的一切,这屋宇、这华灯、这婚礼的佳肴美馔,皆是一场昨世梦境;而眼前的倩姿丽影,也并非生者,乃是死去之人的魂灵。

然而接下来的一瞬,寒气便已消散,魅惑再度袭来,将伊藤更深地包裹起来。他丝毫不觉畏惧,自己的新娘虽的确来自黄泉冥国,但他早为之心驰神迷。俗话说:讨鬼妻、结阴亲者,亦必成鬼。他却已不止一次做好了死的准备——与其口出冒犯之辞,或显露犹疑之色,使得愁翳浮上美人的眉头,他倒更甘愿一死。对于这份主动奉上的深情,他并无不安。因为对方若存的是虚情假意,那么将真相隐瞒下来岂非更易得逞?能将一切从实相告,可见对自己是真心以待。只是,这些思绪亦纷纷转瞬即逝。末了,他胸中仅余一念:要坦然接受眼前发生的一切,就当自己回到了昔日寿永①年间,谈吐举止都要做到像是被重衡卿家的千金亲选为夫婿那般。

"啊……何其不幸!"伊藤不由高声慨叹,"关于当年重

---

① 寿永:日本古时的年号(1182—1183),是源氏与平家两族相争的战乱年代。

衡卿临终时的惨烈①，我亦有所知。"

"是，当年我家主公之死确实惨烈。"老妇啜泣着附和道，"正如大人所知，当时主公的战马中箭而死，倒在他身上。他向手下呼救，而平日承蒙他恩庇过活的那些小厮，在这性命攸关之时，竟然见死不救弃主而逃，使得主公沦为敌军的阶下之囚，被押送到了镰仓。在那里他受尽凌辱，最终，更遭受了斩首之刑。当时所之处遍布源氏鹰犬，一旦暴露了平家身份，便会被抓去处死。夫人与孩子——就是此刻您面前的公主殿下，隐姓埋名，避居乡野才得以偷生。重衡卿的噩耗传来后，夫人悲痛欲绝，最终撇下少公主撒手西去。平家满门涂炭，死的死，散的散，除我之外，能够在她身畔服侍的再无别人。公主当时好歹已满五岁，我身为乳母，竭尽全力照顾抚养。年复一年，粗衣陋服化身为寻常百姓，东躲西藏，四处辗转……唉，这大喜之日，可不是说伤心话的时候。"

---

① 当时，于京都担当警备之职的为平家武将。平重衡卿在任之时虽富勇武之名，但因遭到统率源氏大军的武将源义经的突袭而败走，胯下战马亦被源氏军中号称"家长"的弓箭能手射倒在地。重衡被压在垂死挣扎的马身之下动弹不得，他高声呼唤随从换马，随从却丢下主公顾自逃命去了。重衡为敌军所虏，交至头领源赖朝手上。源赖朝将其锁进轿笼中押解至镰仓。在那里，他虽经历了种种羞辱，但也曾一时受过礼遇——据说是关押中重衡卿曾赋汉诗遣遣怀咏志，使得铁石心肠的源赖朝也深为感动之故。但因他昔日曾奉平清盛之命征讨南都，与寺社势力结下了怨仇，因此翌年，便在南都僧众的请愿之下，被处以斩首之刑。（小泉八云原注）

昔日的乳母拭去泪水，接着说道："请大人恕我年老糊涂，爱唠叨些陈芝麻烂谷子的旧事。看罢，我悉心抚育的幼女，如今已出落成亭亭玉立的大家闺秀！若是回到高仓天皇①治世之时，只怕早与皇亲国戚许下婚约！不过，我家公主今日已如愿与大人结作佳偶，这才是无与伦比的喜事。此刻时辰已晚，喜床已布置停当，请二位行过合卺之礼，早些歇息罢。"

　　老妇起身撩开厅堂与卧房之间的帘帐，将新郎新娘送入了洞房，再三道喜后退下。房内只余两位新人，欢合燕好之际，伊藤道："请问娘子是从何日起有意于我的呢？"

　　（眼前所有显得如许真实，伊藤几已忘却，周遭种种不过是一层幻觉的纱幕。——小泉八云按）

　　公主清音婉转，仿若鸟鸣，答道："初次与夫君相遇，是随乳母前去石山寺参拜之日。方才一面之缘，便将我往日的淡然心境与平静生活悉数倾覆。夫君想必不记得了，我二人并非邂逅于今生今世，而是很久很久前的往昔。自那以来，你历经几世生死，也拥有过多具肉身与俊美容颜，而我却始终未变，一直是你如今所见的模样。一旦倾心于夫君，奴家便再也不愿转世投胎，去接纳别的肉身了，为与夫君重遇，就这样痴痴守候了几生几世。"

---

　　① 高仓天皇（1161—1181），日本第 80 代天皇，娶了平清盛之女德子为后。

听完新娘这番不可思议的告白，伊藤却全无惧意。只要尚活于世，还有一条性命——不，纵使轮回辗转几生几世，也愿与眼前女子长相依偎，肌肤温存，也愿耳听她的呢喃爱语，除此之外，将再不作他想。

然而良宵苦短，天光放亮，寺院报晓的晨钟响起。窗外鸟鸣唧啾，晨风拂过林梢，惹得枝叶窸窣作响。忽然，老乳母拉开了卧房的障子门，高声叫道："时辰到了，该道别了！日出之后，您二人便不可再同处。多留一刻，都会使大人有性命之危。是时候互相道别了！"

伊藤一言不发，默默整好衣衫，准备离去。对老乳母话语中的警告之意，隐隐约约倒也心领神会。既然早已身不由己，便索性将一切交予命运安排。但求能博得幻觉中的娇妻展颜开怀，便心满意足，其他事皆不足挂齿。

新娘将一方精雕细琢的玲珑砚石，放在他手心，说道："夫君潜心为学，饱读诗书，对于这件小礼，想必不会嫌弃。此砚品相珍奇，乃是一件古物。因家父当年拜高仓天皇所赐，所以我一直珍藏至今。"

作为答赠，伊藤也取下自己佩刀上的笄子①，请公主当信

---

① 笄子：插在日本太刀刀鞘贴身一侧的短刃，形如古时女子挽发髻时所用的簪子，同时亦作为刀柄的装饰。

物收下。刀柄镶金刻银，雕有梅花与莺鸟的纹饰。

接着，先前那名小宫女前来引路，送伊藤出园。新娘与乳母也陪着他一直来到门口。

伊藤步下台阶，回身正欲辞别，却听老妇道："请大人待到癸亥年，与今天同月同日同一时辰，再与公主相会罢。今年是庚寅年，因此还须再等十年。其中种种缘由，尚且不便相告，但此时此地，您二人是无法再见了。公主与我等下人们今后将会搬到京都附近居住，高仓天皇、列祖列宗，以及我平家族人多聚居彼处。届时您若来访，平家一门都将欢喜称庆。到了约定的日子，我们会派轿子前去迎接大人。"

伊藤出来府门，见村子上方天空中尚有点点星光。待他走到大路上时，寂静田野的尽头，却已渐渐绽露了曙光。怀中揣着新娘赠送的信物，耳中仍回响着那魅惑的娇声……虽如此，若非半信半疑地以指尖轻触着那枚砚石，昨夜的记忆也终不过南柯一梦，他连自己是否仍在人世，也无从确证。

纵然是选择了一条幻灭之路，伊藤却并不感到丝毫的悔意。只是，想到今后将要经受的离别之苦，以及等待幻境重现所须熬过的十载春秋，便觉得心慌意乱。十年！其中的每个日子，该会是怎样漫长难捱！为何需要如此经年累月的等待才能再度相见？其中谜底，他无法可解。亡灵世界里那些隐秘的规则，唯有神明才会知晓。

一次又一次，独自散步的途中，伊藤都会重访琴弹山中的那座村落，内心被一种模糊的念头驱使，想再看一看昔日曾两情缱绻的地方。然而，本该坐落在那条幽暗小径上，好似一户农家的木格门，无论他白天还是夜晚去看，都再也不曾找到。独行于夕阳之中的那位少女，也从未再度遇见。

村人们常见他东寻西问，都觉得此人必定是被鬼迷了心窍，众口一词说：从未有什么身份高贵的人物在村中居住，附近也更不会有他口中所形容的那种优雅富丽的庭园。不过，他所打听的那一带，倒的确有座巨大的寺院，且寺内的墓地里，至今还残存着几块碑石。在一片苍郁茂密的草丛深处，伊藤找到了一座墓碑，为古风的汉唐样式，其上覆满了苔藓与地衣，所刻文字也早已模糊，依稀难辨。

自己这番奇异的遭遇，伊藤对谁都不曾提起。只是，在亲朋好友眼中，他倒是形容大改，明显有别于往日。大夫瞧过之后，虽也诊断说他身子并无异样，但眼看他仍是一日比一日容颜委顿，身形憔悴。乍看去，飘飘一道影，宛若幽灵一般。伊藤本就是喜好思索，安于孤独之人，如今则更加万事冷淡，对于一向热心求名的诗赋学问，也渐渐兴味索然。他家老母曾想：倘若替他娶一门亲，或许能够唤醒儿子昔日的进取之心与功名之志，令他重新寻回人生的乐趣。谁知，对于母亲的安排，伊藤却反驳道：自己早已立誓，绝不娶这世间的凡俗女子。于是，岁月缓如牛步，一点点流去。

终于，迎来了癸亥之年，入了秋季。可惜，曾经喜爱散步的伊藤，却再也没有了出门的气力，甚至到了卧床不起的程度。个中缘由，始终没有人猜透，而他的寿命，也即将走到尽头。他长久陷入昏睡，有时几乎让人错以为早已死去。

某个晴日傍晚，孩童的话语声将伊藤自迷离深睡中唤醒，只见枕畔立着当年那位小宫女，亦即是十年前，在如今业已消失的庭园入口处，为他带路的少女。她微笑向伊藤致礼，并道："奉我家主人之命，前来禀告：主人已阖府迁往京都附近的大原居住。今晚为了迎接大人，特意派了轿子到此。"说完，少女便匿去了身影。

伊藤心中清楚，自己面对的，是有去无回的邀请，恐怕将再也看不到明天的太阳了。然而，他又为这消息备感欢欣，飞快自病床坐起，甚至有了气力大声呼唤母亲。他将当年初次与新娘相会时的情景一一道出，又取来那枚砚石给母亲瞧，并叮嘱她：一定要将此物随自己合葬于棺中。说完没一刻，便绝了气息。

砚石随伊藤的尸骨一起入了葬。前来参加葬礼的人中，有位深谙金石古玩的行家，鉴赏过那方古砚后，道："此物制于承安年间（1171—1175），上刻有高仓天皇在位时代某位工匠的铭章。"

碎 片

当二人抵达山脚下时，正值日落时分。四下似乎不存一丝生气，既无水洼溪流，亦不见草木之姿或飞鸟之影，举目只有无边无尽的荒凉，而山尖则隐没在云际，目力难及。

这时，菩萨对随行的小僧道："你所求之道，并非不可得。只是此去正觉之地，山迢水远，路途艰险。你且紧随我身后即可，自然能获佛力加持，不必惶恐。"

两人向山顶攀登，周遭夜色渐次深浓，脚下并无成形的路径，丝毫找不到前人踩踏的痕迹。所谓行路，不过是踩过凌乱层叠、延绵无尽的石砾与山岩。碎石在脚下颠动翻滚，时而有大颗的岩块滑落，在山谷间激起一阵空荡的回响；时而如海岸边堆积的空贝壳，在人足踏过时四处弹溅。星光摇曳微茫，为二人指引着方向。四下愈发漆黑。

"毋需害怕。"走在前方的菩萨道，"这山路虽有惊，却无险。"

星光下，两人奋力攀登，因获佛力相助，脚步迅疾，来到一处云遮雾罩的高岩，但见足边云卷云舒，如白色的海潮，向四周无声翻涌。

　　二人步履不停爬了数个时辰。举步间，会有什么看不见的东西在足下碎裂，发出柔和的钝响，随之便见一点冷冷的火光倏而闪亮，又转瞬寂灭。

　　曾经一度，行脚的小僧手触到某种表面平滑，然而却非山石的东西，便将手掌覆在其上窥视。朦胧间，只见其中一抹死魂之影，双颊深陷，正对他发出狰狞的嘲笑。

　　"休要在那种地方驻足停留！"为师的厉声喝止，"距离山顶，路途尚还遥远。"

　　漆黑之中，两人继续攀行，感受着脚下不断有东西一点点碎裂，青寒如冰的火焰簌簌摇闪又随即熄灭。不久，夜的帐幕边缘开始泛白，星光渐弱，东方红霞初现。

　　师徒两人仍疾行不止，在佛力加持下，步履如飞。如死的冰冷与悚然的寂静将他们包裹……忽然，一束金黄火焰在东方的天际腾起……

　　此刻，险峻的山形才初次显露出全貌，小僧看在眼中，不由被一阵巨大的惧意笼罩，周身瑟瑟战栗——脚下并无所谓的地面，无论向上还是向下望去，周遭尽只有骷髅与骨殖的碎片，堆聚成一座巨不可测的高山，除此之外，别无他物。骨堆之上，目力所及之处，四散着脱落的人齿，依稀闪着微光，仿佛海边堆放着打上岸来的海藻，内中夹杂着零零碎碎的贝壳，隐约发亮。

"不必畏惧！"菩萨高声唤道，"唯有心念虔定，方能抵达正觉之地。"

二人身后彼岸世界的佛光，不知何时已消失无踪。映入眼帘的，唯有脚下的云雾与头顶的长空。在那之间，骷髅堆聚的山坡，斜斜向上无际延伸。

片刻后，日头升起。然而阳光之中却并无暖意，只如利刃寒冷。举步是令人战栗的高山，低头是有如噩梦的深渊，周遭一片死寂，小僧心中惧念愈炽，重压在胸口，令他顿足不敢向前，周身虚脱无力，犹如梦游之人，口中发出模糊的呻吟。

"脚步紧些！"菩萨的声音响起，"山中日短，距离山顶还遥遥尚远！"

然而小僧发出一声尖厉的惊叫："弟子害怕啊！怕得不知怎么形容！现在浑身上下一点气力也没有！"

"气力很快便会再有。"菩萨答，"且看你身边上下左右，你倒说说，能瞧见什么？"

"弟子说不出！"小僧哆嗦着，仿佛要竭尽全力攀附住什么，嘶喊道，"弟子不敢向下瞧！前方和身边，除了骷髅什么也看不到！"

"但你可知……"菩萨面带微笑，"你可知道，脚下这座山是由什么堆成？"

　　小僧依旧浑身颤抖，反复念叨着同一句话："弟子怕啊！怕得无以言表……四周除了骷髅，什么也没有！"

　　"不错，正是座骷髅山。"菩萨答道，"但你要知道，这些骷髅，并非来自于他人，而属于你自己。一只只、一具具，皆为你前世迷梦与烦恼的窠臼。这茫茫白骨，一片不剩，皆是由你无尽的前生所化。"

振袖和服

　　近日，当我穿过一条旧货铺林立的窄巷时，目光停留在一件紫色染织的振袖和服上。它手工华丽，挂在橱窗内，可以想象大约曾是德川时代某位侯门贵妇的衣物。我停下脚步，细看其上所绣的五所纹饰①，那一刻，脑中唤醒一段记忆：据说有件与此同款的和服，曾导致了江户城的烧毁。故事是这样的：

　　距今约二百五十年前的往昔，幕府将军所在的都城江户，住着一位富商家的千金。某个节祭之日，她前往神社参拜，在熙来攘往的人群中邂逅了一位英俊的青年武士，不由一见倾心。可惜的是，尚来不及派随行的仆从上前探听其人姓甚名谁，家乡何处，那武士已混入人流中，不见了踪迹。然而，武士的衣衫样貌，巨细无遗，皆已清晰烙印在少女的记忆之中。当日他一袭盛装，若论鲜艳华美，丝毫不输红妆女儿，映在怀春少女的眼中，简直翩若惊鸿。于是少女决定做一件质地、颜色、花纹皆一模一样的和服，幻想着穿上它，有朝一日便能在茫茫人海中吸引到武士的注意。

很快，和服如少女所愿定制好了。并且按照当时流行的款式，特意将两袖加长，美轮美奂，为世间罕有的珍品。每逢外出，少女必穿它在身；在家之时，则将其挂在闺房中，睹物思人，努力在脑中描绘陌生的恋人穿上它时该有的姿容；有时，甚至长坐在衣裳前，几个时辰都神思恍惚，默默泪流。少女更向神佛祈愿，一遍又一遍念诵着日莲宗②的《南无妙法莲华经》，请求菩萨保佑自己得到武士的爱怜，然而，却始终不曾与武士再度相逢。

少女为情所苦，日渐憔悴，终于积愁成疾，郁郁而终。待丧葬完毕之后，曾经为她所珍爱的那件振袖和服，便由她的父母捐赠给了主办法事的寺院。如此处理死者的衣物，是自古以来的惯习。

寺中住持见那和服为上等绢帛所制，干净完好，并未被少女生前的泪痕所染，便拿出来高价售卖。买下它的，是与死去少女年龄相若的一位姑娘。孰料，那姑娘将衣裳穿上身方才一日，便生了莫名之症，举止疯癫怪异，口中痴痴呓语，声称眼前有位翩翩美少年，自己对他恋慕不已而情愿一

---

① 五所纹：和服纹饰的一种。因分别绣在背后、两袖后侧以及两胸，合计五处而得名，通常用于正装礼服。

② 日莲宗：日本佛教宗派之一，由日莲上人在镰仓时代中期（约13世纪）所创立，以《南无妙法莲华经》为正法，因此亦称"法华宗"。

死。未几，这姑娘便也病逝了。振袖和服，再一次被奉给了寺院。

不久，住持又将和服卖给了另一位年轻姑娘。同样，姑娘仅穿了一次，便患了疯癫之症，为眼前虚幻的美少年而心神狂乱，口中痴语不休，最终不治而亡。丧葬之后，和服第三度回到寺中，住持见之不禁讶然。

尽管如此，住持仍不信邪，大胆将这不吉之物再一次卖了出去。又一位姑娘买下它，穿上身，罹病而亡。和服重新被捐回寺院，这已是第四次了。

住持断定必有邪灵怪力附在和服之上，便命手下僧众在庭中燃一堆火，嘱咐将衣裳烧掉了事。

寺僧们依言生起火堆，将和服抛了进去。然而，当绢缎渐渐燃起，火光摇曳之中，竟突然浮现出七个晶光宝灿的大字，赫然写着"南无妙法莲华经"。紧接着，火字个个腾空而起，如巨大的花团飞上屋顶、檐头。顷刻间，整座寺院尽皆淹没在一片火海之中。

熊熊燃烧的寺院中，飞腾起无数火星，落在附近住家的屋梁之上，瞬间，烈焰便席卷了整条街衢。接着，海面狂风骤起，将火焰不断吹送到更远处的街道，如此，大火一条街又一条街，一个町又一个町地蔓延开去，江户城八百零八町悉数在火劫之中化为灰烬。明历元年（1655年）正月十八日发生的这场火灾，史称"振袖火事"，至今仍留存在东京人的记忆之中。

据一本叫做《纪文大尽》^①的古代故事集所记载，定制这件振袖和服的少女，名唤小鲛，是当年麻布百姓町的酒商彦右卫门家的千金。因生得容颜娇美，因此又被人们美称为"麻布小町"^②或"麻布的小町"。同一书中还记录说，当年失火的寺院为日莲宗的本妙寺，而和服上所绣纹饰为桔梗花。只是，关于本故事一向有太多讹传，我个人对《纪文大尽》的说法则抱有疑念。因为据书中所载，那名英俊的武士并非凡人，而是上野不忍池中的龙主化身。

---

① 纪文大尽：日本江户时代的富商，原名纪伊国屋文左卫门。围绕此人，有许多传奇故事（但亦有考据说历史上并无其人，纯属虚构）。其中，他年轻时将纪州因丰收而积压贱价的柑橘用巨船经海上运往江户，途中遭遇风暴而顽强抵抗的故事最为知名。亦有同名长篇叙事歌谣专门讲述他的生平。小泉八云提到的故事集，或许只是收录了此人传说的同名书志之一。

② 麻布小町：即使时间已过去一千多年，提起"小町"或"小野小町"这个名字，在今天仍为日本人所熟知。此女为日本史上无双的美人，亦是深负盛名的歌姬。据说其歌声曼妙，上可感动天神，在大旱之年降雨滋润凡间。世间男子为小町意乱情迷者不知几何，却皆相思无果。慕之不得，焦渴而死者亦不在少数。然而年华老去，美色不再后，小町却际遇坎坷，接二连三遭逢不幸，穷愁潦倒，沦落到四处乞食的地步。最终，倒在京都附近的某条街巷边凄凉死去。怜她一身褴褛入葬未免有失体面，一位贫寒的好心人拿出家常的旧麻衣（日语作"帷子"），裹于她遗体之上。至今，当年埋葬小町的岚山附近，还因其名"帷子辻"（辻，意为街头、巷口、十字路口）而被众多旅行者所知。（小泉八云原注）

屏风少女

日本古代俳句诗人白梅园鹭水[①]曾道："在中国与日本的众多典籍书志当中，无论古今，屡有奇谭佳话，记载某些丹青之作因其精湛灵动，真趣盎然，而为观者带来不可思议的经历与感受。这些画作，常出自于名家手笔，无论花鸟写意，或工笔人物，皆形神兼备，惟妙惟肖。画中所绘，有时，甚至当真会浮出纸面或绢布，离图而下，成为有灵的活物，言谈行走，做种种情状。有道是——虽为图画，也自有其意志灵性。与此相关的诸种史话，自古以来已广为熟知，在此无意再赘述。值得一提的是，当今于世，我朝我国亦有此类妙品为人所称颂，那便是菱川吉兵卫[②]所绘之人物肖像，亦即闻名遐迩的"菱川姿绘"。

接下来，鹭水便讲述了一则与所谓"姿绘"有关的故事。

昔年，有位青年书生名叫笃敬，家住于京都室町。某日傍晚，他出外访友后归家途中，经过某间卖旧货杂物的铺子，被店外摆放的一扇旧屏风吸引了目光。论材质，它不过是普普通通的纸糊物件，但其上所绘一幅少女全身像，却打动了年轻书生的心。一问价钱，竟十分便宜，笃敬即刻掏钱买下，将之搬回了家中。

独自一人在房中时，笃敬将那屏风重新细细端详，但觉画中少女较之方才愈见娇美，目测并非凭空所绘，而是摹写自某个真人——一位十五六岁的豆蔻少女。此画笔法细腻入微，美人的秀发、眼睫、樱唇等皆纤毫毕现，栩栩如真，观之令人欲叹而词穷。真可谓"眼角眉梢犹似芙蓉求怜爱，嘴角唇边仿若丹花笑春风"；一张粉面，玲珑稚嫩，纵使穷尽辞句亦无法形容。倘若所绘少女的真身，亦如画中娇艳绝伦，必定会使见之的每一位男子神魂欲夺，钟情不已——笃敬对此深信不疑。皆因屏中女子姿容过于逼真鲜活，仿佛只需这厢招之唤之，便会即刻应声而出。

从此，笃敬镇日凝目于这幅美人图，渐为屏中少女的美色所倾心、沉迷。"这世间，果真有如此绝色佳人？"他喃

---

① 鹭水（1658—1733），原名青木鹭水，京都人。日本江户前期至中期的俳人，浮世草子（江户时代的一种写实类小说，内容多描写现世享乐）作者，别号白梅园、歌仙堂、三省轩等；代表作品有《御伽百物语》《俳谐新式》《近代因果物语》等。
② 菱川吉兵卫（1618—1694），原名菱川师宣，日本江户时代的浮世绘画祖，确立了"浮世绘"之画风与体裁，史称"浮世绘第一人"。

喃自语,"倘若能将她轻揽入怀,纵是短短一瞬(日文原作者称之为'露水之暂'——小泉八云按),我亦情愿舍了性命去换取——不,哪怕是千代百世的性命,也甘心奉上!"不必多说,笃敬已为这幅画彻底沉沦了心智。他痴痴恋慕着屏中女子,除此之外,任是怎样的美人,也激不起他丝毫爱念。"只是,"他又忖道,"倘或画中人尚且在世,恐怕也年老色衰,与图中面貌全无相似了吧。再说,多半她早在自己出生之前就已过世了呢!"

纵是如此,这无望的热情,却在笃敬胸中与日俱增。他食不知味,夜不安寝,身边诸务一概漫不经心,以往曾热衷的诗书学问,亦渐渐荒疏,只管痴坐于屏风前,对着画幅絮絮低语,一待便是几个时辰。终于,笃敬病倒了。他深知自己病已膏肓,恐怕命不久矣。

然而,笃敬平素交往的友人当中,有位学问渊厚,为世敬仰的长者。此人在古画鉴赏方面颇有见识,也善于体察少年人的心思,对世间种种奇闻逸事,无所不知、无所不晓。老学者得知笃敬卧病的消息,登门前来探望,见到那扇旧屏风,当即便将一切了然于胸。笃敬在老者的盘问之下,逐一道出了实情,并断言:若无缘与屏中少女相见,自己必死无疑。

闻言，老者答道：“这屏上所绘，乃是名师菱川吉兵卫的一幅美人图。画中人物，如今已不在世。但，菱川不仅描摹了女子的姿容，更画出了她的心神气韵。人道是：美人魂魄，仍活于画中。因此你之所愿，并非不可得。”

笃敬闻之大喜，自病榻上半坐起身，目光如凿，渴盼地盯着老人。

“你只需为屏中女子取个名字，”老者继续说道，“且每日坐于画前，心中不停念想，口中轻呼其名，直唤到她应声即可。”

为情所苦的书生，闻言大惊，不由敛神屏息道：“当真？她会应声？！”

“哦，这是自然。”老者耳提面命，“女子必定会应声。不过，你须得照我嘱咐置备一件东西，一旦她答应你，便立刻赠给她。”

“就算是要我性命，我也甘愿拱手相送！”笃敬叫道。

“那倒不必。”老者道，“你跑上一百间酒铺，分别沽些酒来，装满一杯，伸手递到那女子面前。如此一来，她为了接你手中的酒杯，便会步出屏风。再之后该如何做，大概不需我交待，女子自会告诉你的。”

交待完毕，老者告辞而去。他所传授的法子，将笃敬救出于绝望之中。他立即打回酒来，端坐画前，一遍又一遍，柔声呼唤少女的名字（日文原作中，鹭水忘了提及少女究竟叫什么名字——小泉八云按）。当日，少女并未应声。翌日依然。接下来又一日……少女始终不曾作答。然而笃敬并不气馁，亦未失却耐心，接连数日呼唤不休之后，有天傍晚，画中人忽而答了话："哎。"

笃敬见状，慌忙将百间酒铺沽来的美酒注入一只小盅，战战兢兢递到了画前。那少女款款步出屏风，莲足落地，屈身接过笃敬手中的酒盅，脸上浮出一抹娇柔的浅笑，问道："公子究竟为何对我如此情痴？"

（日文原作中，鹭水写道："少女之美，犹胜过画中几分。其神韵、品格、性情，无一不美，世间再无如此绝色。"只是，笃敬对女子的问题究竟如何作答的，他却未置一字，就交由读者自行想象了。——小泉八云按）

"不过，想来不出多久，公子便会对我心烦意懒了吧？"少女又问。

"在我有生之年，绝不会改变心意！"笃敬驳道。

"那么，再然后呢？"少女并不放弃，仍坚持追问（看来这位日本的新娘，并不满足于仅做一生一世的恩爱夫妻呢——小泉八云按）。

"那你我就立下山盟海誓，"笃敬叹道，"七生七世，永结同心。"

"倘若公子变心负情，"少女道，"我就回到屏风中去。"

于是，两人便互许终身，誓言恩爱不渝。想那书生笃敬，必定是名诚实可靠的好青年——自那后，少女再不曾回到屏风中去。当年屏中她所站立之处，直至如今，仍是空空如也。

走笔此处，鹭水亦不由动情批注道："这世间，岂有此等美事！"

辩才天女的同情

京都有座名刹，叫做大通寺。清和天皇①的第五位皇子贞纯亲王②出家为僧后，生涯中大半时间都在此度过。且寺院境内，至今仍存有诸多名士的墓冢。

不过，当年的伽蓝③佛地，如今已不复旧貌。曾经的寺院，历经千年风雨，业已荒颓，终于在元禄十四年（1701年）彻底翻修重建。

为庆祝再建落成，寺内举办了盛大的法会。躬逢其盛者，逾以数千计，其中，有位名叫花垣梅秀的青年学者兼诗人。他漫步于新造的庭园间，吟味着眼前每一处景物，不知不觉来到一座泉边，往日他曾时常在此饮水。泉眼周围的土石已被重垒，修成一座四角池，且于池角一隅竖着块木札，上写"诞生水"三字。花垣见之，不免称奇。转眼他又瞧见池畔立着间小祠堂，形态玲珑，然而极美，内中祭的是辩才天女④。正举目眺望时，忽而一阵清风拂过，将一枚彩纸的短笺吹落至他脚边，只见上写和歌一阕，曰：

素手执玉笤，共与祥兆染。

殷殷盼灵验，惜此一点缘。

　　此首短歌，咏叹情窦初开时的青涩心境，为古时著名歌人俊成卿⑤所作，诗人花垣并非初次读到。但短笺上的笔迹，显然出自女流之手，秀丽娟好，令他不禁凝神叹疑。只见字字雅趣盎然，殊难言表，但观其意态，却显出一种介于少女与人妇之间的稚巧。那清冽的笔触，仿佛喻示着书写之人的心思也这般纯净无染，良善淑美。

　　花垣将短笺小心折起，揣回家中。待他再次展开细看时，但觉字迹较之先前更为清丽不俗。以他平素研习书法的心得，可知此歌必定出自于某位兰心蕙质的少女之手。如此确信之际，他脑中也勾勒出了一幅美人的姿影，且立时三刻，对这位未曾谋面的女子萌生了爱慕。他下定决心，一定

---

　　① 清和天皇（850—880），日本第 56 代天皇。

　　② 贞纯亲王（873—916），日本平安时代前期的皇族，清和天皇的六皇子，亦号桃园亲王。关于其生年，仍存争议。而小泉八云在此文中称其为"第五位皇子"，恐与史实有误。

　　③ 伽蓝：佛教用语，意指僧众共居的庭园，亦即寺院的通称。

　　④ 辩才天女：简称"辩才天"，印度教中女性守护神之一，亦为佛教中重要的护法和本尊。最早被认为是主司"水"的河神，后转化为代表各种智慧与知识的女神。

　　⑤ 俊成卿（1114—1204），即藤原俊成，为日本平安时代后期镰仓时代初期的歌人，曾编纂《千载和歌集》，著有歌论《古来风体抄》等，开创了所谓"幽玄体"的抒情歌风，表达佛教思想中玄奥、寂然、超脱之美，亦反映了平安末年的世相无常观。

要找到歌笺的笔者，如若可能，便娶她为妻。只是……怎样才能找到这位少女呢？她是何样貌？居于何处？显然，除了向神佛祈祷求助，亦无别计可施。

　　或许神佛当真乐意显灵，赐予了花垣一臂之力，未多久，便有一念浮上他心头。这枚短笺，是他站在辩才天女的祠堂前时，飞落在他脚边的。况且，恋人们求姻缘时，也数这位天女最为灵验。左思右想，花垣决定向女神祈求帮助。他立即来到大通寺庭园中"诞生水辩才天女"的祠堂，虔心祈愿道："大慈大悲的辩才天女，请求你以无上法力，保佑我能找到那位写下短笺的少女罢！请赐我与她相见的机缘，哪怕只是短暂的一面。"许愿完毕后，花垣便开始了为时七天的进香参拜，且立下誓言，要在第七夜时到堂内整晚诵经守夜。

　　转眼到了第七夜，亦即"不眠之夜"，当万籁俱寂之时，只听寺院大门处传来了一阵叩门声。接着，寺中有人应答，大门便随之而开。花垣眼见一位面相威严的老者，缓步向堂前走来。这位神仙风骨的老人，身着一袭礼服，银发如雪，冠带乌帽，显示出官居高位。他来到天女堂外，仿佛听候谕旨般毕恭毕敬跪了下来。随后，祠堂外间的门扉开启，遮挡在内间祭坛前的御帘徐徐半卷，从中走出一位稚颜童子，眉清目秀，长发像古时那般束在脑后。他步出堂外，立在入口处，朗声向那老人宣令道："此刻堂内有位信男，多日来许愿不止，祈求神明赐他本不应有的姻缘。念他谋求无门，亦别无他法，其心可悯，天女才下令宣你前来。若可设法，便为二人牵桥搭线，赐他一段宿世姻缘。"

老者领命后，恭谨地向童子垂头一揖，而后起身，自左手袖笼中抽出红线一根。一头，系在花垣身上，好像将他五花大绑似的缠了几圈；另一头，则牵至御明灯的火焰上点燃。红线燃烧之际，又三次举手召唤，仿佛要从黑暗之中唤谁出来似的。

俄顷，自寺内响起一阵足音，朝此处走来。花垣定睛瞧，但见一位美貌少女，约十五六岁芳龄，出现在堂上。她举止淑雅，神色娇羞，半以锦扇掩面，走近前来，跪在了花垣身畔。

而后，便听童子转身向花垣道："近来，施主为一份求之不得的情爱胸中苦楚，形容憔悴。我等将这番折磨看在眼中，断无弃之不顾之理。因此天女唤来月下老人，将书写短笺的女子许配与你。该女此刻已来到你身畔。"

语毕，童子便退入了御帘之后。老者亦如来时一般，缓步离去。而少女则亦步亦趋，紧随在老人身后。与此同时，寺内的大吊钟也敲响了报晓的钟声。花垣来到辩才天女的祠堂外，伏地叩谢，想到能够一见自己多日来梦寐以求的佳人，胸中便喜悦满涨；同时又忧心着，生怕从此后也许无缘再见，于是，仿佛自美梦中悠悠醒转一般，悲欣交集地回家去了。

谁知，出得寺门，走到大路上，却见与自己同一方向，有位少女正踽踽独行。朦胧晨曦之中，花垣立即认出，那便是方才在天女堂内得月老牵线的女子。他紧追几步，赶上前去。少女便回转身来，向他温婉地垂头纳过一礼。花垣这才第一次同她讲话。少女应声作答，清音婉转，听得他满心欢喜。大路上此时仍一片静寂，两人愉快地边走边谈，终于来到了花垣家门前。他停下脚步，转身向少女道出了心中的愿望与忧虑。少女则笑意盈盈地问道："小女子我是为了嫁与公子为妻，才被月老召唤而来的，公子竟不知道吗？"言毕，便同花垣一起踏入家门。

嫁作新妇的少女，性子淑婉，对夫君情深如水，一意承欢；且知书达理，礼数周全，简直超出花垣所能想象。她不仅写得一手好字，亦擅丹青，通音律，插花、刺绣、针线女红、大小家事……皆得心应手，无所不能。

二人相逢之时，尚是初秋季节。如此，直到冬天来临，都你侬我侬，恩爱和睦。一段日子以来，从无任何事情打扰到他们的宁静。花垣对贤妻的爱意，只随日久而愈深。然而不可思议的是，对于妻子的身世，他却一无所知。至于其家人亲朋，更是从来不识。关于这个问题，女子一向讳莫如深，不愿提及。花垣也觉得，既然是神仙赐予的姻缘，东问西问未免不通情理。再说，他曾担心的事也并未发生，管他月老或是何人，从没有谁要把妻子自他身边召回，甚至连前来探听询问的人也不曾有。附近的邻人朋友，不知为何，仿佛都对女子的存在浑不知情。

某个冬日清早，花垣恰好自京都的某处偏僻之所走过，却听有人大声呼唤他的名字。循声一瞧，是个男仆，正站在某户人家的屋外向他招手。花垣看那人面貌，并不认识，更何况在京都这一带他也素无相识。突如其来的召唤，将他吓了一跳。却看那名男仆，走近前来，向他恭敬地欠身一礼，道："我家主人恳请与公子一叙，还盼公子能移步寒舍片刻。"花垣稍微踟蹰了一瞬，便跟随男仆进了屋门。

玄关处走出一位气宇轩昂的华服男子，想来便是这家的主人。他将花垣迎进客室，与之客气地互道初次见面的寒暄之礼后，忽然为自己的唐突致歉道："如此冒昧召唤，深为失礼，恐怕惹得公子心有不悦了。不过，公子虔心信奉辩才天女，那么对我即将告知之事，想必也便能够理解。在此，请容我解释。

"鄙人膝下原有一女，已近豆蔻之年，不仅长于书道，诸般学艺也略有所成。姑且可无愧地说，绝不输别家女子。因此为求一门好姻缘，使她终身幸福有靠，我便向辩才天女许下愿望，且将小女手书的短笺祭奉至京都四处的天女堂内。大约几晚之后，女神显身于我梦中，指点道：'你所求之事，我已知悉，且已为你家女儿觅得良婿，牵好姻缘线。不需多久，及至冬日此人便会登门来访。'我听完此话，却不解所谓'牵好姻缘线'究竟意指何事，心下不免存着几分疑虑，只当其中并无深意，只是平常一梦而已。谁知，昨夜女神再度惠临我梦中，面授机宜道：'明日，先前我曾告知与你的那位青年公子，会到本条街来。你可将其请进家中，问他的意思，看他是否愿做你家的女婿。此君一表人才，前途无量，将来必会出人头地。'随后，女神便将公子的姓名、年龄、出身之地一一告知与我，并将您的相貌、服饰也巨细无遗做了交待。我听随天女的指点，与下人毫不费力便认出了公子。"

这番说明，非但未使花垣感到释然，反而愈添困惑。见男子深怀敬意对自己讲了许多，仅仅出于礼节，才敷衍地应酬了几句。但那家主人，却将他往别间房里让，说是要引他与女儿会面。花垣困惑至极，却也不好断然去拂主人家的面子，便顺从于眼前这匪夷所思的情势，跟着主人入了屋去，未曾来得及开口道自己早已婚娶，且是辩才天女恩赐的姻缘。反正，他也无意与现今的妻子离缘。

何曾想，与那家的女儿甫一见面，花垣便大吃一惊：眼前的女子，正是自己的妻子！

若说两人生得一模一样，倒也不尽然。

月老为他牵线的女子，只是自己所爱之人的魂魄。

眼前在父亲家中，等待着与他结亲的，才是其人真身。

一切都是辩才天女为满足信者的愿望而变幻出的奇迹。

原本的故事讲到这里便突然中断了，许多情节都未及说明。这样的结局，读来未免令人难以尽兴。比如，少女的真身，在自己的魂魄经历婚姻生活的一段时日，究竟有怎样的精神体验？而她的魂魄后来下落如何？是独自生活了下去，还是痴痴等待着丈夫的归来？她是否去拜访了真正的新娘？种种细节，我都十分好奇，但手头的书中，对此却全无交待。

不过，我的日本友人对这番奇迹，是如此解释的："那位魂魄的新娘，实际上是由短笺幻化而来。是以，真正的新娘对于天女堂内的一番邂逅，毫不知情。当女子在短笺上写下美丽文字的一刻，她的魂魄便有几缕附在了其上。因此，天女才可从所写之物中唤出与书写者一模一样的人形。"

鲛人报恩记

　　昔时，近江国中住着一位名叫俵屋藤太郎的年轻后生，其家就在琵琶湖畔，离大名鼎鼎的石山寺不远。他家道充裕，悠然度日，从不为钱财之事烦恼，只是年已二十九，却孤身一人，仍未成婚。而他最大的愿望，便是娶一位绝色美女。可惜寻寻觅觅，却总也遇不到中意的女子。

　　某日，藤太郎走过濑田长桥①时，见桥栏边蜷着一只形貌怪异的生物。那东西浑身黢黑如墨，却生着人的躯体，面目似鬼，眼珠碧绿犹如翡翠，嘴边还有两条龙须似的长髭。起初，藤太郎被眼前的怪物骇了一跳。再细看时，却见盯着自己的一双碧眼中泛出温柔的神色，他稍稍犹豫了片刻，遂壮起胆子，上前问话。只听那东西开口答道："我乃是一名鲛人②，亦即传说中栖身于大海的人鱼。直至不久前，我都居于龙宫之内，身为仆从服侍八大龙王。谁知，却因犯下小小过错而被逐出龙宫，流放至海外。自那后，我便徘徊此地，无处觅食果腹，亦不得片隅安寝，只能四下流浪。公子若念我可怜，赐我个安身之所，再给些食物，鄙人将不胜感激！"

鲛人如此言语凄楚，神色惶恐地苦苦相求，藤太郎不由心生怜悯，便道："随我来罢。我家园中有一池塘，既阔且深，只要喜欢，任你想待多久便待多久；食物亦很充裕，随你吃到饱。"

于是鲛人便随藤太郎来到家中，一见那大池，果真分外欢喜。

那之后，这位奇妙的客人在大池中一住就是将近半年，藤太郎每日都喂之以海中生物喜食的美味。

（故事写到这里，日文原作中交待到，鲛人并非怪物，而是一位好心肠的男子。——小泉八云按）

那年七月，附近大津町的一座大寺三井寺里，举办了一场"信女祈福法会"，藤太郎也前往参拜观礼，在熙攘云集的众多淑媛闺秀当中，邂逅了一位美貌稀世的少女，约豆蔻之年，冰肌玉骨，品格脱俗，两抹樱唇微含巧笑，甜媚可

---

① 日本传说中著名的"瀬田长桥"，长约八百英尺，远远眺望，其景美不胜收，为"近江八景"之一。长桥坐落于琵琶湖岸，架于瀬田川的入湖口，不远处，则是风光明媚的名刹"石山寺"。
② 鲛人：传说中居于中国南海，形如人鱼的一种灵物，但与西洋传说中的人鱼并非同一概念，性别亦无具体的男女之分，只是一般模糊泛指的"人"，常以织机纺布，亦喜哭泣，眼泪会化为明珠。

人，不免使人浮想：当她朱唇轻启，娇声细语时，必如金莺于梅梢鸣啭。藤太郎对少女一见钟情，看她出寺而去，便不远不近地小心尾行于后，发现少女同其母这几日暂栖于附近濑田村的某间宅院内。向村人一打听，得知少女名唤珠名，尚未出阁，而她双亲不愿将女儿许配给普通人家，声明凡来求亲者，须以内盛万颗宝珠的首饰箱作为聘礼。

藤太郎获知此事，不免泄气，愀然不乐地回到家里，越想越觉得少女的父母开出如此不寻常的条件，自己想要娶珠名为妻，恐怕是彻底无望了。这世上纵使真有万颗宝珠，也唯有王侯贵族才能收罗到手，自己是无法痴心妄想的。

然而，少女的倩影却时刻萦绕于藤太郎心间，使他寝食难安，无以忘怀，且随着日子流去而愈发鲜明。终于，他不堪思慕之苦而卧病不起，只好请医求治。

大夫仔细望闻问切之后，慨叹道："管他什么病，大抵经过医术汤药加以调治，都尚且有救，唯有相思病却不在其列。公子生的，是相思之症，无药可愈。古时中国的琅琊王伯舆便是这般为情而死，公子也趁早准备身后之事罢。"说完，大夫连方子亦未开，便告辞而去。

此时，栖于藤太郎家池塘中的鲛人，闻知恩人害病，便来到屋中，不分昼夜守在榻边悉心服侍，但他对于病因为何、病况严重到怎样的程度却并不知情。大约过了一周后，藤太郎自感大限已至，便向鲛人惜别道："这段时日以来，你做客于我家中，也算是我两人前世有缘。可惜，我这病原本便已危重，如今更一日甚于一日。我之性命，就譬如那朝露，不待日暮，天明即逝。是以，我若一去，你该如何安顿，实在令人烦忧。以往，皆是我管你吃住，而我死后，该由谁来照管你才好呢？可怜的朋友……唉……世事总是难遂人愿啊！"

藤太郎话音方落，只听鲛人一声嚎啕，哀痛地号泣起来。每哭一声，绿色的眼眸中都滚出大滴大滴的血泪，沿着他那黢黑的脸颊，跌在地上。落地之前，它们还是带血的泪滴，然而一碰到地面，却霎时凝固成了晶莹美丽的明珠，颗颗赤红闪烁，犹如火焰，皆是价值连城的红宝石——原来，居于海中的鲛人悲伤哭泣时，泪水便会化成美丽的宝珠。

藤太郎望着眼前不可思议的景象，又惊又喜，浑身气力登时复苏，他跳下病榻，捡起地上鲛人的泪珠，口中数着，一面还高声叫嚷道："我的病得救了！这下不会死了！不会死了！"

鲛人见状，惊讶地止住了哭泣，大惑不解地询问藤太郎，为何重病竟如此神奇地痊愈了？藤太郎便将自己在三井寺中如何邂逅了一位美貌少女，而少女的双亲又如何索要高价聘礼等，都一一告诉了鲛人："说什么我也没那个本事弄来一万颗宝珠啊，因此对求婚之事彻底断绝了念想，镇日丧魂落魄，才害下了这场大病。哪知你雪中送炭，竟然大哭一场，使我得到这么多宝珠，这一来我的婚事便有指望了。只是，目下宝珠的数目尚还不够，拜托你了，能否请你再哭一场，以凑齐所需的数量？"

然而，鲛人听藤太郎如此要求，却摇了摇头，口气中微含诧异，答道："恩公难道以为我就像那欢场卖笑的女子，说哭随时便哭吗？不不，只有青楼女子才会为了博取男人的垂怜而流泪。我可是海中的族类，若非真心伤悲，是哭不出来的。方才我得知恩公将不久于人世，心中当真感到哀切，所以哭泣。此刻，既然恩公的病已痊愈，我岂有再哭之理呢？"

"这可如何是好呢？"藤太郎哀恳地问道，"若弄不来一万颗宝珠，我便娶不了那位姑娘了！"

鲛人默然不语，沉思片刻后开口道："您且听我说，今日我是无论如何哭不出了。不过明日，请您带上美酒与鱼肴，与我一同往濑田长桥走一趟。咱俩就在那桥上悠闲地呷着小酒，吃吃鱼肉。我会遥望龙宫的方向，回想往昔在那里度过的好日子，心底涌起思乡之情。如此一来，兴许便哭得出来了。"

藤太郎一听，自是乐意。

翌日早间，二人携上好酒好菜，来到了濑田桥，席地而坐，摆好宴席。鲛人一面痛饮，一面向龙宫的方向凝目眺望，开始追忆起往昔。渐渐地酒入愁肠，过往的种种浮上心头，去国之忧，怀乡之情，纷纷充斥胸臆，使得鲛人放声而泣。血色的泪水，滴落在桥面，霎时化作颗颗红宝石，状若珠雨。藤太郎忙不迭将它们一一拾起，归入手边的小箱，数了数，终于凑齐了一万颗，不由心花怒放，发出了欢呼之声。

几乎与此同时，遥远的湖面上，传来阵阵赏心悦耳的乐曲之声，水天之间浮出一座凌霄宫殿，状若祥云，冉冉升起，泛出万道绯色的霞光。

鲛人跳上桥栏，放眼眺望，随即喜出望外地抚掌大笑，转身向藤太郎道："一定是龙王已大赦与我，此刻正唤我回宫。现在，我二人必须就此道别了。今日得此机会，能够报答您的大恩大德，是我三生有幸。"

说完，鲛人便跳下了桥去。自那后，再也没有人见到过他。而藤太郎，将盛满红宝石的首饰箱作为聘礼奉给珠名的双亲，也终于抱得美人归，如愿娶了珠名为妻。

死 灵

古时，越前国的地方官野本弥治卫门死后，其属下立即串通一气，企图蒙骗旧主的亲属而谋夺遗产。他们以清偿旧主生前的部分债务为名，将野本家的金银与各种值钱物品、器具悉数收罗到自己囊中，而后又伪造了一份文书，递交至直隶幕府将军属下专门司掌各种政务的老中①手上，谎称野本负债累累，纵使家产悉数变卖，尚不足以抵偿。于是老中便下令，欲将野本的遗孀与子女逐出越前国，流放至他乡。当时，地方官去世之后，若其生前的恶行被揭露，家中遗属便要代负起一半的罪责。

然而，当放逐令正式送抵野本遗孀面前的瞬间，却发生了一件不可思议的怪事。在场的某位侍女，仿佛被什么妖魔上了身一般，突然癫狂发作，浑身剧烈抽搐起来。待抽搐止息后，便噌地站起身，向着老中派来的令官与亡主的那群属下高声道："尔等仔细听好，此刻讲话之人，并非眼前这位侍女，而是我——从黄泉国赶回来的野本弥治卫门！我因诸位竟然听信小人的谗言而悲愤填膺，这才返回阳间以求昭雪……呸！你们这些寡廉鲜耻，忘恩负义之徒！难道已忘记我往日的恩德，竟然巧取豪夺，图谋我的家产，诋毁我生前的清誉！也好，那便请诸位当着我本人与这位朝廷官爷的面，将我家资产的账目仔细核查一遍罢！尔等可命仆人将一应账册、凭据皆从目付②那里调来，逐一核对。"

见侍女口中忽而冒出这样一番话，在场的众人皆惊诧不已。听其声音，观其态度，明明都是野本弥治卫门生前的模样。那些做贼心虚的下属们，闻言全都吓得面无人色；而老中派来的官员，却立即下令采纳侍女的建议，火速将账目文书等尽数汇集至她面前，又从监察官手中调来了所有账簿，着手进行清查。侍女准确无误地加以核对，清算总额，将伪造假账的地方逐一更正。她的笔迹，正出自于野本弥治卫门之手，绝非他人。

终于，重核账目的结果，不仅判明野本生前未曾负债，且身为地方官，在他去世的当时，衙门的金库中尚存有一笔余金。至此，下属一党勾结诬陷的恶行也昭然大白。

清查彻底结束后，侍女复又操着野本弥治卫门本人的声

---

① 老中：又称"宿老"，或"执政"，江户幕府时期的最高官职名，直隶于将军属下，负责统管一般政务。
② 目付：室町时代以降武家的职位名，受奉于主君之命，专司监督和调查官员、武士的过失，而后上报朝廷，又称"监察官"。

音道:"很好,诸务皆毕,再无别事,我亦可以安心回返冥界了。"

说完,侍女便躺倒在地,立刻陷入了深眠。一连两天两夜,昏睡不止,仿佛死了过去(据说,遭死灵附身者,一旦那鬼魂离身而去,便会因极度的疲惫而睡意来袭——小泉八云按)。待她再度睁开眼时,声音与态度皆回复到了先前少女的状态,且无论当时还是之后,都再也想不起曾被野本的死灵附身之事了。

这桩奇事,很快便上报至老中那里。于是,老中不仅撤除了放逐令,还赐予野本的遗属一笔可观的赏金,未几,更追记了野本本人诸多死后的荣誉头衔。自那后,许多年间野本一族都蒙获朝廷的恩顾,子孙昌盛,家道繁荣。而那些设计坑害他的下属,则各个遭受了应有的处罚。

雉鸡的故事

　　古时，尾州国①有一位年轻的农夫，与他的妻子安家于远山的一处幽僻之所。

　　某夜，妻子梦见数年前已过世的公公现身对她说："明日，我会遭遇性命之险。若有可能，请务必救我！"天亮后，她将此话转述给丈夫，两人商议之后，认为必是去世的老父有什么急难，这才托梦而来。只是，梦中的话语究竟何所指，二人却实在想象不出。

　　吃罢早饭，丈夫去往田中耕种，妻子则留在家中织布。片晌后，忽闻屋外一阵大呼小叫之声，便跳起身，奔至门口察看，却见本地的庄官领着一伙手下狩猎山间，正往自家方向走来。正眺望之际，忽然一只雉鸡掠过身畔，钻进了屋内。她不由想起昨夜的梦，心忖："说不定，这只雉鸡就是公公的化身？非得救救它不可！"于是急忙追在大鸟——一只羽毛绚丽、身姿健硕的雄雉鸡身后进了屋，毫不费力地将它捉住，塞进一只空米桶中，扣上了盖子。

紧跟着，便有庄官的几位手下撺进了家门，向她询问有没有瞧见一只雉鸡。妻子壮起胆子，回说不知。然而其中一位猎师却一口咬定，说明明眼见雉鸡逃进了这户人家。这伙人东翻西找，搜遍了屋中每一角落，却无人想到打开米桶瞧一瞧。翻箱倒柜找了一圈，未发现一星线索，众家丁断定那雉鸡必是躲进某个洞中去了，只好作罢而返。

　　当晚农夫回到家中，妻子向他描述了白天的情形，告诉他雉鸡仍藏身在米桶里。"我去捉它时，"妻子道，"它毫不挣扎，在米桶中也乖乖地一动不动，不弄出一点声响。所以，肯定是公公变的。"农夫闻言走到桶边，掀开桶盖，捉出雉鸡。那只大鸟便驯服地停在他手上，静静不动，安然望着他，而一侧的眼睛却是瞎的。

　　"果真！"农夫道，"父亲生前盲了一只右眼，这只雉鸡亦是，可见当真为父亲所化。瞧呐！它看我这眼神，就像父亲生前一样……可怜啊，他心中一定在想：'既然身为鸟类，命不由己。那么，与其被猎师捉去，成为他人的盘中之物，还不如以自己的血肉给孩子们一顿饱餐。'昨夜你梦中所见，便是这个意思。"说罢，农夫竟转身向妻子狰狞一笑，一把拧断了雉鸡的脖子。

---

　　① 尾州国：为尾张国的异称，日本古时令制国之一，位于现今爱知县西部。

目睹丈夫禽兽不如的恶行，妻子发出一声凄呼。

"啊，你这个没人性的！简直就是只恶鬼！若不是心狠得像鬼一样，又怎么做得出这种残害至亲的恶事！……我嫁给你这种禽兽，倒还不如死了干净！"

话音一落，妻子连草鞋也顾不及穿，就夺门而出，扑向屋外。农夫伸手试图扯住她衣袖，却被她一把挣开，嚎啕着狂奔而去。她边跑边哭，直跑到了街市上，一路奔进庄官的宅邸，而后，涕泗交加地向庄官讲述了事情的前后经过：狩猎前晚自己的梦境，今早如何将雉鸡救下，以及丈夫如何嘲笑与她，并将雉鸡拧死等等。

庄官听完妻子的倾诉，好言一番安抚，又吩咐家仆对她善加照顾，并下令将农夫捉来问审。

翌日，农夫被押送至堂上，他对杀死雉鸡一事供认不讳，为此将接受刑罚。庄官向他宣判："若非心地格外歹毒之人，岂能做出如此罪大恶极之事。我地住民，人人恪守人伦，尊奉孝道。若将尔犯这等残虐性戾之徒继续收留，必会为患四方。此地，已再难容你。"

说完，便将农夫逐出领地，今生再不许他回返，否则当以死罪论处。而妻子，庄官则赐予她一块土地，不久，又亲自为她挑选了一位良人，结了门好亲事。

风　俗

　　有位禅宗的得道老僧，心性湛然，学养蕴藉，时常到我家探访。他精谙花道等自古以来的诸般技艺，在许多方面堪称大家。尽管他对各种风俗迷信、民间旧习持否定态度，不信吉凶问卜、占卦解梦之类的东西，常常力陈其害，劝人虔心皈依正信佛法，但仍为施主信众所爱戴。禅宗当中，倒是极少有人如此对入世的小乘之道抱持疑念。不过，我这位朋友的怀疑并不绝对，亦曾有过动摇。说起来，上次我们见面畅聊时，话题涉及到死去之人，他便给我讲过一个教人毛骨悚然的故事。

　　"对于那些怪力乱神之说，我一向抱有怀疑。"老僧道，"时常会有施主跑来跟我说看到了鬼，或做了什么不可思议的怪梦。但只要仔细一问，就会发现这些现象都能从道理上圆满解释。

　　"我平生只经历过一件难以解释的怪事。当时，我尚在九州，年纪轻轻，是个初入禅门未久的见习小僧，作为修行，必须要行脚四方，托钵化缘。某晚，我途经山间，来到一个小村庄，村里有座禅寺。按照本宗的规矩，我便前往寺中投宿。谁知，该寺的住持到几里之外的村子持办丧事去了，只留一位别处庵里请来的老尼帮忙看守寺院。老尼说住持不在，七日之后方才归来，不肯收留——在当地有个风俗，若是谁家死了人，住持便要诵经七日，为亡者超度冥福——我只好恳求说，因实在旅途劳乏，不奢望餐饭款待，但求有个地方睡上一宿即可。老尼大概看我可怜，终于点头应允，便在正堂的佛坛边为我铺了一床被褥。我才一躺下就睡着了，然而睡到半夜，却被一阵木鱼声惊醒，听见有人正在我耳边念佛。那天夜里真是寒意袭人，我睁开眼来，只见正堂内一片漆黑，就算被人伸手揪住鼻尖，兴许都看不清他的模样。究竟是谁会在这样的漆黑当中敲鱼念经呢？我心下诧异。起初，那声音虽近在咫尺，却不甚分明，我还以为大约是自己的错觉，心说莫非住持已经回寺，正在哪间屋里勤励修行。耳听着那木鱼与诵经之声，我复又酣睡了过去，直至早晨。起身后，洗漱更衣完毕，我立刻找到那位老尼，谢过她的好意收留，并大胆问道：'昨天夜里是和尚回来了吗？''还没。'老尼一副不耐烦的口吻，'我告诉过你，住持要七日之后才能回返。''哦，那么恕贫僧失礼，'我又道，'昨夜我听有人敲着木鱼念佛，还当是和尚已经归来。''哦，你所说的，可不是寺里的和尚！'老尼叫道，'那是俗家的人。''谁?'我听得糊涂，又追问道。'唉！'老尼答，'当然是死人了！只要村中的俗家死了人，总会发生这样的事情。是死者的鬼魂跑来这里敲鱼诵佛。'听她那不屑一提的口气，仿佛对此早已司空见惯了似的。"

傻 大 力

　　他名叫"大力"，意思是力气很大。可人们却都唤他"傻大力"，因他生来痴傻，心智永远停留在孩童的水平。也出于同样的理由，人人皆待他和善，谁也不会同一个傻子计较，即便他曾在蚊帐里玩火，将整栋房子烧得精光，看见火光漫天，还高兴地拍手大笑。长到十六岁时，大力已经高高壮壮，是个小伙子了，但他的内心仍如两岁幼儿般稚气，总是无忧无虑跟一群小孩耍在一处。邻家那些四岁到七岁、年龄稍大的孩子，都不愿带他一起玩了，因他总也记不住游戏和歌谣的内容。他最喜欢的玩具是一根扫帚棍儿，常把它当成木马来骑，一玩便是几个钟头，在我家门前的斜坡跑上跑下，口中不停发出令人吃惊的大笑。终于，我开始嫌那笑声聒噪，不得不叫他找个别的地方去玩。他乖乖地鞠了个躬，伤心地拖着扫帚棍儿走了。其实这孩子一向脾气顺从，只要不给他机会玩火，可以说是人畜无害，谁也没理由怨责他什么。在我们这条街上，以及大家的日常生活当中，他的存在，就跟一条狗或一只鸡没什么区别。以至于后来他不见了，我亦未以为意，过了好几个月，才猛然想起这个人来。

"不知大力最近怎么样了？"我向专为这一带住户送柴的老樵夫打听道，因为记起大力从前常帮他搬柴。

"你说傻大力啊？"老人答，"啊，那孩子已经死了。可怜见的……唉，转眼都有一年了吧。当时死得特别突然，医生们都说是脑子里的毛病。不过，关于这个傻小子，倒是有件怪事。

"这孩子死的时候，他娘把他的名字'傻大力'三个字，写在了他左手心里。用汉字写上'大力'，又用假名写了个'傻'①，然后一遍遍祈祷，希望老天爷保佑他下辈子托生在一个好人家，过上幸福的日子。

"谁知，大约三个月前，麴町有个大户人家，生了个男孩，孩子的左手心里天生就带着几个字，读来正是'傻大力'。

"于是，这家人知道孩子的出生，必定是由于什么人时常诵经回向的功德，便四方打听，终于听一个卖菜的讲，在牛入町一带有个名叫'傻大力'的先天不足的孩子，去年秋天上死了。这家人便差了两个男仆，去找大力的母亲。

"仆人们找到大力他娘，将事情告诉了她。她一听大喜，

---

① 此处日文原文为"力ばか（力馬鹿）"，"马鹿"在日文中意为白痴、笨蛋、傻瓜。

因为这户人家是当地的名门巨富。不过，仆人们又说，主人见孩子手心生着个'傻'字，心中十分不悦。

"'你家傻大力葬在哪里？'仆人问。

"'就埋在善导寺的墓地里。'他娘答。

"'能把他坟头上的土给我们一把吗？'仆人请求道。

"于是，大力他娘就把二人领到了善导寺，将坟墓指给他们瞧。仆人们拿包袱皮裹了一把坟土便走了，只给大力他娘封了个包，里面只有区区十元钱。"

"可是，那家人要大力坟头上的土做什么用呢？"我问樵夫。

"哦，"老人答道，"他们肯定不愿意让孩子手心里一直写着么难听的名字长大成人吧？为了把生来印在皮肉里的字迹抹掉，就只能通过这个法子，就是找到孩子前世的坟墓，弄些坟土来为他擦拭。"

弘法大师的书法

一

弘法大师在佛教高僧之中，被尊誉为圣人，是真言宗①的开宗始祖（我的好友真锅晃，亦信奉本宗——小泉八云按）。他最早教会日本人以平假名进行书写，并自创了用来帮助学习和记忆的字音表"伊吕波歌"②。同时，弘法大师亦是文采斐然的大文章家与书法家，以其天赋卓群的技艺而名闻天下。

《弘法大师一代记》当中，曾记载了这么一段逸话。早年他留学中国时，皇宫里有间殿堂，墙上的题字因年深日久渐已模糊，皇上便宣他觐见，令他将题字重新写过。弘法大师两手及左右脚趾间各执一笔，口中还衔一支，五管齐下，笔走龙蛇，在墙上挥毫题下了几个大字，笔法圆婉如行云流水，跌宕不拘若碧波涟漪，即便在中国也可谓史来罕见。稍后，他又另取一笔，立于远处，蘸饱墨汁向墙上恣意挥洒。

但见墨汁淋漓溅落，随手万变，星星点点皆化作了俊秀的字迹。观之，皇上不禁龙颜大悦，便御赐了大师一个"五笔和尚"的美称。

另有一次，大师居于京都附近的高雄山时，天皇欲请他为金刚上寺题写一块大伽蓝殿的匾额，遂遣派使者携着空匾去见大师。孰知，那御史捧着匾额来到大师居所附近时，才发现前方一条大河拦住了去路，河水因连日大雨而暴涨，任谁也无法渡过。俄顷，大师忽现身于河对岸，在听明来使宣读天皇诏谕之后，便呼唤他将匾额高高托起。使者依言照办，只见大师立于对岸，举手扬笔，凌空挥就几个大字，不一会儿，它们便浮现在了使者高举的匾额之上。

二

当时，弘法大师常喜欢独自在河边打坐冥想。某一日，他像往常那样冥思禅定时，察觉有位少年来到他面前，久立不去，凝视着他。大师见那少年衣衫寒陋，却眉清目秀，

---

① 真言宗：日本佛教的一支密宗，其法门为通过三密，即身密、口密、心密的修行，实现即身成佛。创立者为空海，即弘法大师。
② 伊吕波歌：又称"色叶歌"，是日语假名排列顺序的一种，起字音表的作用，相当于英文的字母歌，在后世则常被用于书法习字的字帖或字典的检字索引，如今已被通用的五十音图取代。关于其作者众说纷纭，据《释日本纪》所言为弘法大师所创，包含四十七个假名，为歌颂佛教无常观的歌谣，但其具体意义现今已无法确认。

相貌俊美，心中暗自讶异。却听那少年开口问："您就是那位传说能以五管笔同时书写，人称'五笔和尚'的弘法大师吗？"

"不错，正是。"大师答道。

少年一听，又道："如果您真的是他，能请您在天上写几个字给我瞧瞧吗？"大师闻言起身，取笔，向着空中走腕挥毫，登时，一个个字迹依次浮现于天际，龙飞凤舞，遒美俊逸。

少年见之，道："现在我也来试试。"便学着弘法大师那样，在空中划了几个字，而后再度恳求道："请大师为我在河面上也写几个字罢！"

弘法大师又依言提笔，在水面上题了一阕歌咏河川的诗词。那些文字翩若落叶，漾在碧波之上，并不洇开，片刻后才逐着水流，向远方飘去。

"现在我也试试！"少年说着，以草书在河上写了个"龙"字。写完后那字却定在水面上，凝然不动。

弘法大师见他漏写了龙字右边的一点，便提醒道："你为何画龙却不点睛，少写一个点呢？"

"啊！我忘记了……"少年答，"请大师帮我点上吧？"

弘法大师方把那一点添上，骤然间，却见风起云涌，雷鸣电掣，那"龙"字顷刻化成了一条真正的蛟龙，在水中翻滚腾跃，随后驾着一阵旋风凌空而起，向天际飞去。

弘法大师问那少年："你究竟是谁？"

少年答："我乃世人所尊奉的五台山大智文殊菩萨。"说时，真身随之显现，清俊的面容神光湛然，周身散发皎柔的清辉，面含微笑，飞天而去，消失在云端里。

三

话说回来，弘法大师自己曾经也有一次在为天皇御所的应天门题写匾额时，忘了给"应"字加点。天皇问他缘由，大师答："贫僧忘记了。不过，现在添上也不迟。"匾额早已高悬于门楼，天皇遂命人去搬梯子。大师却只立在门前的石阶之上，神色悠然地信手将毛笔向那匾额一掷，只见笔尖毫厘不爽，正中"应"字，恰好于空白处添上了一点，又掉头飞回了大师手中。

弘法大师还为京城御所的皇嘉门题过匾额。但宫门附近住了个名叫纪百枝的男人，却对大师的题字冷嘲热讽。他手指其中一字嗤笑道："瞧这字写得，看起来怎么又笨又重，就像大摇大摆的相扑士！"谁知，当夜此人便做了一梦，梦中一个相扑士来到他枕边，跳在他身上，挥以老拳，将他一顿狠揍，痛得他哭爹喊娘地睁眼醒来，见那相扑士却徐徐升空，变成曾被他嘲笑过的文字，重新回到了宫门的匾额之上。

此外，另有一个名叫小野道风的书法家，自恃精于笔墨，对弘法大师为朱雀门所题的字嗤之以鼻。他指着那个"朱"字道："看上去明明像是个'米'字。"待到晚间，梦中就见曾被他讥笑的那字，化成了一个男人，扑上前来将他一顿痛揍，还像舂米时猛捣杵子似的，不停在他脸上跳上跳下，一面踩，一面喊："瞧清楚了！我可是弘法大师的使者！"小野梦醒之后，就见自己脸上伤痕累累，血迹斑斑，就仿佛真被人践踏过似的。

弘法大师殁后很久，他曾题过字的两处宫门——美福门与皇嘉门匾额上的字迹，因光阴荏苒，风蚀雨剥，而变得依稀难辨。天皇遂命大纳言①行成负责修复。但行成担心像传闻中那般祸事临身，不敢贸然执行诏命，为小心不触怒弘法大师的在天之灵，便在他牌位前摆上供品，祈求大师给予恩准，并示现一点征兆。是夜，大师现身于行成梦中，面带慈和的微笑，道："你遵旨去办即可，不需惶恐。"行成这才于宽弘四年（1007 年）的元月起手完成了修复。此事在《本朝文集》中曾有记载。

以上所有故事，皆是我的友人晃君告诉我的。

---

① 大纳言：律令制中仅次于太政官的官职，位居正三位，与左右大臣一同参与政务，负责将事务上奏天皇，同时向下传达天皇的诏谕。大臣不参之时，则代行其职责。

食 梦 貘

夜之暂，貘尚不及食梦——日本古句

这种动物名叫"貘"，又称"白中神"①，它本领殊奇，能噬食人的梦。关于貘，许多异物志、玄学杂典中都屡有记载。我手边的一册古籍中写道：雄貘，马身狮脸，象鼻獠牙，额毛似犀，尾如牛尾，足似虎。而雌貘与雄貘则外形殊异，但究竟怎样不同，却并未具体写明。

往昔，汉字与汉文盛行的时代，日本人习惯在家中挂上一幅貘的绘像。据说绘像如同这种动物本身，亦具有相同的灵力。关于这种惯习，我的古书当中还有这样一段记述。

《松声录》有云：某次，黄帝到东海之滨狩猎时，曾遇见一头外形为兽，却能解人语的貘。黄帝曰："天下太平之时，吾等当对妖邪鬼怪如何视之、如何处之？若需凭貘之灵力驱邪伏妖，可将其绘像悬于家宅墙壁。如此，纵妖怪出，亦不足加害矣。"

接着，书中罗列了一长串恶鬼罗刹的名字，以及它们出现时的前兆：

> 鸡产软卵之时，妖魔"台风"将现；
> 诸蛇相缠之时，妖魔"神咒"将现；
> 犬走而双耳面后之时，妖魔"太妖"将现；
> 狐狸口吐人语之时，妖魔"虞羽猬鹜"将现；
> 衣衫见血之时，妖魔"幽鬼"将现；
> 米桶口吐人语之时，妖魔"勘定"将现；
> 夜发噩梦之时，妖魔"临月"将现。

这本古事记当中，更进一步讲道："每当鬼迷心窍，或遇梦魇、邪灵附身之时，只需口中默念貘之名即可。如此，妖邪将立堕于地底三尺之下。"

不过，说到鬼灵的问题，我自觉没有什么资格乱加妄语。毕竟，它属于古老的中国鬼神学的范畴，是尚且无法探

---

① 中神：豹的古称。亦是日本阴阳道中八将神的一种，因位居中央而得名，又叫"豹尾神"，是九曜中的凶星，计都星之精。不知貘的古称谓的演变，与此有怎样的关联。请参照下一条注释中的说明。

其究竟，令人畏惧的玄界。至于日本的"貘"，事实上，与之全无关系，一般不过是作为传说中的"食梦兽"而为世人所知。这种异兽为日本人所尊崇，最典型的例子，是王公贵族们御用的漆木枕上，必定会有金漆描写的"貘"的汉字。枕着它入眠，其上文字便会发挥灵力，以免睡眠者遭噩梦所扰。今日，这种枕头已无处可寻，貘（亦有说为"白泽"①）的绘像也成了相当稀有的古董。不过，自古流传的那句祈祷咒语"食梦貘，食梦貘，快快吃掉我的梦"，如今依然在人们的日常生活当中被提及和使用。若你夜半从梦魇中惊醒，或梦到了什么不吉之事，睁开眼来，马上将此咒语念诵三遍，貘就会出现，吃掉你的噩梦，将凶运转吉，化恐惧为喜乐。

最近，我也见到过一次貘。伏暑当中，某个异常炎热的夜晚，我忽而从睡梦中醒觉，感到一阵莫可名状的窒息。其时，尚才子夜丑时。一头貘自窗子探进身来，问我："有什么梦给我吃吃吗？"

我闻之甚喜，答道："有啊，食梦貘，你先听我讲讲梦中所见。

① 白泽：为中国古神话当中的一种幻兽，通常为人面牛身，或人面狮身，周身多处生有眼睛与角，能解人语。相传黄帝曾遇此兽，并将其驱邪伏妖的作用传授于民间，自此白泽便被尊奉为可避灾厄、招福禄的神兽。

"我梦见自己置身于一间白色高墙的屋子里，四周华灯齐上，一片通明，然而光秃秃的地板上，却找不见我的影子。不经意一瞥之间，就见不远处的一张床上，躺着我自己的尸体。但是何时，以及怎样死的，我却不记得了。床边坐着六七个女人，皆与我素昧平生，她们既不年轻，也不年老，清一色地身着丧服。我心说：'哦哦，原来都是来替我守灵的啊！'她们一动不动，一言不发地坐着，四下也一片悄然，不闻丝毫声响。也不知为什么，我就觉得：'看来时辰不早，夜已很深了。'

　　"正当此时，我忽然感到空气之中有一种说也说不出的窒闷……嗯，或许说它是精神上笼罩的压抑感也无不可。总之，有一种看不见的、令人麻痹瘫软的力量，悄悄地在房中漫涨开来。而这时，守灵的几个女人则彼此交换着眼色……可见她们也害怕了！其中一人嗖地站起身来，悄无声息离开了房间。接着，又是一个……她们一个接一个，宛如魅影似的飘然而去。最后，屋中就只剩下了我和我的尸体。

　　"屋子里依然灯光大亮，可弥漫于四下的那份恐怖气息却愈加浓重。守灵人感受到之后，都相继溜走了。我却觉得尚有逃走的余裕，再逗留片刻也无不可。其实则是一看到恐怖的东西，便被那份好奇心掇住了。我想仔细看看自己的尸体，好好检视一番，就走至跟前去，谁知一瞧之下……不可思议的是，那具死尸看上去显得长得可怕……难以描摹那种感觉——反正，就是长到不自然的程度。

　　"正看着，那死尸左眼的眼皮竟微微颤动起来。不过，我想也可能是灯火闪烁造成的错觉。那眼睛看起来仿佛要睁开似的，我便悄悄地、谨小慎微地蹲下去想瞧个分明。

　　"'这人果真就是我啊！'我一面想着，一面俯下身去，'这事可真是越来越古怪了。'……死尸的脸，竟逐渐越变越长。'这可不该会是我啊！'我将身子俯得更低，同时寻思，'不过，却也不可能是旁人。'这一琢磨之下，忽然不可言喻地胆寒起来，心说：'这死尸的眼睛该不会睁开吧？'

　　"可它到底睁开了。清醒地睁着。我刚与它目光相对，那死尸便自床上飞身而起，狠盯着我，向我扑来。它呻吟着、噬咬着、抓挠撕扯着、紧紧缠缚着我，不肯松手。我吓得几欲昏厥，也拼命挣扎起来。唉，那死尸的眼神、那种呻吟，以及触摸时的手感，真是令人发悚作呕。我被它吓得心狂意乱，感到自己的身体也险些被它撕成碎片。这时，我忽而发觉手中不知为何竟攥着一把斧子，便抡起它向眼前呻吟不休的死尸劈砍过去，劈了一记又一记，直把它斩作齑粉，宛如一摊木屑。终于，那东西变成了一堆形状难辨的、可怖的血块碎肉，在我眼前摊洒了一地——这真是我平生所见过的最凄厉恐怖的残骸景象……"

　　"食梦貘，食梦貘，快快吃掉我的梦！吃罢，食梦貘，将我的噩梦吃掉罢！"讲完梦境，我恳求道。

"不！我可不吃那些难求的美梦！"食梦貘应道，"你做这个梦，是一种幸运的祥兆，没有比这更殊胜的梦了。那斧子——是的，正是一把无尚妙法之斧，它可以斩去自我的心魔。这真是一个大吉之梦。我相信一切佛法的昭示。"

说完，食梦貘便自窗子跑走了。我注视着它的背影，在月光的照耀之下，宛如一只大猫，轻盈跃上房顶，一栋又一栋，悄无声息地腾挪，飞掠而去。

向 日 葵

　　彼时，我家屋后树木繁茂的小山丘上，罗伯特与我正在寻找仙人圈①。罗伯特八岁了，生得可爱伶俐。我刚过七岁，视他为大哥哥，凡事马首是瞻。某个八月里阳光熠熠的晴日，暑热的空气中蒸腾着松脂的浓香。

　　我们未找到仙人圈，却在丰茂的夏草丛中拾到许多大颗的松果。我对罗伯特讲了一则威尔士的古老传说。说是从前，有个人无意间跑进一个仙人圈里睡觉，从此便消失了整整七年。他的朋友们费尽千辛万苦，好容易才将他从魔法中解救出来，可那人却变得不吃不喝，再也不会讲话了。

　　"知道吗？他们从来只吃针尖。"罗伯特说。

　　"谁？"我问。

　　"那些林间精灵。"罗伯特答。

　　我生下来头一遭听说如此离奇的事，不禁吃了一惊，心里有些害怕，一时沉默无言……

忽然，罗伯特高声大叫起来："呀！弹竖琴的人来啦！喂！快瞧，他正往咱们家走呢！"

我俩飞快地冲下山坡，去听竖琴演奏。话说，那位竖琴师是怎样一个人呢？他是个皮肤微黑，身体结实，头发乱蓬蓬的流浪汉，一点也不像图画书里常见的那种白发的吟游歌手。他那两弯神经质地微微颤动的浓眉之下，乌黑的眼睛闪着蛮横傲气的光芒。与其说他是乐师，倒不如说是烧砖工更传神些。再说他穿的衣服，也是粗棉布织的厚褂子。

"这人会不会用威尔士语来唱歌呢？"罗伯特小声嘀咕道。

而我，早已失望得压根不想言语。乐师将自己的竖琴——一只硕大的乐器，放在我家门前的石阶上，先是用脏兮兮的指尖"啵咙啵咙"地扫了几下琴弦，而后仿佛在生气似的，自喉咙深处发出一记重咳，便唱了起来：

　　相信我，
　　即使你所有可人的青春魅力，

---

① 仙人圈（fairy ring），草地上出现的蕈菌围成的神秘圆圈，亦是西欧古老传说中所谓的"妖精圈"。据说仙子、精灵们到了深夜，会围成圆圈歌唱、起舞，在草地上留下一圈踩踏出来的痕迹。其实是大型真菌菌丝辐射生长所造成的自然现象。

那此刻令我痴迷凝视的妩媚容颜……①

起初，那曲调、那音色、那声线，样样都惹起我的厌憎。他的歌声粗野豪放，听来让人胸中作呕。我真想索性冲他大喊："什么啊，像你这种人，根本没有资格唱歌！"因为，在我的小小世界里，曾有位最美丽、最令我思念的人儿唱过这首歌，而眼前这个粗蛮的男人，竟然也厚着脸皮唱起它来，就如同在嘲笑我一般，令我胸中作痛。我仿佛遭到了侮辱，忿忿不已。不过，这种情绪仅只维持了短短一刻，当乐师唱出"今日"这个词时，本来浑厚有力的沙哑嗓音，竟忽然转为了难以形容的美妙颤音，紧接着，又骤然间变成管风琴一般庄重的低音，它饱满、明朗，鲜明而出。听着那歌曲声，我的喉间涌出一股从未体验过的感情，紧紧将我攥住。眼前这个男人，究竟是有什么魔法？掌握着什么秘技？这衣衫褴褛的流浪汉，总一副怒气满满的样子……啊，世界上还能找到第二个像他这样不寻常的歌手吗？我正胡思乱想之际，却见那歌手的身影竟在我眼前慢慢消融、弥散开去。紧接着，房屋、草地、眼中映出的所有景物，一切的一切，

---

① 此处是一首著名的爱尔兰民谣《Believe me if all those endearing young charms》，为著名爱尔兰吟游诗人托马斯·摩尔于 1808 年所填词。据说摩尔的妻子贝茜因罹染严重的皮肤病，容颜美丽不复，遭受打击而日益消沉，唯恐自己被丈夫所抛弃。诗人便以这首歌赠予妻子，以示爱情忠贞不渝。

都开始震颤、摇曳。它们游弋着、晃动着，我开始本能地对这人感到害怕起来——哦不，几乎是憎恨起来。就是因为他的非凡琴艺，我才会如此感动吧？想到这里，我就恼羞成怒，连自己都能感觉到脸已涨得通红……

"瞧你，都被这人的音乐给感动哭了。"罗伯特有些同情地说。被他这么一安慰，我反而更窘了。而这时，琴师收了六个便士，连道声谢也没有，就利落地离开了……

罗伯特又道："不过，我觉得吧，那个琴师肯定是个吉卜赛人。吉卜赛人啊，可都是些坏人。他们人人都是魔法师……喂，我们还到树林里去玩罢！"

我俩重新爬上小丘，来到松林里，在阳光斑驳的草地上坐了下来，俯瞰着小镇和大海，但已不像先前那样嬉耍了。方才那位男巫的咒语还在我们头顶发挥着魔力。

终于，我开口道："哎，刚才那人，是妖精吧？要不，是个仙人？"

"才不是呢！"罗伯特说，"那人就是个吉卜赛人。不过，既然是吉卜赛人，那就等于是个坏人喽。你要知道，他们会拐走小孩子的。"

"他要是也爬到山上来了，我们该怎么办呢？"四下寂然无声，我突然害怕起来。

"哪儿呀，他是不会到这种地方来的。"罗伯特答，"只要太阳还在，他们就不敢来。"

就在昨天，我在高田村的附近找到了一朵向阳花——原来，日本人也是这么称呼它的——于是，仿佛骤然穿越了四十年的时空，心中再度回响起当年那位竖琴师的歌声：

如同日落黄昏时，葵花追随日神的笑脸，

待明日太阳升起，仍会舒展同样的容颜……

我又重新看到了洒落在威尔士小山丘上的斑驳阳光，一瞬间，罗伯特再度回到我的身畔，如女孩般清秀的脸庞上，垂落着几缕金色的卷发……我二人正四处寻找着仙人圈。可惜，现实之中，罗伯特早在多年前就遭遇海难而去世，现在已是异域仙境中的人了……人啊，有时竟会为了朋友而奉献出自己的生命。关于罗伯特之死，那又是一个超越了寻常之爱的伟大故事了……

蓬　莱

　　海天之间，水色迷蒙，云蒸霞蔚；时值春日，旭阳初升，晨光微曦。

　　放眼望去，湛海长天，渺远无垠；目力所及，浪涛拍岸，蔚蓝无际。万千雪沫，竞相泛起，银光潋滟，不可触及；视野之内，靛青一色，近滩远海，浑然无隙。骋目远眺，水天相衔，延绵不绝，逶迤一线；碧潮氤氲，轻烟笼日，穹空苍茫，邃不可测，譬如归墟，大壑无底。云霄尽头，玄色深处，玉宇琼楼，似隐若现；翘脊曲檐，宛若新月，芳姿飘杳，无远弗届。朝霞掩映，古国旧梦，依稀难寻，太虚幻境。

　　以上我所试图描绘的，是一幅日本画，一幅挂在我家壁龛之中的素绢长轴，题曰《海市蜃楼》。所谓"海市蜃楼"，意为"幻境"、"虚象"。不过，此画当中的崇楼，却是有形之物，它有蓬莱仙境中华耀瑰丽的殿门，有深海龙宫新月形

怪谈·奇谭　｜　303

的拱顶翘檐。此画虽出自于日本画师手笔，描绘的却是两千年前古中国的景观。

关于蓬莱，两千年前中国的古籍当中，曾有这样的描写：

> 蓬莱之国，无死苦、无悲忧、无寒冬。花开四季不谢，果实永结枝头不落。若人有幸尝到这种仙果，哪怕仅只一口，便可从此再无饥渴之感。蓬莱之境，还生有各色灵草。"相邻子"、"六合葵"、"万根汤"等，可治人间四百零四病；而"养神子"，更可使人起死回生。这种异草，需以一种喝下便能长生不老、青春永继的仙水浇灌。居于蓬莱的仙民们，皆用极小的木碗盛饭，但碗中之米却食之不尽，哪怕用餐之人早已饱腹，也丝毫不减。蓬莱仙民亦用极小的杯盏饮酒，同样，那杯中琼浆也向来饮之不竭，哪怕喝酒之人早已陶然欲眠。

除此之外，秦时的传说当中，还有许多相关的描述。不过，若说写下这些传说的人，当真曾亲眼见过蓬莱幻境，却教人无论如何难以相信。毕竟，世上不可能存在吃下一口就可令人永远饱足的果实，亦怎会有什么起死回生的仙草、不老之神泉、米饭取之不尽的木碗和酒水永不干涸的杯盏。悲愁、死苦从不降临蓬莱之国，乃是不实之言；从无寒冬侵扰，亦为假话。蓬莱的冬日，自然也是寒冷的，凛风噬骨，龙宫的檐头则堆满了皑皑白雪。

虽说如此，蓬莱依然有许多不可思议的奇事。而其中最不寻常的一件，中国的作者却只字未提。我以为，蓬莱国最珍稀之物，可谓它的大气，此乃其所独有。正因如此，蓬莱的日光远比别国的洁白。那白光宛若乳液，极之澄明，极之轻柔，绝不会使人目眩。此种大气，非人世所有，仅存在于太古昔年。时光杳远，令人思之而生恐。它并非由今日的氧元素与氮元素所构成，亦即是说：它并非空气，乃是一种"精气"，一团巨大的透明体，由几千万亿个魂灵的元神混合而成——而所有的魂灵，皆来自于与我们思考方式完全迥异的太古之民。无论何人，只要吸入这种大气，便将那些旧精魂的灵气摄入了自己的血液当中，于是，那些魂灵便会改变他身体的感觉、时空的观念，使他以它们的方式去观看、去感受、去思考。并且，这种变化的发生，静谧柔和，犹如渐入睡梦。经历此番变化之后，再看蓬莱，便会是如下的景象。

——蓬莱之国，不知何为邪恶，人心所以而不老，永葆赤子之心。蓬莱之人，唯有当神明赐其悲伤时，会掩住面容，直待悲伤消失，除此之外，自生至死，常面带微笑；蓬莱之人，互信互爱，和睦相处，亲如一家。女人的心魂，如小鸟轻盈，声音所以柔婉动听，好似鸟儿鸣唱；少女嬉戏时轻舞的衣袖，亦仿佛鸟翼般舒展。蓬莱之国，除忧色之外，再无避人之事，因此从不需感到羞愧；因无偷盗，外出不需锁门；因无惊恐，夜间亦不闭户。国人虽非不死之身，却个个为仙子精灵。国中万物，除龙宫之外，皆玲珑珍巧，形态殊奇，因此精灵小人儿们全都用极小的木碗吃饭，以极小的杯子饮酒……

　　——若说这所有的珍奇异象，皆缘于国人吸入了灵妙的大气，倒也并不尽然。太古的魂灵在此间施展的唯一魔力，是唤起了人们对理想之国的希冀，对远古之光的憧憬——正是这种美好的愿力，蕴藏在蓬莱人的心念当中，在他们无邪生涯的朴素率真当中，在女人的温柔婉约当中，最终化作实相显现出来，造就了蓬莱仙国。

　　自西洋诸国吹来的邪恶阴风，此刻正席卷蓬莱古国。那灵妙的大气，呜呼矣，正日渐消散。如今，仅残存于日本山水画家所描绘的风景之中，依稀飘渺，片片缕缕，宛若一抹细窄光亮的云带。唯有那丝云残照之下，尚有蓬莱存在，除此之外，则再难寻觅。须知道，蓬莱，又称海市蜃楼，亦即是无法触及的虚幻之境。而它正逐日消失，只出现于绘画、诗歌、梦境当中，其他时候，早已不复得见。

穿武士服的跳舞小人

　　在日本，居室里的地板是由一块块的榻榻米铺就的。榻榻米为灯芯草所织，厚实柔软，拼接得严丝合缝，彼此的间隙密实到仅能插下一把薄而锐利的刀子。榻榻米通常会每年一度加以更换，始终保持清洁的状态。日本人在家中时从不穿鞋，也不像英国人那样使用椅子之类的家具，无论坐、卧，还是用餐，甚至有时连写字都在地板上进行。是以，才须时刻保持得干干净净。日本的小孩子长到刚会说话的年纪，就被教导绝不可以损坏或弄脏榻榻米。

　　说来，日本的孩子也确实十分乖巧。从外国来的旅行者，在撰写东瀛游记、趣闻逸事时，各个都会提到日本儿童比起英国的来，要懂事听话得多，很少调皮捣蛋。首先，他们不会随便毁坏和弄脏东西，即便对待自己的玩具亦是如此。一个日本小女孩从不会弄坏她的娃娃，相反总十分爱惜，即使长大嫁人也始终珍藏，身为人母后，便会把娃娃传给自己的女儿。而女儿亦会像母亲那样，对娃娃珍爱有加，直到长大成人后再传给自己的孩子……是以，日本小女孩总像她们的祖母当年那样，小心爱护地玩着同一只旧娃娃。我曾经在日本见过几次保存了上百年的人偶，但它们看起来依然簇新完好。这下读者们总该知道日本小朋友到底有多么乖巧了吧？从而也会明白，日本居室中的榻榻米为何总是那么干净。就因为他们从不胡乱捣蛋，去划伤它、弄脏它的缘故。所以此刻，我才会为你们写下这则小故事。

诸位或许会问：就算日本小朋友比较懂事，但真的各个如此，尽是好孩子吗？是啊，也并不是人人都那么听话，尽管只是极少数，但也有个别调皮的坏孩子。那么，这些捣蛋鬼家里的榻榻米会怎么样呢？其实也不会有多么糟糕，毕竟，还有专门保护榻榻米的妖精小人儿呢！这些小人儿会吓唬和惩罚那些不爱护榻榻米的小孩，至少，在古时候是这样的。至于说，如今他们是否仍住在日本，我就不是很清楚了。因为随着铁路呀电线杆之类的新事物出现，许多小人儿都被吓跑了。

话虽如此，在这里，我还是要给大家讲一个妖精小人儿的故事。

从前，有个小女孩，长得十分可爱，却也特别懒惰。她家境富有，仆佣成群，那些仆人们对小姐殷勤娇惯，凡事一概包办，从不劳她自己动手。或许正是如此，小女孩才变成了一只懒虫。尽管她渐渐长大，出落成了一个漂亮的大姑娘，但四体不勤的坏习性却一点不曾改变。向来都是仆人们帮她穿衣梳头，所以在外人眼中只看到她干干净净、漂漂亮亮的一面，谁也没想到这个女孩会有懒惰的坏毛病。

后来，女孩嫁给了一位优秀的武士，告别了自己的娘家，跟随武士到了夫家生活。但新家只有寥寥的几名佣人，女孩心里十分失望。从前在娘家事无大小都有人伺候，如今一切都得自己动手：自己梳妆打扮，自己打理衣物。要知道，精心装扮以博取丈夫的欢心，对一位新婚的女子来说可不是件容易的事。不过，她的丈夫身为武士，时常离家远行，出征在外，女孩偶尔也能由着性子偷点小懒。而公公婆婆都年事已高，又性情温良和善，从不曾呵责过新媳妇什么。

话说有天晚上，武士出征不在家，房中忽然响起怪异的动静，将女孩自睡梦中吵醒。她点亮大灯一看，一幅匪夷所思的景象呈现在眼前……诸位猜猜发生了什么？

只见密密麻麻一大群小人儿，足有上百个，个子仅仅一寸高，全都一副武士打扮，团团围在她枕边手舞足蹈。他们身着武士只有在节祭日才会穿的盛装——一种叫做"裃"的礼服套装，上身是肩部四四方方的长衣，下身是裙裤状的、宽宽的绔，腰间挎着两柄小刀，头发则束在头顶，挽成辫子髻。小人儿们边跳舞边瞅着她嘻嘻笑，同时拍手一遍又一遍唱道：

> 武士小人，手舞足蹈；
>
> 一至夜深，便会来到；
>
> 快歇息罢，千金小姐；
>
> 呀！咚！咚！

　　这首歌谣意思是说：我们是会跳舞的武士小人儿，现在已经夜深，晚安，尊贵美丽的姑娘。

　　歌词听上去倒十分客气，但女孩很快就明白过来，小人儿们其实正在拼命戏弄她。他们朝女孩挤眉弄眼地扮着鬼脸，口中发出嘘声。

　　女孩伸手想抓上几个，然而小人儿们敏捷地跳来跳去，根本就捉不住。她又试图将他们赶走，但小人儿们却逃也不逃，依旧做着鬼脸，又唱又笑：“武士小人，手舞足蹈……”根本不见一点罢休的意思。女孩终于醒悟到，这些小人儿全是妖精。她心中害怕，却又喊不出声，只能眼看小人儿们围着自己蹦跳不休，直闹到天亮，才倏地消失了影踪。

　　女孩没敢把这件事讲给任何人，毕竟，身为武士的妻子，她可不愿别人知道自己如此胆小。

　　第二天夜里，小人儿们又出现了，在她枕边闹腾了一宿。再一晚，亦复如此。接下来的每晚，相同的时刻，即古代日本人所谓的"丑时",西方人的午夜两点左右,他们都会如期而至。女孩因为整夜整夜睡不好觉,又担惊受怕,终于重病不起。饶是如此,小人们依然不肯放过她,扰得她不得安宁。

武士归来后,发现妻子卧病在床,十分忧虑。起初,女孩担心会被丈夫嘲笑,还犹豫是否要说出病因,不过,眼看丈夫待自己既温柔又体贴,很快便将每晚发生的事和盘托出。

武士丝毫没有嘲笑妻子的意思,神情严肃地聆听着女孩的诉说,片刻后,方才问道:"那些小人儿通常什么时辰出现?"

女孩答:"总是固定在相同的时辰——丑时出来。"

"好罢。"武士道,"今夜,我就躲起来,从旁偷偷察看,你不必害怕。"

当晚,武士藏身于卧房的壁橱之中,从缝隙向外偷偷窥看。

他一动不动地静候了许久,不知不觉到了丑时,忽然,只见从榻榻米的缝隙中冒出了一群小人儿,又蹦又跳,唱起了那支歌谣:

武士小人,手舞足蹈;
一至夜深,便会来到……

他们的样子看起来十分滑稽，舞姿怪里怪气，逗得武士忍俊不禁，扑哧笑出了声。不过与此同时，他又看到年轻的妻子一脸惊恐，想起凡是幽灵鬼怪几乎都惧怕刀刃之物，便抽出挎刀，自壁橱中飞扑出来，瞅准那群跳舞的小人儿劈了下去，登时……诸位可知小人儿们变成了什么东西？

牙签！

眼前，穿武士服的小人儿一下全不见了，只剩下数不清的旧牙签，散落了一地。

原来，女孩性情实在太过懒散，自己用过的牙签从来不好好收拾掉，每天用完一根新牙签，就随手往地上一丢，于是惹得那些守护榻榻米的妖精小人儿大为恼火，便决定好好给她点教训。

武士责骂了妻子的懒惰，女孩一时间羞愧得无所适从。一个仆人被唤了进来，将牙签悉数收拾干净，拿去烧掉了。据说从那以后，那些爱捣蛋作怪的小人儿便再也不曾出现过。

关于懒女孩的故事，除此之外还有一个。故事中的少女喜欢吃梅子，吃完便将梅核藏在榻榻米下面，长久以来，屡屡如此，也从没被人发现过，总能蒙混过去。终于，惹恼了榻榻米的妖精小人儿，他们决定给她点颜色瞧瞧。

每晚，总有许多小妇人，身穿红色的振袖和服，在相同的时刻，从地板下面冒出来，蹦呀跳呀，扮着鬼脸，扰得少女无法入睡。

有天夜里，少女的母亲为她守夜，看见这些妖精小人儿，便打跑了她们，这才发觉她们竟然全是梅子核变的，无一例外。少女的坏毛病终于暴露，从那以后，她才改过自新，成了一个勤快懂事的好孩子。

丢失饭团的老奶奶

很久很久以前，有个性情开朗、乐观爱笑的老奶奶，十分喜欢做饭团。

一天，正当她揉饭团来当晚餐时，其中一个却掉在了地上，骨碌骨碌，滚进灶间的一个小洞里不见了。老奶奶把手伸进洞去摸索，想把饭团掏出来。谁知，脚下的地面却忽然崩塌了，老奶奶也跟着咕咚掉进了洞中。

她跌得很深，落到洞底却毫发无伤，爬起身来一瞧，才发觉自己正站在一条小道上，就跟她家门前那条一模一样。四下亮晃晃的，放眼望去尽是一片片的稻田，却不见一个人影。究竟发生了什么事，我也不晓得，据说似乎是老奶奶掉进了另一个国度。

老奶奶脚下那条小道是个急坡，因此找来找去，也不见饭团的踪影。她心想：八成是滚到坡下面去了，便急急忙忙奔下坡去寻找，一面口中大声呼喊着："饭团啊饭团，你跑到哪里去了？"

找了一阵子，看见有尊石头刻的地藏菩萨像立在路旁，老奶奶便上前打了个招呼："哎呀呀，是地藏菩萨啊！你看到我的饭团了吗？"

　　地藏菩萨答："哦，刚刚才见它打我面前滚过去。不过，你可不能再往前追了，前面住着一只吃人的恶鬼呢！"

　　谁知，老奶奶听完这话只是笑了笑，依然大喊着："饭团啊饭团，你去哪儿啦？"一面跑了下去。

　　转眼间，就跑到了第三尊地藏菩萨像前，她再次打听道："哎呀，地藏菩萨啊！看见我的饭团了吗？"

　　地藏菩萨却道："现在可不是操心饭团的时候，等会儿有只恶鬼就过来啦！快蹲到我的袖子后面来，千万不要发出声音啊！"

　　不大会儿，恶鬼就来到了地藏菩萨前，站了下来，躬身作揖，如此说道："你好啊，地藏。"

　　地藏菩萨也礼貌地致意问好。

　　正此时，恶鬼忽然向空中吸了吸鼻子，仿佛闻到什么气味似的，嗅了两三下，大声道："地藏，地藏！我感觉好像有人的气味啊！"

　　"啊，"地藏菩萨道，"那可能是你的错觉吧。"

　　"不对不对！"恶鬼又嗅了嗅周围的空气，"的确有人的气味！"

　　这下子，老奶奶再也忍不住了，"呵呵呵"笑出了声。

恶鬼一听，飞快伸出毛茸茸的大爪子，从地藏菩萨袖子后面，将依旧笑个不停的老奶奶揪了出来。

"哈，我就说嘛！"恶鬼大叫道。

地藏菩萨见状，只好道："你要拿这个善良的老奶奶怎么样？可不准伤害她啊！"

"不会，不会。"恶鬼答，"我只是把她带回家去，让她给我做饭吃。"

"呵呵呵。"老奶奶依旧笑着。

"那就好。"地藏菩萨道，"不过，你必须善待她才是。否则，我可是会发怒哦！"

"绝不会伤害她的。"恶鬼发誓道，"老奶奶每天只要为我们干一小会儿活儿就行了。再见啦，地藏。"

随后，恶鬼就领着老奶奶向坡下走去。不一刻，两人便来到了一条又宽又深的大河前。岸边泊着一艘小舟，恶鬼让老奶奶坐上去，载着她到了对岸的鬼之屋。那是一座宽敞的大房子，恶鬼立即将老奶奶领到厨房去，命令她为同住在那里的一群小鬼们做饭。

他递给老奶奶一支木锅铲，道："每当你要做饭时，往锅里放一粒米就足够了。只需用水浸过这粒米，而后拿这支木铲搅拌几下，米粒就会飞快地越变越多，直到把饭锅装得满满的。"

于是，老奶奶就遵照恶鬼吩咐的样子，往锅里只放了一粒米，拿着那支木铲搅拌起来。随着她的搅动，米粒从一粒变成了两粒，接着四粒、八粒、十六粒、三十二粒、六十四粒……她每搅一下，米粒就增加一倍，不出几分钟，大锅就装满了。

此后，老奶奶便在鬼之屋里住了下来。好长一段日子，她每天为恶鬼和他的同伴们做饭，恶鬼也绝不为难她、吓唬她。凭着那支神奇的木饭铲，老奶奶的工作十分轻松——不过，虽说如此，每天仍要做一大堆的米饭才够恶鬼们吃。毕竟，恶鬼们的饭量可比人类要大得多。

然而，老奶奶内心却愈来愈感到寂寞，总想回到自家的那间小屋去，做她自己的饭团子。于是某一天，见所有的恶鬼都出门去了，便打算趁机逃走。

老奶奶先拿了那支神奇的饭铲，将它别在围裙的腰带里，然后跑到河边，看四处无人，岸边仍泊着那条小舟，便坐上去，向着对岸划去。她对划船十分在行，很快，小舟就远远离开了岸边。

可惜，河面实在太宽，才行了不到四分之一处，恶鬼们就回到了家中。

他们一看，到处都没有厨子的身影，连那把神奇的饭铲也不见了，便急忙奔到了河边，发现老奶奶正乘着小舟，拼命向对岸划。

这群恶鬼似乎也不习水性，又没有渡船可乘，为了捉住老奶奶，除了赶在她划去对岸前将河水全部喝干，别无其他的法子。于是他们跪在岸边，大口大口地吞着河水，没等老奶奶划到河中央，水位就下去了一大半。

老奶奶依然不停地划啊划，但此刻河水已变得很浅，恶鬼们停止了喝水，开始涉水过河。老奶奶抛下船桨，从腰带下面抽出那支神奇的饭铲，向着恶鬼们一阵乱挥，同时扮着鬼脸，逗得他们各个忍俊不禁，放声大笑。

谁知，就在他们齐声放怀大笑的瞬间，才刚喝下肚去的河水，却不得不全被吐了出来。大河重又涨满了水，恶鬼们无法过河了，老奶奶终于平安无事地划到了对岸。她一溜烟奔上坡道，途中一刻不敢歇脚，跑啊跑，最后总算逃回了自己家中。

自那后，老奶奶便过着幸福的日子。那支神奇的饭铲为她变出无穷无尽的米饭，只要想做饭团，随时就可以做。她把饭团卖给四周的邻居和途经的旅人，未出多久，就变得十分富有了。

蜘 蛛 精

据说，日本过去曾有许多蜘蛛精出没，翻开一些非常古老的书籍，便会读到有关的记载。其实，直至今日，也依然会有人宣称蜘蛛精的存在。白天乍一看，它们和普通的蜘蛛也没什么两样，而到了夜深人静、万籁俱寂之时，便会变得巨大无比，做出各种恐怖的事情来。所谓蜘蛛精，就是通过怪力和法术幻化成人形，而后去蛊惑人心的妖精。关于这种东西，民间还有一个著名的传说。

从前，在某个人烟稀少的偏僻乡间，有一座妖精盘踞的寺院，没有谁敢独自一人在寺中居住。曾经也有许多勇敢的武士，为了逐妖驱邪，前仆后继地跑去寺里，而一旦他们踏入寺门，最后总是音讯全无，再也不知下落。

后来，有位因胆大心细而著称的武士决定前去除妖，他打算守夜一宿，等妖精出现。到了寺外，武士转身向陪自己一路走来的人们说："倘若到了明早我仍活着，便会敲响寺里的太鼓，向村人报信。"

众人散去，寺内只剩下了武士一人。他凭着手中一盏灯笼，睁大眼睛，警惕地四下张望。

夜已渐深，武士蜷身在积满灰尘的佛坛之下，没看到有什么异象，也听不到半点异响，不知不觉便过了子夜。这时，却见一只仅有半个身体、一只眼睛的怪物冒了出来，口中嘟哝道："有人味儿！"武士屏息一动不动，那妖怪未见人影，便走掉了。

不大会儿，殿里又进来一个僧人，弹起了三弦琴，技艺精湛，乐音曼妙。武士心说："如此魅惑的乐曲，弹奏者肯定不是人类。"便抽刀跳起身来。僧人见之，忽扬声大笑道："怎么？莫非你把我当妖怪了？不不，我是这寺里的和尚，为了驱赶妖怪，不使其近身，才在此弹琴。如何？这三弦琴的音色可还动听？你想不想弹一曲试试？"

说着，僧人便将乐器递了过来。武士警惕地以左手接过琴，孰料刹那之间，三根琴弦却化为一面巨大的蛛网，而和尚则变身成了一只蜘蛛精。武士恍然一惊，这才发觉左手已被蛛网死死缠住。为了极力摆脱，他奋勇无惧地挣扎着，同时向妖怪狠狠劈出了一刀。妖怪应声被砍成了重伤，而武士浑身上下则被蛛网密密裹住，再也动弹不得。

幸好，负了重伤的蜘蛛精也拖着身子爬走了。天亮后，日头升起，未过一会儿，村人们纷纷赶来探看，发现武士浑身缠满了可怕的蛛网，遂将他安全地救出了寺去。众人又见地板上洒落着斑斑血迹，便循着那血迹走出寺外，来到一座荒寂的庭院，找到了一处洞口。洞里传出一阵阵凄厉的呻吟声，众人从中发现了那只身负重伤的蜘蛛精，便齐力将其捉住杀死了。

画猫的少年

　　很久以前的往昔，日本某处乡间的小村里，住着一位贫穷的农夫和他的妻子。夫妇俩心地善良，拖儿带女，为了将所有的孩子拉扯大，真是饱尝艰辛。最大的儿子生得结实健壮，才刚十四岁时，就已懂事地帮助父亲干起了农活；而下面的妹妹们，差不多刚一学会走路，还摇摆蹒跚时，就要帮手母亲打理家务。

　　唯有最小的那个男孩，看样子却不适合干任何体力活。他虽天资聪颖，头脑不输给所有的哥哥姐姐，但体格瘦小羸弱，人家都说他恐怕养不大就会夭折。夫妇俩心想：与其勉强儿子当一名什么也干不了的半吊子农夫，倒不如送去寺里做和尚对他更好。于是某天，便将他领到本村的寺庙，恳求住在那里的老僧收他为徒，充分教导他研习佛法与学问。

　　老僧和颜悦色地与男孩谈了几句，问了几个颇为刁钻的问题，但男孩都答得相当机灵。老僧便收他入寺，做了一名小沙弥，并答应他爹娘，一定会把孩子培养成一名优秀的僧人。

男孩乖巧伶俐，处处谨遵师父的教导，不管学什么，稍一点拨马上便能全盘领会。唯有一个缺点，就是诵课抄经时喜欢画猫，甚至许多绝不许随意涂写的地方都被他画过。

但凡一人独处时，他总在画猫。不只老僧藏书的页边页脚、寺里的屏风、隔板，甚至墙壁、柱子，到处都被他信手涂涂抹抹。老僧为此告诫过他多次，他却屡教不改，忍不住非画不可。这孩子具有所谓"绘画的天分"，但正因如此，却不适合出家为僧。毕竟一个沙弥的本分就是要习经诵佛，专心向学。

有天，男孩又在纸门上画了几只活灵活现的猫儿。老僧见此，严厉告知他："徒儿啊，看来你是不会成为一名优秀的僧人了，倒是可能会做一位出色的画师。你这就出寺回家去罢。此刻，我就给你最后一个忠告。你且听好，万万不可忘记——夜晚时，避开那些空阔之地，一定要在狭小的地方歇息。"

听完师父最后那句告诫——"夜晚时避开空阔之地，要在狭小的地方歇息"，男孩一面收拾衣裳包裹，一面思来想去。琢磨再三，却始终不解其意，但又怯于再问，便只干脆地道了句"后会有期"，伤心地离寺而去。出得寺，接下来该何去何从，他却一筹莫展。他担心倘若就此回家去，必定会遭父亲责骂，怨他不听师父的教诲。家总之是回不去了。

忽然间，他想起五里之外的邻村有一间相当大的佛寺，据说寺里住着好几位和尚，便打算投奔过去，求他们收留自己做个沙弥。

话说，当时那座大寺早已关闭，男孩对此却毫不知情。寺院关闭的原因是屡有妖怪出没，吓走了和尚，且妖怪又在其中长期盘踞下来。那之后，虽有几位胆大过人的武士趁夜进寺，前去除妖，却无一生还，皆消失了踪影。这些事，从没人告诉过男孩。是以，男孩一面心怀期待，盼望和尚们会亲切收留，一面向远处的邻村走去。

来到村中时，天已黑透，村人们皆已歇息。男孩瞧见离开大路的山坡上立着一座大佛寺，内中灯火闪亮（据讲故事的人说，那些妖精鬼怪通常都会这样点起灯盏，以亮光引诱孤身赶夜路的旅人前来投宿——小泉八云按），便急忙来到寺外，咚咚咚地敲门。里面一片悄然，无人应声。又敲了几下，仍是无人开门。最后，他只好试着伸手一推，却欣喜地发现原来寺门并未上锁，遂举步走了进去，放眼一望，灯光大亮，却不见人影。

男孩以为应该很快就会有和尚出来迎客，便坐下等候。无意间四下一打量，只见寺内到处都黑乎乎蒙着一层灰尘，结满了厚厚的蛛网，不禁心下暗喜：这些和尚想必需要个小沙弥洒扫庭除，他们一定会高兴地收留自己吧？可是话说回来，寺里如此灰尘堆积，和尚们为何却置之不管呢？不过，最让男孩高兴的是，尚有几块白色的大纸门，用来画猫真的合适不过。此刻虽已旅途疲惫，但他仍飞快取出笔砚盒，磨好了墨，画起猫来。

画完了一块又一块，不知不觉便画了许多只。渐渐地，男孩犯起困来。实在撑不住时，他往纸门边就地一躺，本想睡去，无意间却想起老僧交待的话来："夜晚时避开空阔之地，要在狭小的地方歇息。"

这间大寺十分宽敞，此刻他又是孤身一人，对于师父的忠告，尽管不解其意，但也不免有些发怵，遂决定找个"狭小的地方"睡觉。他发现有个带拉门的小橱柜，便钻进去，拉好门，躺下身酣睡了过去。

夜半时分，一阵令人毛骨悚然的怪声将男孩惊醒——仿佛正有什么东西在互相厮打、嚎叫，状极凄厉。他吓得连透过橱柜缝隙往外窥看的胆量也没有，只管屏住呼吸，一动不敢动地缩在柜中。

寺里的灯光倏地熄灭了，凄厉的惨叫却仍在持续，且益发惊悚，整座寺都为之震颤、摇动。过了好大一阵子，四周才重又恢复了寂静。而男孩依然怕得不敢动弹，一直待到清晨的阳光射进橱柜的板缝。

他从藏身之处小心翼翼、蹑手蹑脚地爬出来，四下张看。首先映入眼帘的，是寺庙的地板上到处洒满了血迹，接着，又看到血泊中央横陈着一具硕大的尸体，竟是只比牛还大的老鼠精，狰狞丑陋，令人胆寒。

究竟是何许人，抑或是什么东西将老鼠精杀死的呢？寺中空无人影，也看不到其他动物。这时，男孩猛然发现，昨晚自己画在纸门上那些猫儿，嘴边都沾着殷红濡湿的鲜血。他这才恍然大悟：原来是自己笔下的猫儿，杀死了眼前的老鼠精；也终于领会到，睿智的老僧当初交待他那句话时的意图。

后来，男孩成了一位举世闻名的画家。到日本旅行的游客，至今尚能看到他所绘的一些猫图。

不 老 泉

　　很久很久以前，日本的某座深山里，住着一位贫穷的樵夫和他的妻子。两人皆年事已高，膝下又无子无女。每日，老樵夫独自进山伐木，妻子就在家目送他离去。

　　某天，老樵夫为了寻找木材，走得比平日要远，一直进入到森林深处，无意间，恍然发觉自己置身于一汪从未见过的清泉边，泉水清冽冰凉，令人称奇。其时暑气炎炎，他又劳作了一天，见之不禁渴意顿生，便摘下斗笠，伏下身去，就着泉水开怀畅饮起来。

　　谁知，饮罢之后，樵夫忽感浑身上下精力旺盛，四肢百骸元气畅涌，低头一看映在泉中的脸，不由大吃一惊，踉跄后退：那张脸的确是他自己的没错，但与平日家中镜子里看惯的样子却大大不同，明明是个年轻后生的面容。樵夫简直不敢相信自己的眼睛。他下意识伸出双手摸了摸头顶——方才还光秃秃的，一根头发也没有，他还用随身带的蓝手巾擦过汗，此刻却生满了浓密的乌发；脸上的皮肤则像少年人一般光滑，看不到丝毫皱纹；不知不觉间，体内涌出了新的活力。樵夫望着自己早在多年前就已老迈干枯的四肢，此刻它们却浑圆健硕；曾经干瘪的肌肉，也再度变得丰盈饱满。原来，他在浑不知情中，饮下了不老泉中的水，重新回复了青春。

樵夫先是激动得一蹦老高，口中发出狂喜的呼喊，接着便拔腿向家中飞奔而去。如此飞速地奔跑，在他人生中还是头一遭。他冲进家门，吓了妻子一大跳，口中哇哇惊叫，还当是哪个陌生人闯了进来。樵夫将自己返老还童的事情告诉了妻子，但所发生的一切实在太超乎寻常，任他怎么解释，妻子都难以置信。最后，他费尽唇舌，才总算让妻子明白：眼前的年轻后生，真的就是自己的丈夫。随后，樵夫便将不老泉所在的方位告诉了妻子，叫她下次跟自己同去。

听完丈夫的叙说，妻子却道："你现在变得这样年轻英俊，我这个老太婆看来已经配不上你了。我必须马上就去喝那不老泉的水，但两个人同时离家，没有人看门是不行的。我去转一圈就回来，你先留在屋里看家罢。"说完，老婆婆就一个人向森林走去。

她一找到不老泉，就迫不及待地伏下身啜饮起来。那泉水清凉而又甘甜，她没命地喝啊喝啊，累了，就停下来喘口气，接着赶紧再喝起来。

年轻的丈夫守在家中，望眼欲穿地等待着妻子归来，心中想象着：妻子肯定已经变成了一位窈窕美丽的年轻姑娘。谁知，左等右等不见她回返，终于禁不住担心起来，便锁上家门，到森林中去寻找。

来到不老泉边，四下找不见妻子的人影。当丈夫转身正打算回家去时，却听附近草丛的阴影里，隐隐约约传来呱呱的啼哭声，奔过去一瞧，发现了妻子的红衣服和一个小女婴，看样子生下来尚不足半年，十分幼小可爱。

原来，贪心的老婆婆一口气喝下太多神奇的泉水，以致真的返老还了"童"，直接跨越少女阶段，一步迈回了不会说话的婴儿时期。

年轻的丈夫将女婴抱起在怀中，女婴以一种忧伤而异样的眼神望着他。此事如此出乎意料，他只好将女婴抱回了家，一面走，一面口中喃喃自语着什么，沉浸在黯然的愁思当中……

鸟取的棉被

很久很久以前，鸟取城的某条街上，有间新开张的小旅店，这日，迎来了第一位上门投宿的旅客。

为了给自己的小店赢得一些好口碑，老板殷勤备至，将来客招呼得十分周到。

此店虽为新张大吉，主人家却是贫门小户，财力微薄，因此店中一应家具、器皿、衣物，皆是从二手店里盘回的旧货。不过，陈设用品尽管旧些，倒也样样拾掇得干净整洁，店内上下清新焕然，令人心情畅悦。

来客是位四处奔波的商旅之人。他有滋有味地品尝了老板端出的好菜与温热的美酒，待酒足饭饱之后，便躺进早已铺好的被褥，心满意足地睡了过去。

凛冬寒夜里，几壶暖酒下肚，被窝又暄软舒适，通常总叫人睡得格外香甜。然而，入梦未久，屋中便响起了喊喊喳喳的人语声，将他自酣睡中惊醒。一听之下，却是两个小童在那里互相问话，重复着同一个问题：

"哥哥，你冷吗？"

"你呢？你冷不冷？"

商人闻之，倒也并未惊讶。

说起来日本的这种小旅店，房与房之间无墙亦无门，只以纸糊的障子相隔。因此商人心忖：八成是谁家的小孩，在黑暗中摸错了房，误闯到自己这一间来了，便和蔼地提醒道："喂，孩子们，已经不早啦，赶紧回自己房里睡觉去罢。"

话音落，房内稍许安静了片刻，但是很快，商人耳畔重又响起了小童微弱而凄哀的话语声。

"哥哥，你冷吗？"

接着，另一个声音仿佛在安抚前者似的，温柔应道："你呢？你冷不冷？"

商人爬起身，点亮灯烛，将房中四下打量了一遍，却连个人影也没找见。纸障子全都拉上了，关得好好的。他又打开柜橱查看，一样是空空如也。

商人心中诧异，便没有熄灯，重新钻回被窝里。谁知刚一躺下，就听见枕畔复又响起了小童哀切如诉的语声。

"哥哥，你冷吗？"

"你呢？你冷不冷？"

商人这才毛骨悚然起来，浑身涌过一阵寒意。那种战栗，显然不是深夜的寒气所致。

孩童的话语声没完没了地重复着。他愈听愈怕,因为终于发觉,声音不是发自别处,而正是从自己的被窝里传出来的。是他身上盖的那床棉被在讲话。

商人慌忙钻出被窝,匆匆收拾了身边为数不多的几件行李,连滚带爬地飞奔下楼,叫醒店主,将方才的怪事讲了一遍。

店主听完他的叙说,却十分不悦,回道:"您在胡说些什么啊?请不要故意找茬了。本店为了把客官伺候得称心舒适,已经竭尽了全力。怕是您方才喝多了酒,做了场噩梦而已吧?"

"说什么啊,噩梦?我明明亲耳听到的。这种吓人的旅店,真是想住也住不得了。赶紧结账,我要另觅别家去了!"

说罢,商人速速结清了店钱,逃也似的离店而去。

次日晚间,又有一位旅客投宿于店中。到了深夜,店主再度被住客叫醒,听他所抱怨的,与前晚如出一辙。并且奇怪的是,这位客人着实滴酒未沾。

店主寻思:肯定是有人嫉恨他开张大喜,为了破坏旅店的生意,特地想出的卑鄙伎俩。遂拔高嗓门,毫不客气地回道:"为了侍奉客官您满意,本店已经尽心尽力。饶是如此,您却说出如此可恶的不吉之语。您明知小店是我一家赖以糊口的生计,竟能口出这般污蔑之词,着实可恨!"

客人闻言，也不禁火冒三丈，随即严词反击，把话说得愈发难听。两人都怒气冲天，吵得不可开交，终于忿忿而散。

客人离去后，店主愈琢磨，愈觉得事有蹊跷。他来到二楼的空房，仔细翻检那床被褥。不大会儿，就听见里面传来了童语之声。店主这才明白，原来两位客人所言句句不虚。

会讲话的，只是上面的一张棉被。剩下褥垫之类的，都悄无声息。主人便将被子抱回自己房中，盖着它入眠，于是一整晚，他都未能安睡，就听被中两个声音问答不休："哥哥，你冷吗？""你呢？你冷不冷？"喊喊喳喳，直至天明。

翌日清早，店主一起身，便前往当初买下被褥的那间旧货店，去找老板问个究竟。谁知老板却道："我也不晓得，那床被子是我从一家更小的铺子收购来的。"

旅店的主人又跑去向小铺打听。一问之下，原来被褥购自于住在这条街很远之外的某位穷苦小生意人手中。

旅店主人继续挨家寻访，一一探听。最后，终于查出棉被是某个贫苦人家的旧物。那家人住在郊野的一间小屋里。至于棉被的来历，则是这样的——

被子的原主人穷困潦倒，虽说所住的小屋每月仅需六十钱租金，但对贫寒人家来说，却是相当大的一笔花销。男主人每月只有两三元的收入，妻子则体弱多病，无法干活。夫妇俩育有两个男孩，一个六岁，一个八岁。一家子并非鸟取本地人，而是外乡来的流浪者。

某年冬日，孩子的父亲生了重病，卧床不起，才不过一周工夫便咽了气。未过多久，长年罹病的母亲也随之撒手而去，只撇下了两个孩子，孤苦伶仃，举目无亲，连个出手相救的人也没有。为了活命，年幼的兄弟俩典当了家中一切，凡尚能换点钱的东西，全都拿去变卖，以微薄的所得，换取食物果腹，稍稍挨过饥苦。

可虽说是变卖物品，充其量也不过只有亡父亡母与自己的几身旧衣、几床棉被、三两件粗陋的碗盘、取暖的火盆，外加一些零碎的杂物而已。孩子们每日典当一点，最后，除了一张旧棉被，终于家徒四壁，再无任何可以换钱的东西。

无食充饥的日子来临了。房租亦未交。某个凛冽的大寒天气里，屋外积雪如山，兄弟俩无法出门，只能蜷缩在那床仅剩的棉被之中，瑟瑟发抖，相互慰藉。

"哥哥，你冷吗？"

"你呢？你冷不冷？"

屋中未曾生火，连根柴火也没有。终于，太阳落山了，四周陷入一片漆黑。寒风厉如冰刀，呜呜狂啸着，不停灌进破漏的小屋之中。

寒风固然可怖，但更让两个孩子提心吊胆的，还是那上门讨租的房东。他恶狠狠将兄弟俩揪出棉被，厉声怒喝道：

"赶紧给我交租！"

此人面目可憎，内心冷酷，当确定兄弟俩交不起房租后，便将他们撵至屋外的雪地里，夺走了仅有的那床棉被，锁上屋门，扬长而去。

漆黑的雪夜中，孩子们身上仅穿着一件单衣，而其他的衣裳，为了换取食物，早已全部典当。兄弟俩走投无路，虽说不远处有座观音堂可以避寒，但因积雪过深，两人实在走不过去，见房东已经远去，便偷偷溜回了屋后。严寒疲倦中，他们很快感到困意袭来，为了取暖，便彼此紧紧拥抱着，沉沉睡去。

睡梦中，神仙为孩子们盖上了一床崭新的棉被，它洁白美丽，为世间所罕有。兄弟俩再也不为严寒所苦，永远地恬睡过去。后来，有位好心人发现了死去的孩子，便在千手观音堂的墓地中，为二人修筑了一座永远的墓床，让兄弟俩从此长眠于其内。

旅店的主人听完这个悲惨的故事，不胜唏嘘，便将那床会说话的棉被捐给了观音堂，请庙中的和尚为两个小小亡灵念佛诵经，安抚超度。自那以后，棉被就缄口不语，再也没有说过话。

磨 豆 桥

松江城东北面，普门院的附近有一座桥，人称"磨豆桥"。据说其得名是因从前每至深夜，总会有个女鬼坐在桥畔磨小豆的缘故。

在日本，有一种十分美丽的紫色花儿，名曰"杜若"，也因而有了一首民间歌谣，叫做"杜若歌"。传说人们决不可在磨豆桥一带唱这首歌。其中缘由，我不甚清楚，只闻说桥畔出没的幽灵一旦听到它便会大感气恼，因而降祸于唱歌之人。

古时，有位胆量过人的武士，豪言世上从无任何东西足以吓倒他。某夜，武士途经磨豆桥，便故意纵声高唱起杜若歌来，一曲唱罢，连个鬼影也没见到，不禁放怀大笑，快活地朝回家的路走去。

来到家门外，但见一位素未谋面的窈窕女子立在檐下。她向武士躬身纳过一礼，递上一只古代女性写信撰文时所用的漆木笔砚箱。武士亦态度凛然地致以回礼，遂听那女子道："我只是一名侍女，奉我家夫人之命，前来送此物与你。"言毕，便自武士眼前匿去了姿影。

　　武士打开箱盖一瞧，见其中竟盛着一颗血淋淋的小孩头，便急忙冲进家门。定睛望去，只见客室地上躺着自己年幼的儿子，而头颅不知被谁拧去，早已气绝身亡。

译后记

　　小泉八云（Lafcadio Hearn 1850—1904），在日本文学史上堪称最为"特殊"的存在。他身为爱尔兰人与希腊人的混血，生于希腊，长于爱尔兰，先后旅居过英国、法国、美国等，却对东瀛的思想、文化、风俗人情抱有执着的兴趣与热爱。他中年时赴日（39岁），定居日本长达十四年之久，不仅在日本娶妻生子，改换日文姓名，归为日本国籍，死时埋骨于此，且穷尽生涯对这个国度的各个领域与侧面进行细致入微的观察研究，写下了浩繁的专著（日文版《小泉八云全集》共达17卷之多），体裁包括小说、随笔、游记、话本、时论等，内容则不仅涉及宗教、社会、历史、艺术、教育、产业、风土考、人物志，更将日本传统文学中占据相当大比重的神话传说、民间怪谈、妖魔志异等，做了整理、拔萃及英文改编与复述的工作。
　　他的特殊，一在于以一双西洋人的眼睛，借着西洋文化与哲学的背景、视角去考察，去理解东瀛的思想与现象，却显示出深厚的归属感与发自内心的共鸣。这些日本研究方面的专著悉数以英文执笔，因此被号称"小泉八云研究第一人"的学者兼译者森亮教授美誉为"用英文写就的日本文学"。二在于，小泉对于"恐惧"、"恐怖"这种体验与情感的、自始而终的浓厚好奇。他玩味推敲恐惧，想方设法搜罗与之有关的一切，记述它，传播它，与家人、友朋、读者分享它，几乎到了"不疯魔不成活"的程度。

小泉八云幼年时父母感情失和而离异，母亲归返故土希腊，而父亲则远走印度，将他撇下给叔母抚养。童年的不幸与创伤，孤独无助的体会，使他形成了对灵异事物异常敏感好奇的性格，即所谓的"强灵感体质"——说他"皮肤的每个毛孔都能嗅到、呼吸到恐惧"，或许并不夸张。据说他五岁那年，曾在半梦半醒之间亲眼见到幽灵出没，因而遭受极大的惊吓，不久，便写下一篇名为《梦魔的感触》的文章，来追忆和回味那种体验——这或许便是他一生志业的发端。

本书收录的五十五篇怪谈故事，皆为小泉八云根据日本古典文学名篇所作的复述与改写，它们采自于《卧游奇谈》《夜窗鬼谈》《十训抄》《今昔物语》《雨月物语》《古今著闻集》《新著文集》《百物语》《新撰百物语》《怪物舆论》等古籍。通常为小泉八云的夫人小泉节子及诸位友人先行阅读四处搜集而来的古文献原典，并对其内容进行口头的概括与讲述，最终，再由小泉以英文完成改写。

在日本，小泉八云的著作版本繁多，多年来由多家出版社做过各种全集、选集、校注集，甚至绘本漫画等，出版年代不同，内容也时有修编与更改，再加上参与的译者人数颇众（有时单单一个版本就可能牵涉六到十位译者），版本与版本之间差异显著（即使相同的篇目，从篇名到语句表达亦多有不同。且诸版本之中，都各有错误，有时甚至出现整行整段的脱漏），因此使得本书在版本的甄选与篇目的搜集、采撷上面临一定的难度。

为了尽可能做到全方位收录所有的怪谈篇目，亦为了互相比较和参照，以弥补各日文译本中存在的不足，因此本书将翻译时所依准的日文原版，最终确定为以下六种——

第1-36篇，为《怪談·奇談》，平川祐弘编，《小泉八雲名作選集》（講談社学術文庫），1990年版。

第37-45篇，为《小泉八雲集》，上田和夫訳，《新潮文庫》，新潮社1975年版，2011年第55回刷。

第46-48篇，为《全訳小泉八雲作品集》（全12卷），平井呈一訳，恒文社1964年12月版，第10卷《骨董·怪談·天の川綺譚》。

第49-53篇，为《天の川幻想 ラフカディオ·ハーン珠玉の絶唱》，船木裕訳，集英社1994年版。

第54篇，为《耳なし芳一·雪女—八雲怪談傑作集》（青い鳥文庫），保永貞夫訳，講談社2008年版。

第 55 篇，为《文豪てのひら怪談》（ポプラ文庫），東雅夫編，ポプラ社 2009 年版。

翻译时，各个篇目分别依照所开列的主要版本，不过，当某一版本中某处存在语义模糊、注释不清、名称迥异，或段落短少的现象时，为了修正错误，校准汉译，有时译者亦会参考其他版本。

例如：《雪女》一篇的末尾结局处（P55），所依照的讲谈社版中就存在整段的情节脱落，妨碍了理解，读来颇为突兀。在翻译时，译者则参照新潮社版进行了补完。

再如：《菊花之约》中，出云国的前主公应为"盐治氏"，但历史中多被误记为"盐谷"，讲谈社版亦不例外，本书在翻译时则查询并比较了若干资料，进行了纠正（有些是历次版本变更中造成的新旧假名、新旧字、汉字略体与俗体的转换错误；有些是由于小泉节子在阅读古书文献时发生错认，之后误传给小泉八云；有些是小泉八云在从日文假名转译为英文时发生的误记，或对民间的误记与道听途说未加鉴别而沿用。出版社出于尊重原著的原则，皆原样予以保留。具体参见各篇目下方的注释）。

鉴于小泉八云的著作在日本文学与英文学的比较研究等各方面都具有学术价值，因此译者在翻译时，力争不仅照顾到以趣味为出发点涉猎日本怪谈物语，或对日本历史文化不甚了解的一般读者，也同时兼顾那些对小泉作品意图进行更深专业研究的读者的需要，尽量为人名、地名、历史专有名词、原典出处等提供了详细的注释。

最后，就翻译中所遇到的其他细节问题，需加以说明的几点是：

一、人物对话的断行与分段，原则上尽量保持原貌，但也并未完全遵照日文原文。鉴于中文表述与排版方面通行的惯例，对于有些较长的对话段落，遵从原文断行之后另起新行；有些极为简短的对话，因不符合中文书写习惯，断开后会显得十分奇怪，或直接影响语义理解，因此根据需要，视上下文语境做出了微幅的调整，合并段落，不另起行。

二、注释当中若无添加特别说明，例如"小泉八云原注"字样，则皆为译者注。已在前面的篇幅中出现，并给出过注释的词汇，再度出现时则不另加注。

三、由于小泉八云的作品创作于一八八九年至一九〇四年（明治年间），借鉴了大量日本古籍，因此在从英文转译回日文时，为了使文体、文风呈现出一种"古意"，译者们使用了许多今已不太常见的古日语或旧式的表达。译者将其翻译成中文时，在兼顾行文的流畅度与表达浅显白话的同时，对这种风格尽量予以了保留。若有不妥之处，还请同行不吝指正。

最后，则要感谢本书的责任编辑以她的包容与尊重，给予一个译者最大的发挥空间和最长时间的译稿打磨。她在合作中所显示的责任感、沟通的细致和耐心，让我看到浮躁时代中一位编者的优秀质素。

匡　匡

2013 年 12 月 25 日

图书在版编目（CIP）数据

怪谈·奇谭/（日）小泉八云著；匡匡译.—上海：
上海译文出版社，2017.8（2020.12重印）
（译文经典）
ISBN 978-7-5327-7555-2

Ⅰ.①怪… Ⅱ.①小…②匡… Ⅲ.①短篇小说—小
说集—日本—现代 Ⅳ.①I313.45

中国版本图书馆 CIP 数据核字（2017）第 144429 号

小泉八雲
KOZUMI YAKUMO
小泉八雲集

怪谈·奇谭

［日］小泉八云 著 匡匡 译
责任编辑/赵平 装帧设计/张志全工作室

上海译文出版社有限公司出版、发行
网址：www.yiwen.com.cn
200001 上海福建中路 193 号
江阴金马印刷有限公司印刷

开本 787×1092 1/32 印张 11 插页 14 字数 149,000
2017 年 8 月第 1 版 2020 年 12 月第 3 次印刷
印数：10,001—12,000 册

ISBN 978-7-5327-7555-2/I·4619
定价：48.00 元